서로의 나라에서

* 이 도서의 국립중앙도서관 출판예정도서목록(CIP)은 서지정보유통지원시스템
홈페이지(http://seoji.nl.go.kr)와 국가자료공동목록시스템(http://www.nl.go.kr/kolisnet)에서
이용하실 수 있습니다. (CIP제어번호: CIP2018008754)

김유담 　송지현
박사랑 　양동혁
박서련 　우다영
박소희 　정영수

서로의
나라에서

소
설
집

은행나무

그래도 안녕은 안녕이니까

누구에게나 흉터가 하나쯤 있는 것처럼 누구에게든 이별의 기억은 있을 것이다. 사람마다 조금씩은 다르겠지만 대체로 우리는 살면서 많은 이별을 겪고, 사실상 거의 매일 누군가(혹은 무언가)와 이별한다.

이 책에 실린 소설들은 모두 '이별'이라는 주제를 가지고 쓰였다. 어쩌면 이별을 주제로 소설을 쓴다는 건 조금 이상한 말일지도 모르겠다. 사실은 이미 모든 소설가가 이별에 대해 쓰고 있지 않나, 문학 작품 속에 등장하는 수많은 죽음과 사랑의 이야기들은 결국 이별에 대해 말하고 있는 것 아닌가, 하는 생각도 들기 때문이다. 그건 아마 소설이라는 건 기본적으로 한 인간의 변화를 다룬 것이라는 오랜 주장과 관련이 있을 듯하다. 만남 또한 사람을 변화시키지만, 그보다 더 크게 사람을 변하게 하는 건 이별일 테니까.

당연한 이야기지만 이 책에서 보여주고 있는 이별은 가장 쉽게 떠올릴 수 있는, 사랑하는 사람 사이의 일만은 아니다. 가까웠던 사람과의 이별, 어떤 관계였는지 아무래도 알 수 없는 사람과의 이별, 혹은 과거 자신과의 이별, 그동안 살아온 세계와의 이별 등 다양한 모습의 이별을 담고 있다. 그 많은 이별 속에서 우리는 어떻게 될까, 아니면 어떻게 되었나, 안녕이라는 마지막 말 이후에 우리는 모두 정말 안녕한가…… 결국 이 책에 담긴 소설들은 안녕하거나 안녕하지 않은 채로 여전히 삶을 살아가고 있는 우리 모두의 이야기이기도 하다.

이 책을 함께 쓴 김유담, 박사랑, 박서련, 박소희, 송지현, 양동혁, 우다영, 정영수 등 여덟 명은 아마도 현재 가장 젊은 작가들일 것이다. 최근에야 첫 책을 냈거나 활동을 시작한 지 얼마 되지 않아 아직 책을 내지 않은 작가들이다. 지금까지 전혀 다른 곳에서 전혀 다른 방식으로 소설을 써온 이들이 한자리에 모여 하나의 키워드를 두고 소설을 써보기로 했다. 각기 다른 개성을 지닌 다양한 목소리가 만들어내는 나름의 화음(혹은 불협화음까지)을 느끼는 것은 테마 소설집만이 가질 수 있는 매력일 것이다.

우리는 소설을 쓰는 도중 몇 번 만나 함께 이야기를 나누었다. 소설을 쓰는 사람들은 언제나 가까운 듯 멀고 연결된 듯 고립되어 있는데, 그래도 우리는 이 소설들을 쓰는 동안 조금 덜 외로웠고 조금 더 즐거웠다. 이 책을 집어든 당신에게도, 모쪼록 조금 덜 외롭고 조금 더 즐거운 시간이 되기를 바란다.

이별은 필연적으로 상실을 수반하지만, 또한 새로운 희망을 품고 있기도 하다. 그래서 이별이라는 단어가 마냥 슬프거나 아득하게만 들리지 않을 수 있는 것 같다.

2018년 4월
정영수

차례

공설 운동장

김유담

김유담은 1983년 부산에서 태어나 경남 밀양에서 성장했다.
2016년 〈서울신문〉 신춘문예에 「핀 캐리」가 당선되어 등단했다.

어려서부터 달리기에는 소질이 없었다. 점심을 먹고 놀이터에 꾸역꾸역 모여든 동네 아이들은 저물녘까지 지칠 줄 모르고 뛰놀았다. 여름밤 가로등 주변에 바글거리던 모기떼처럼 몰려다니던 아이들을 쫓아다니는 것은 늘 힘에 부쳤다. 나는 비둘기를 쫓아 역전까지 달려간다거나 철길 너머 개천에 물뱀을 잡으러 가는 아이들의 뒤꽁무니를 쫓아가다가 무리에서 뒤처져 슬그머니 집으로 혼자 돌아오기 일쑤였다. 웬지 따돌림을 당한 기분으로 터덜터덜 집으로 돌아와 신발을 벗고 마루에 오르자마자 발을 구르며 울어댔다. 그럴 때마다 엄마는 내가 다른 아이들보다 키가 작아서 그런 거라며 어깨를 토닥여줬다. 밥을 많이 먹어 다른 아이들처럼 키도 크고 덩치도 커지면 동네 아이들의 무리에서 낙오되는 일은 없을 거라는 엄마의 말이 거짓이었음을 알게 된 것은 초등학교에 입학한 후였다.

작은 아이들은 작은 아이들끼리 달리기 시합을 했다. 매년 운동회 때마다 교실 맨 앞줄에 앉는 고만고만한 아이들끼리 줄을 맞춰 서서 달리기 실력을 겨루었다. 나는 초등학교 6년 내내 꼴찌를 했다. 탕 하고 출발 신호탄이 울리자마자 아이들은 조그만 머리에 씌워진 청군, 백군 모자가 날아갈 정도로 빠르게 튀어나갔다. 나는 신호탄이 발사되는 것과 동시에 몸이 튀어나가기는커녕, 심장이 쿵 하고 내려앉는 느낌에 그 자리에서 몸이 뻣뻣하게 굳어버리기 일쑤였다.

그렇다고 내가 달리기를 싫어한 편은 아니었다. 그저 나보다 훨씬 앞서서 달음질치는 아이들의 뒤통수를 쫓아가는 막막한 기분이 싫었을 뿐이다. 팔다리를 아무리 재게 놀려봐도 아이들은 점점 더 멀어져갔고, 뒤처지는 거리만큼 온몸의 힘이 빠져나가는 것 같은 느낌은 끔찍했다. 달리는 것 자체는 좋았다. 특히 새 운동화를 신은 날이나 새로 빤 운동화를 햇볕에 말려 끈을 꿴 날은 무거운 책가방을 메고도 신나게 달리곤 했다. 발바닥이 땅바닥에 닿았다가 튀어 오를 때 공기를 가르며 온몸이 튕겨나가는 듯한 기분은 경쾌하기 그지없었다.

나는 친구들과 같이 있을 때는 좀처럼 뛰지 않는 아이였지만, 뒤로 묶은 긴 머리를 말총처럼 흔들며 혼자서 뛰어노는 것을 좋아했다. 티셔츠가 등에 찰싹 붙을 만큼 땀을 흠뻑 흘리며 어둑어둑해질 때까지 혼자 달리다가 집에 들어와 엄마에게 혼난 일도 한두 번이 아니었다. 그런 날 밤이면 꿈을 꿨다. 옆동네의 시장까지 갔다가 그 윗동네의 공원에도 뛰어가고, 다리 건너 보건소를 지나 끝없이 달리다가 시(市)의 경계까지 닿는 꿈이었다. 도시 너머 낯선 길을 나는 행선지도 모른 채 헉헉거리며 달려가고 있었다.

다행히 내가 자란 밀양은 아주 좁아서, 힘들게 뛰어다녀야 할 도시는 아니었다. 꼭 필요한 상점들로만 구색을 겨우 갖춘 중심가는 굳이 뛰지 않아도 반 시간이면 넉넉히 돌고도 남았다. 시내 초입의 밀양역부터 끝자락의 시외버스 터미널까지 택시를 타도 기본요금에서 1,000원 남짓 붙는 거리였다. 그 조그마한 시내를 중심으로 여러 면과 마을이 실핏줄처럼 뻗어 있었다.

시내 중심의 재래시장에는 오일장이 섰고, 장날 아침마다 등교 버스는 만원이었다. 포대를 어깨에 메거나 대야를 머리에 인 아낙네들의 수다 소리가 버스 안에서 지글지글 끓어올랐다. 아지매들 물건으로 길 막지 말고 안으로 좀 들어가라고 소리를 지르는 운전기사의 목소리까지 더해져 버스 안은 소란스럽기 짝이 없었다. 같은 반 아이들의 어머니들이거나 할머니들이었다. 시외 지역에 사는 아이들도 시내 고등학교로 진학했다. 반 아이들의 반쯤은 부모님 직업란에 '농부'라고 적었다. 점심시간이면 아이들은 집에서 가져온 깻잎, 상추, 고추를 늘어놓고 입안 가득 쌈을 싸 먹으며 배추처럼 싱그럽게 깔깔댔다. 새벽에 일어나 비닐하우스 덮개 걷는 일을 돕고 등교하는 아이들도 있었다. 아무도 농사일을 부끄러워하지 않았다. 하지만 자신의 부모처럼 농사를 지으며 살겠다고 생각하는 아이는 단 한 명도 없었다.

나는 장날 아침마다 만원 버스에서 구겨진 교복과 헝클어진 머리를 매만지며 입술을 깨물었다. 고향을 떠나기 위해 필요한 것은 달리기가 아니었다. 3년 내내 나는 입시에 매달렸고, 바라던 대학에서 합격 통지를 받았다. 새까만 밤공기를 찢으며 서울로 돌진하는 기차 안에서 내 가슴은 설렘 반, 두려움 반으로 울렁거렸다.

*

　서울 생활 내내 나는 멀미에 시달리는 기분이었다. 대학 2학년을 마치자마자 휴학을 선언하고 자취방을 서둘러 정리해 고향으로 내려왔다. 다달이 아르바이트로 겨우 월세를 내는 옥탑방에 최소한의 세간만 갖춰놓고 사는 꼴이었으니 정리랄 것도 없었다. 더군다나 그 얼마 되지도 않는 월세조차 밀려 보증금에서 제해야 했다. 집을 나오는 일이 수월하다 못해 홀가분할 정도였다.

　가족들에게는 날이 갈수록 심해지는 위염을 핑계 댔다. 불규칙한 식사와 스트레스로 빚어진 질병이니만큼 적은 양이나마 끼니를 규칙적으로 챙겨 먹는 일이 가장 중요하다던 의사의 처방을 강조하기도 했다. 학교 친구들 앞에서는 유럽 배낭여행을 준비할 계획이라며 난데없이 씩씩하게 웃었고, 지도 교수에게는 고향에 내려가 소설을 써보겠다며 자못 심각한 표정을 지었다. 그리고 형편을 굳이 숨길 필요가 없는 고향 친구들에게는 등록금이 없어서라고 말하며 한숨을 뱉어버리기도 했다.

　위염, 배낭여행, 소설 쓰기와 등록금…… 모두 내 휴학 사유였지만 사실 휴학을 한다고 해서 해결될 수 있는 성질의 문제가 아니었다. 그렇다 해도 휴학 말고는 달리 뾰족한 수가 없었다.

　영어 강사 구함. 휴학생 환영.

　아르바이트 사이트에서 구인 광고를 보고 찾아간 입시 학원에서 다시 만난 L은 조금도 달라진 게 없었다. 그는 내가 고등학교 때 잠시 다녔던 단과 학원의 국어 강사였다. 임용 고사를 준비하는 기간만 잠시 학원에 나오는 것이라던 그를 시내의 다른 학원에서 4년 만에 보게 되었다. 나는 그를 여전히 '선생님'이라고 불렀지만, 속으로는 그가 한심하다고 생각했다.

"너 그때 기억나냐? 내가 애들한테 「춘향전」 읽고 한 문장으로 주제 요약해오라고 했을 때 네가 써냈던 문장. 그거 기억해?"

퇴근 후 들른 호프집에서 내게 맥주를 따라주며 그가 물었다. 그런 걸 기억하고 있을 리가 없다.

"원하는 그 어떤 것도 허락될 수 없다면, 사랑 하나라도 스스로 선택할 수 있어야 한다. 캬, 난 아직도 그 문장을 잊을 수가 없다니까."

탁자가 쿵 하고 울렸다. 맥주잔을 부러 세게 내려놓으며 그는 몰아쉬듯 말했다.

열일곱, 연습장 구석에 토막토막 끼적거리던 치기 어린 문장들은 흐릿한 인상으로만 남아 있다. 시간이 지나서라거나 기억력이 나빠서가 아니라 정말 그 시절의 나를 생각하면 희뿌옇고 막막한 느낌만 더듬어졌다. 열정, 존재, 사랑, 죽음, 추억…… 몇 개의 추상적인 단어들을 조악하게 집합한 후에 찍어댔던 마침표의 홧홧한 감각만이 아직도 가슴속에 남아 부끄러웠다.

"제가요? 그런 걸 썼다고요? 되게 유치했네."

"유치하긴. 난 그때 감탄했다니까. 그나저나 오늘따라 이 집

생맥주 왜 이렇게 맛있냐? 한 잔 더 시킬 건데, 너도 더 할래? 아니면 다른 걸 시켜도 되고. 원하는 삶이 허락될 수 없다면 주종이라도 자유롭게 선택할 수 있어야 한다!"

순간 맥주 거품같이 하얀 웃음이 내 입가에 퍼졌다. 그가 따라 웃으며 허공으로 잔을 들어 건배를 청했다. 맥주잔이 서로 부딪혀 내는 소리가 경쾌했다. 다음 날 아침, 배를 쥐어짜는 듯한 복통에 시달리고 나서야 나는 절대 금주해야 한다던 의사의 권고를 무시한 것을 후회했다.

학원에 나가게 되면서 내 위염은 더 심해졌다. 강의 시간에 쫓겨 제대로 끼니를 챙기기가 힘들었고, 이것저것 눈치를 보면서 신경 쓸 일이 많았다. 강의 외 업무도 만만치 않았다. 담임을 맡은 아이들의 출결과 성적 변동을 표로 그려 체크한 뒤 학부모들에게 전화하는 일은 가장 큰 스트레스였다.

학부모들에게 전화를 할 때마다 아무도 받지 않으면 좋겠다고 생각했다. 뚜르르, 뚜르르 하면서 신호음이 울릴 때 내 뱃속도 같이 부글부글하는 느낌이었다. 학부모들은 궁금한 것이 많았다. 자신이 낳아 기른 아이에 대해 어쩌면 이렇게도 모를 수가 있을까, 하는 생각이 들 정도였다. 지친 얼굴로 전화 상담을 끝내고 수화기를 무겁게 내려놓은 순간 그가 내 어깨를 툭 치며 웃었다.

"손 선생, 이건 비밀인데 말이야. 그렇게 다 전화를 돌릴 필요는 없어. 학원을 열심히 다니는 애들은 걱정 안 해도 돼. 학원

비가 밀렸다거나 결석이 잦다거나 성적이 떨어졌다거나…… 학
원을 그만둘 위험이 있는 애들 부모님에게만 전화해."

그가 내 귀에 대고 작은 목소리로 요령을 알려주었을 때 나
는 놀란 얼굴로 주변을 둘러봤다. 허리를 숙여 얼굴이 닿을 것
같은 거리까지 바싹 다가와 귀엣말을 하는 품새가 당황스러
울 정도로 무람없었다. 황급히 몸을 돌리고 자세를 바꿔 앉았
다. 경직된 내 표정을 보고 그는 잠깐 멍하니 서 있다가 제자
리로 돌아갔다.

*

집에서도 제대로 밥을 먹은 적이 거의 없었다. 오히려 밖에
있을 때보다 속이 더 불편했다. 아버지를 볼 때마다 가슴이
먹먹할 정도로 뜨거워졌다가 배가 쿡쿡 쑤시는 듯이 아팠다.

어느 토요일 오후, 두 시간의 보강을 마치고 집에 일찍 들어
온 날이었다. 반쯤 열린 방문 사이로 아버지의 발이 보였다. 아
버지는 세 개의 베개로 목을 괸 채 갈지자로 비뚜름하게 누워
있었다. 이제 아버지 자신이 높일 수 있는 것은 베개와 목소리
밖에 없었다. 방 안에 낮게 깔린 텔레비전 소리 사이사이 아버
지의 코 고는 소리가 껴들었다. 방 한쪽에 널브러진 조간신문
만 한 햇빛이 창문을 뚫고 들어와 아버지의 한쪽 허벅다리에
구겨져 있었다. 나는 귀퉁이가 서로 맞지 않은 채 제멋대로 접

17

혀 있는 조간신문을 조용히 집어 치웠다. 지난밤 엄마가 식당에서 퇴근하는 길에 챙겨온 신문이었다. 이미 여러 손님의 손을 거쳐 나달거리는, 곳곳에 멀건 국물과 붉은 김칫국이 튀어 있는 어제 자 신문을 아버지는 종일 샅샅이 읽었다. 텔레비전에서는 여자 배구가 한창이었다. 슈미즈를 입은 여자들이 외치는 파이팅 소리가 빈 관중석으로 허전하게 퍼져 나른한 오후를 채우고 있었다.

"너거 아부지만 정신 차리믄, 전부 다 지자리로 돌아올 끼다."

종종 지치고 건조한 얼굴로 우리가 다시 예전으로 돌아갈 수 있을 거라고 말하는 엄마를 볼 때면, 오히려 내 정신이 혼미해지는 기분이었다. 엄마가 말하는 '제자리'라는 것이 멀고 까마득하게만 느껴졌다. 아버지만 변하면, 아버지만 변하면…… 아버지가 변한다는 가정 자체가 성립할 수 없었다. 이미 실패가 깊게 관통한 아버지의 몸과 마음은 빳빳한 힘을 잃은 날짜 지난 신문처럼 구겨진 채 나달거리고 있었다.

"왔나? 밥 무야지."

잠이 덜 깬 채 묻는 아버지의 눈동자에서 빨간 실핏줄이 파닥거렸다. 저벅저벅 거실로 걸어 나와 엉거주춤한 자세로 냉장고를 뒤적거리는 아버지의 뒷모습에서 퀴퀴한 냉기가 흘러나왔다.

사업에 실패하고 나서부터 아버지는 밥에 유난히 집착했다. 오직 밥만이 아버지의 위상을 보여줄 수 있는 존재인 양 세끼를 살뜰히 챙겼고, 전에 없던 반찬 투정도 잦았다. 엄마가 식당에 일을 하러 다니면서 밥하는 일에 소홀해졌다고 고래고래 소리를 지르는 아버지의 눈빛에서는 허기를 넘어선 광기가 느껴질 정도였다.

"돈 몬 버는 아바이는 밥 물 자격도 읎다는 기가?"

엄마가 늦게 퇴근한 날이었다. 저녁을 못 지었으니 오늘은 라면이나 끓여 먹자며 바삐 움직이던 엄마의 손에서 아버지가 냄비를 낚아챘다. 냄비에 반쯤 담겨 있던 물이 부엌 바닥으로 쏟아졌다. 나는 망연자실한 표정을 짓고 있는 엄마에게 다가갔다. 바닥을 흥건히 적신 물이 발끝을 적셨다. 되돌릴 수 있는 것은 아무것도 없었다.

아버지는 달라져 있었다. 예전의 아버지와 내 눈앞에 보이는 아버지를 같은 사람이라고 믿기 어려울 정도로. 맛있는 통닭이나 갈비찜이 상에 오르는 날이면 으레 나는 너희들 먹는 것만 봐도 배가 부르다며 젓가락을 뒤로 물리던 아버지였다. 나와 동생이 한참 고기를 뜯고 나면 그제야 가장 맛없는 부위를 손에 들던 아버지였건만, 이제는 입에 '대접'이라는 말을 달고 살았다. 남편 대접, 아버지 대접, 가장 대접…… 말끝마다 대접 타령을 하며 성을 내는 아버지에게 대든 적도 여러 번이었다.

"내 혼자 잘 살라고 이캤드나!"

고함을 지르는 아버지에게 본인의 그릇에 넘치게 일을 벌였다가 본래 받던 대접조차 받지 못하게 된 거라는 말은 차마 하지 못했다.

사업에 실패한 직후 아버지는 자신의 상황을 쉽게 받아들이지 못했다. 집이 넘어가기 전까지만 해도 무엇이든 할 수 있는 사람처럼 득의양양하게 여기저기 쫓아다녔다. 하지만 되돌릴 수 있는 건 없었다. 살던 아파트가 경매에 넘어가고 방이 두 개밖에 없는 좁은 평수의 연립으로 이사를 했다. 아버지가 실의에 빠져 아무것도 할 수 없는 사람처럼 집에서 소주만 마셔대기 시작한 것도 그때부터였다. 좁은 연립에서 웅크리고 살아가던 이웃들과 얼굴을 겨우 익힐 무렵, 우리는 그곳에서도 쫓겨나 달동네의 방 두 칸짜리 월셋집으로 다시 이삿짐을 꾸려야 했다.

"좁은 동네에서 내사 남사스러버서 못 살겠다."

엄마는 못 살겠다고 신세 한탄을 하면서도 살 궁리를 찾아나섰다. 엄마가 매일 아침 푸석한 얼굴로 출근하는 곳은 인근에서 맛집으로 소문난 시내의 돼지국밥집이었다. 엄마는 이따금 홀에서 서빙을 하다가 예전에 살던 아파트 이웃이라든지, 같이 어머니회를 했던 내 동창의 엄마를 만날 때마다 얼굴이 화끈거린다고, 몸이 힘든 것보다 마음이 힘든 게 더 힘든 거라고 푸념하듯 말했다. 하지만 엄마가 이곳에서 할 수 있는 일은 식당 일밖에 없었다. 아버지가 할 수 있는 일도 딱 그 수준이었고, 그마저도 이 지역에서는 쉽게 구할 수 없었다. 아버지는 어떤 일에도 그다지 마음이 가지 않는 것처럼 굴었다. 차라리 밀양을 떠나는 게 낫지 않으냐고 조심스럽게 물었을 때, 엄마는 단호하게 고개를 저었다. 아는 사람 하나 없는 낯선 도시에 가서 어떻게 사느냐고, 앞뒤가 맞지 않는 말을 하는 엄마를 보면서 나는 한숨을 쉬었다.

국이 끓어오르는 소리에 냄비 뚜껑을 열고 국자로 한번 휘저었다. 엄마가 어젯밤 식당에서 얻어온 국이 2인분 정도 남아 있었다. 훅 하고 뜨거운 김이 얼굴을 덮치는 순간 눈가가 불에 덴 듯이 뜨거워졌다. 코끝을 스치는 비릿한 돼지고기 냄새가 속을 다 휘저어놓았다. 밥맛이 싹 가셨다. 나는 커다란 면기 하나에 2인분 치 국을 가득 퍼 담았다. 서둘러 식탁 위에 아버지 밥을 차려놓고 집을 나가는 수밖에 없었다.

속에서 신물이 올라왔다. L에게 전화를 걸었다. 그의 은색 모닝이 활기차게 달려와 대로변에 서 있는 나를 안으로 끌어당겼다.

*

내가 만성위염으로 식사 한 끼조차 힘겨워하는 것을 본 그는 운동을 하면 밥맛이 좋아질 거라며 나를 공설 운동장으로 데리고 갔다.

학창 시절, 사람 붐비는 행사가 있을 때가 아니고서는 찾은 적이 없던 곳이었다. 이곳은 더 이상 원래 목적으로 쓰이지도 않았다. 새로운 시청 부지 옆에 번듯하게 잔디를 깐 새 공설 운동장이 지어지면서 예전의 공설 운동장은 방치되어 있었다. '충효(忠孝)'라는 한자가 한 글자씩 양각으로 새겨진 사각형의 타일

간판이 지붕에 올려진 채 위압적으로 운동장 정면을 향해 서 있던 조회대는 과거의 위용은 온데간데없이 초라하게 자리를 차지하고 있었다. 단상으로 올라가는 계단은 모서리가 뭉개지고 회칠까지 벗겨져 볼썽사나웠다. 운동장 바닥 곳곳이 움푹하게 패었고, 층층이 계단을 만들어 측면을 둘러싼 관중석에는 떨어져나간 시멘트 틈으로 잡풀이 삐죽삐죽 솟아 있었다.

청와대가 부럽지 않을 정도로 으리으리한 신축 청사 옆에 새파란 잔디가 잘 정돈된 '새시민 공설 운동장'이 지어진 지도 5년이 지났다. 시청과 새 공설 운동장이 개장하기 전날 밀양 시내에서는 화려한 불꽃놀이가 펼쳐졌다. 시민들의 레저 스포츠 욕구를 충족시키고 다양한 문화 행사를 개최하기 위해 여느 대도시 부럽지 않은 대형 공설 운동장을 신축했다는 시장의 근엄한 축사를 땡볕 아래에서 열중쉬어 자세로 들으며 나는 꾸벅꾸벅 졸았다. 시청과 공설 운동장 개장식에는 인근의 중·고등학교 학생들이 모두 동원되었다. 콜로세움을 본뜨고 대리석으로 외부를 장식한 공설 운동장의 멋진 외관은 밀양 출신의 유명한 건축가가 고향을 위해 자청해서 건축을 총괄하였으며, 여러분도 그 선배처럼 훌륭하게 자라 나중에 고향의 큰 일꾼이 되기를 바란다는 것으로 축사가 끝났다. 지루한 개장 기념식이 끝나자마자 아이들은 환호성을 지르며 손뼉을 쳤다.

해마다 열리던 학교 대항 체육대전도 이젠 새 공설 운동장에서 벌어진다고 했다. 나는 중학교 3년 내내 땡볕에서 응원 연습을 하느라 픽픽 쓰러져가던 아이들을 생각하며 얼굴을 찌푸렸다. 고등학교에 올라가서 좋은 점은 더 이상 학교별 체육대전에 참여하지 않아도 된다는 점 하나뿐이었다.

"하갱아, 거기서 뭐 해? 이쪽으로 와."

조회대 주변을 서성이고 있는 내게 그가 운동장 중앙에 서서 손짓을 했다. 빈 운동장에 그의 목소리가 고였다가 사라졌다. 나는 그를 향해 걸어가면서 샐쭉 눈을 흘겼다.

"하갱이가 뭐냐고요? 내 이름은 하경인데."

"나도 알아. 하경-이. 하겨-엉-이."

그가 멋쩍은 표정으로 내 이름을 한 음절씩 길게 발음했다.

"다시 빠르게 불러봐."

"하갱이."

"에이, 또 틀렸잖아."

나는 웃음을 터뜨렸다. 그의 강의를 듣던 시간이 떠올랐다. 또박또박한 발음으로 국어책을 읽던 중저음의 목소리를 많은 여학생들이 좋아했다. 그는 강의 시간은 물론 평소에도 사투리를 거의 쓰지 않았지만 말씨에 경상도 억양은 그대로 남아 있었고, 'ㅕ'를 'ㅐ'로 발음해버리는 버릇만은 노력을 해도 고치지 못했다.

하경이 아닌 하갱. 내 부모도, 어릴 적 친구들도 모두 나를 그렇게 불렀다. 초등학교 시절에는 양갱이라는 별명을 얻기도 했다. 익숙하고 친밀한 호명이었으나 하갱이라고 불릴 때마다 네모난 틀에서 굳어가는 양갱처럼 몸피가 줄어드는 듯한 느낌이 끈적끈적하게 붙어 떨어지지 않았다.

　매일 새벽, 나는 그와 함께 공설 운동장을 달렸다. 타닥, 타닥, 타닥…… 발끝으로 땅을 차며 뛰는 버릇 탓에 간간이 얼굴에 모래알이 튀었다. 운동장 바닥에 고르게 깔린 하얗고 동글동글한 모래알이 발보다 앞서 튀어나가기도 했다. 그는 절대 나를 앞지르지 않았다. 나란히 발맞추어 뛰면서 가쁜 숨소리마저 나와 맞춰나가고 있었다. 그는 옆얼굴이 잘생긴 편은 아니었다. 툭 튀어나온 광대뼈와 마른 얼굴선이 옆에서 보면 그대로 도드라졌다. 그래도 안경다리 밑으로 촘촘히 배어 나오는 땀방울을 바라보고 있노라면 나도 모르게 가슴속에 송골송골 물 자국이 남았다.

　운동장에서 우리는 이따금 키스를 나누었다. 뛰고 난 직후라 숨이 찼던 탓에 길게 하지는 못했지만 새벽 공기와 함께 스며드는 혀의 감촉 때문에 나는 조깅 직후의 키스를 좋아했다.

　큰길가와 마주한 정문을 제외하고 공설 운동장 주변 삼면은 모두 키 큰 소나무들이 병풍처럼 빽빽하게 둘러싸고 있었다. 운동장 옆 솔밭은 초등학교 6년 내내 소풍 장소였다. 보물찾기에 그보다 더 안성맞춤인 장소는 없었다.

　소나무는 긴 허리를 비틀어 하늘을 향해 똬리를 틀면서 쭉쭉 뻗어나갔다. 잭의 콩나무처럼 위압적으로 큰 키를 드높이고 있는 소나무를 올려다보노라면 목이 아팠다. 시꺼먼 나무 껍질은 짙푸르고 뾰족한 잎새를 뻗어 검고 축축한 그늘을 만들어냈다. 소풍을 올 때마다 나는 진한 송진 냄새를 풍기는 나무 그늘 밑에서 길게 숨을 들이쉬고 내쉬었다. 나도 축축하게 젖어들며 그 자리에 붙박이는 느낌이었다.

어슴푸레한 새벽녘, 운동장을 돌며 힐끗 눈을 돌린 솔밭은 지저분하기 짝이 없었다. 땅바닥에 널브러진 본드, 과자 봉지, 소주병, 담뱃갑, 담배꽁초, 종이컵 들이 눈에 들어왔다. 근처 학생들의 소행이었다. 가로등 하나 없는 솔밭 어귀에 자리를 잡고 아이들은 일탈을 즐겼다. 밤이면 그늘진 솔밭은 기온이 더 내려갔다. 아이들은 오슬오슬 차가운 한기를 녹이기 위해 술을 마시고 담배를 피우고 본드를 불었다. 남자아이들과 여자아이들이 입을 맞추고 서로의 옷 속으로 손을 넣었다.

"거참, 요즘 아이들 문제라니까."

솔밭 바닥에 나뒹굴다가 운동장까지 굴러든 맥주 캔을 발로 찌그러뜨리며 그가 말했다.

"나도 그러고 싶을 때가 있었어. 고등학교 다니던 때 말이야. 나도 저 숲에 들어가서 술을 마시고 담배를 피우고 남자아이들과 입을 맞추고…… 보란 듯이 비뚤어지고 싶었어."

내 말에 그가 흥미롭다는 표정을 지으며 물었다.

"한번 그래 보지 그랬어?"

"그랬다가는 절대 이곳을 떠날 수 없을 것 같았어."

나는 공설 운동장과 솔숲을 가르는 경계면에 서서 눈을 깜빡였다. 정해진 트랙을 안전하게 완주해야만 이곳을 벗어나 새로운 코스를 달릴 수 있다고 믿었던 나로서는 한눈을 팔 겨를이 없었다.

"아, 나 저기서 노상 방뇨한 적은 있어."

나는 솔밭 깊숙한 곳을 손가락으로 가리키며 말했다.

"어디에서? 언제?"

그가 손가락 끝이 향한 솔숲 쪽으로 길게 고개를 빼며 물었다.

"옛날에, 아주 어릴 때."

나는 희미하게 웃으며 손가락을 거두어들였다. 솔밭을 등지고 운동장 방향으로 몸을 틀었다. 아직 하늘은 남빛에 가까웠다. 이곳에 서서 총천연색 풍선을 올려다보며 하늘을 향해 작은 손을 뻗어보던 어린 소녀의 모습이 어른거렸다.

해마다 어린이날이면 공설 운동장에서 기념행사가 열렸다. 우리 가족은 나들이옷을 챙겨 입고 서로 손을 맞잡은 채 공설 운동장에 갔다. 운동장에는 새 옷을 차려입은 아이들이 넘쳐났다. 하늘을 가득 덮어버릴 만큼 많은 색색의 풍선들이 머리 위로 떠오르면 나와 동생도 덩달아 손뼉을 치며 부풀어 올랐다. 비행기가 솟구칠 때마다 하늘 위로 구름 그림이 그려지는 에어쇼에 환성을 지르고 뜻도 모를 동요를 따라 부르다 보면 어느새 행사가 끝났다. 손바닥 전체가 진득거리도록 솜사탕을 뜯어 먹으며 나와 동생은 집에 돌아가는 길 내내 당첨되지 못한 행운권에 대해 분통을 터뜨렸지만 입가에는 한껏 미소를 머금고 있었다.

그해 어린이날에는 아버지와 나 단둘이서 공설 운동장 정문으로 들어서야 했다. 어려서 병치레가 잦았던 동생은 그날도 무슨 이유에선지 드러누웠고, 덩달아 엄마까지 나들이를 포기해야 했다. 여덟 살, 내가 초등학교에 입학한 해였다. 언제인지를 정확하게 기억하고 있는 것은 이름표 때문이다. 미아 방지를 위해 정문 앞에서 걸어준 사자 모양의 목걸이에 '밀양초등학교 1학년 3반 손하경'이라고 쓰여 있고, 그 아래에 매직으로 '53-7742'라는 전화번호도 큼지막하게 적혀 있었다. 아직도 그 목걸이는 내 책상 첫 번째 서랍에 보관되어 있다.

그날 나는 아버지와 함께 굴렁쇠를 굴렸다. 부모와 자녀가 막대 하나를 같이 잡고 굴렁쇠를 결승점까지 빨리 굴리는 게임이었다. 1등 상품인 킥보드를 타기 위해 열심이었지만 아버지와 내가 굴린 굴렁쇠는 직선이 아닌 다른 방향으로 떼굴떼굴 굴러가버렸다. 굴렁쇠는 결국 결승점에 닿지 못하고 운동장 구석 물 빠지는 도랑에 처박힌 채로 한참을 헛돌았다. 아버지는 멋쩍어했고, 나는 그래도 재미있다고 숨이 넘어갈 듯 까르르 웃어댔다.

어린이날 행사 때문에 모인 사람이 많았던지라 공설 운동장 화장실은 몸을 비집고 들어갈 틈이 없을 만큼 붐볐다. 왁자지껄하게 사람들의 목소리가 울리는 화장실 안으로 들어가지 못한 채 나는 입구에서 아버지의 손을 꼭 붙잡고 서 있었다. 아버지가 여자 화장실까지 따라 들어가줄 수는 없었다.

아버지와 나는 공중화장실 뒤 솔밭으로 걸어 들어갔다. 사람들이 다니는 길 쪽을 피해 잡풀이 우거진 구석으로 들어가 나는 치마를 올리고 오줌을 눴다. 오줌 줄기는 흙 위를 촉촉하게 적시며 강 쪽으로 흘러가다가 멈췄다. 오줌 줄기가 지나간 자리만 흙이 젖어 검은색으로 변해 있었다. 솔밭 가장자리로 남천강이 굽이돌아 흘렀다. 강물이 햇빛을 받아 비늘처럼 반짝거렸다. 가까이에서 부는 강바람이 소나무와 소나무 사이 우거진 수풀들을 흔들어놓았다. 내 무릎길이만 한 풀들이 흔들리면서 엉덩이를 간질였다.

아버지는 내 뒤에 서서 담배를 피우고 있었다. 나는 엉거주춤 일어나 아버지의 바짓가랑이를 붙잡았다. 아버지는 담배를 입에 문 채 밖으로 삐져나온 내 블라우스를 치마 속으로 집어넣고 돌아간 치마를 바로잡아주었다. 민물 냄새를 품은 강바람이 아버지의 담배 연기를 멀리 서쪽으로 데려가고 있었다.

어린이날 행사는 어느 날인가부터 사라졌다. 그게 내가 어린이날 행사에 가지 않게 된 뒤의 일인지, 아니면 어린이날 행사가 사라져서 내가 가지 않게 되었는지는 잘 기억나지 않는다. 나는 어느 순간부터 '어린이'라고 불리는 것이 싫어졌다.

어린 남매를 꼬박꼬박 공설 운동장에 데리고 가던 아버지도 어느 날 갑자기 사라졌다. 그것은 비교적 선명한 기억이다. 20년 동안 일한 회사에서 명예퇴직한 후, 아버지는 사업가로 변신을 시도했다. 어릴 때부터 한동네에서 자란 40년 지기와 함께 시작한 그 사업을 두고 아버지는 대박 아이템이라며 기대에 부풀었다. 모토만 거창했던 아버지의 사업은 6개월을 채 넘기지 못했다. 단 6개월 만에, 아버지는 20년 동안 차곡차곡 쌓아둔 퇴직금과 40년 지기, 소소하게 쌓아둔 신용까지 모두 잃어버렸다. 그리고 우리 가족은 17년 동안 단단하게 가정을 지켰던 '가장'과 '아버지'를 잃어버렸다. 가세가 급격하게 기울면서 나는 다니던 학원도 그만둘 수밖에 없었다.

장학금을 받을 수 있는 지방 국립대나 교대 대신 서울에 있는 대학에 가겠다고 했을 때, 나는 가족들 모두에게 이기적이라는 비난을 들어야 했다. 남동생은 일찌감치 실업계 고등학교 진학을 결정한 후였다. 소설을, 가슴 벅차는 일을 꿈꾸는 게 죄는 아니지 않느냐고 항변하며 고집을 피울 때만 하더라도 삶이 이렇게까지 벅찬 줄은 몰랐다. 자신이 특별하다는 오만한 믿음 하나만이 유일한 자존심이었던 그 소녀는 소도시에서의 평범한 삶을 세상에서 가장 경멸했다. 평범하게 사는 것이 얼마나 힘든 줄 몰랐던, 이곳을 떠나기만 하면 제법 근사한 미래가 그려질 거라 믿었던, 나조차 미워하고 있는 나의 열일곱을 L은 따뜻하게 기억해주었다. 자신만만하게 떠나놓고 2년도 되지 않아 풀 죽은 모습으로 다시 고향에 내려온 것에 대해서도 그는 잘했다고, 스스로를 다치게 만들면서까지 이뤄야 하는 건 아무것도 없다고 다독여준 사람이었다.

가끔 나는 공설 운동장을 가로질러 전력 질주를 하곤 했다. 불안정하게 헉헉거리는 숨소리가 점점 커지다 못해 운동장 전체가 나를 집어삼킬 듯이 비틀거린다는 느낌이 들 때까지 뛰었다. 사점(死點)의 문턱에서 나는 고개를 푹 수그리고 무릎을 짚은 채 서서 숨을 고르다 운동장 바닥에 침을 뱉곤 했다. 아랫입술로 끊어지지 않은 가래침이 길게 흘러내리는 모습을 그에게 보이는 일도 부끄럽지 않았다. 하지만 뛰어도 뛰어도, 심장이 밖으로 튀어나올 듯이 전력 질주를 해도 결국 소나무 병풍이 둘러쳐진 공설 운동장이라는 사실은 위협적으로 다가왔다. 그럴 때마다 나는 쉽게 호흡을 안정시킬 수가 없었다.

*

그가 아버지와 마주친 적이 있다는 사실은 나중에야 알았다. 퇴근길 차 안에서 그가 지나가는 말로 대수롭지 않게 꺼낸 이야기에 나도 모르게 눈빛이 날카로워졌다.

"근데 남동생 취업해서 위에 어디 있다고 하지 않았나?"

"갑자기 걔는 왜?"

"새벽에 집 앞에서 한번 본 것 같아서. M 공고 체육복 바지를 입고 있더라고. 갈색 체육복, 학원에도 그거 입고 왔다 갔다 하는 애들 몇몇 있잖아. 네 동생 맞지?"

나는 격앙된 목소리로 따지듯 물었다.

"언제? 집 앞 어디에서? 그 얘길 왜 지금 하는 거야?"

"말한다고 하면서 깜빡했지. 대문 앞에서 담배를 피우고 있더라고. 고개를 돌리고 있어서 얼굴은 못 봤어. 차가 골목에 들어서자마자 얼른 들어가버리더라. 나를, 그러니까 이 차를 아는 눈치였어."

아버지였다. 아버지는 집에서 동생의 체육복을 입고 지냈다. 집에는 M 공고의 체육복 바지가 여러 벌 있었다. 엄마가 매주 체육복을 깨끗이 세탁해 챙겨놓아도, 동생은 깜빡하고 빈 책가방으로 집을 나서기 일쑤였다. 엄마는 동생이 체육 선생에게 혼나지는 않을지 걱정했지만, 동생은 누구 것인지도 모를 체육복 바지를 교복 대신 입은 채 집으로 돌아왔다. 아래에는 체육복 바지, 위에는 단추가 여러 개 풀린 셔츠 위에 교복 재킷을 대충 걸쳐 입은 복장으로 껄렁거리며 들어오는 동생을 볼 때마다 나는 얼굴을 찌푸리곤 했다.

그의 차를 보자마자 피했다는 건 아버지도 그를 안다는 건가. 그런데 왜 도망가듯 피해버린 거지. 심각한 표정으로 생각에 잠긴 내게 그가 아쉽다는 투로 말했다.

"인사라도 했어야 하는데."

"인사를 왜 해? 당신이 인사를 왜 하느냐고?"

그를 노려보며 신경질적으로 쏘아붙였다. 그가 본 사람이 동생이 아니라 아버지였다는 말은 하지 않았다.

그 후로도 아버지는 그에 대해 가타부타 말이 없었다. 같이 차를 타고 가는 것을 보았다며 심각한 얼굴로 나를 앉혀놓은 이는 엄마였다.

"꼴랑 그거밖에 안 되나."

나는 고개를 푹 숙였다. 엄마의 체념 섞인 말이 가리키는 대상이 누구인지 굳이 되묻지 않았다. 한동안 꼬치꼬치 캐묻던 엄마는 궁금한 건 다 알았는지 더 묻지도 않고 한숨을 뱉었다. 지방대 출신, 아직 제대로 된 직장도 잡지 못한 서른 줄의 남자. 엄마가 폄하하고 비난할수록 나는 그를 옹호하고 싶어졌다.

"좋은 사람이야. 공부도 잘했는데, 홀어머니가 걱정돼서 국립대 사대에 간 거야. 시험에도 곧 합격할 거야. 올해 경남 교육청에 티오가 많이 나서 기대해볼 만하댔어. 합격만 하면 평생 보장된 직장이고, 더군다나 밀양으로 발령받기는 비교적 쉬우니까……."

나는 더 이상 말을 이어나가지 못한 채 굳은 얼굴로 입을 다물었다. 그에 대해, 그의 미래에 대해 말하면 말할수록 나와 무관하다는 생각이 들었다. 그가 간절하게 바라는 삶은 내가 가장 도망치고 싶은 삶과 겹쳐져 있었다.

좁은 밀양 바닥에서 아버지의 사업 실패 소식을 모르는 사람은 없었다. 혀에 칼날을 세운 채 돈을 내놓으라고 소리를 지르는 빚쟁이들이 집에 들이닥쳤고, 그들이 썰물처럼 빠져나가고 나면 아버지와 엄마는 고래고래 소리를 지르며 싸워댔다. 나는 이어폰을 귀에 꽂고 볼륨을 최대한 높였다. 문을 잠그고 방에서 한 발짝도 나가지 않으며 책에만 고개를 파묻었다. 교과서의 활자들 위로 굵은 눈물방울이 뚝뚝, 서럽게 떨어졌다.

방에 틀어박혀 좀처럼 나오지 않던 나와는 달리 중학생이던 동생은 집에 잘 들어오지 않았다. 언젠가부터 행동거지가 거친 친구들과 어울리면서, 시내에서 동생에게 알은체하기조차 어려워졌다. 며칠씩 집을 나갔다가 돌아올 때마다 동생은 훌쩍 커 있었다. 도저히 견딜 수가 없다고, 이따금 소리를 지르며 울어대던 나와는 달리 동생은 한 시기를 잃어버린 사람처럼 굴었다. 또래다운 표정과 말투와 웃음을 잃어버린 그 아이는 나보다 더 빨리 어른이 된 것 같았다. 방이 따로 없어서 난방조차 되지 않는 차가운 거실 바닥에서 자야 했던 동생에게 왜 집에 들어오지 않느냐고 추궁할 수도 없었다. 중학교 이후로 동생은 집에서 용돈이랄 것을 받아간 적이 없었다. 편의점과 오토바이 수리 센터를 오가면서, 제 앞가림은 알아서 하고 있으니 걱정 말라는 소리만 던질 뿐이었다.

동생은 내가 서울로 떠난 이듬해에 집을 떠났다. 공고 3학년이 되던 해, 안산에 있는 컴퓨터 제조 공장에 취직이 되었다. 동생이 사는 도시에 간 적이 있다. 대학 2학년, 비가 오던 날이었다. 동생은 발효된 치즈 냄새를 풍기는 이국의 남자들이 지나다니는 길목 사이로 고양이 울음소리가 스산하게 들려오는 어두운 골목의 반지하 방에서 '리나'라는 이름의 필리핀 여자아이와 살고 있었다.

아버지는 물론이고 엄마도 리나의 존재를 모르고 있었다. 서른 살의 학원 강사를 달가워하지 않는 엄마가 필리핀에 있는 세 명의 동생들에게 공장에서 받은 임금 대부분을 부쳐야 하는 스무 살의 여공을 좋아할 리가 없었다.

*

"이 선생, 요즘 얼굴 좋아졌어. 애인이라도 생긴 거야?"

점심을 먹고 들어온 원장이 이를 쑤시며 물었다. 그는 대답 없이 멋쩍게 웃었다. 내가 봐도 그의 모습은 나날이 깔끔해지고 있었다. 깃이 구겨지고 끝이 말려 올라간 체크 남방 대신 날이 서게 다림질한 와이셔츠를 입었고, 잘 닦지 않아서 앞이 뿌옇던 뿔테 안경을 버리고 날렵한 반무테 안경을 맞췄다. 그의 표정이 몰라보게 밝아진 것을 알아챈 이는 원장만이 아닌 모양이었다. 교무실 안의 시선이 모두 그에게로 집중되었고, 그는 더듬더듬 수업 자료를 챙겨 도망치듯이 일어났다. 마침 수업을 시작할 시각이었다. 다른 강사들도 흥미롭다는 눈빛을 주고받으며 자리에서 일어났다. 나는 허공에서 엇갈리는 시선들을 달가워하다가 가장 늦게 일어났다.

복도 우측에 노란색 문이 한 줄로 길게 늘어서 있었다. 문 옆에는 각 강의실의 번호가 적힌 팻말이 달려 있었다. 나는 302호 강의실 앞에 서서 발꿈치를 살짝 추켜올렸다. 달랑 A4 용지만 한 크기의 유리창으로 셔츠를 걷어 올린 남자가 칠판에 판서하는 모습이 보였다.

"특히 마지막 부분이 중요하다니까. 자, 다시 한번 읽어봐. 천 길 땅 밑을 검은 물로 흐르거나 도솔천의 하늘을 구름으로 날더라도 그건 결국 도련님 곁 아니어요? 더구나 그 구름이 소나기가 되어 퍼부을 때 춘향은 틀림없이 거기 있을 거예요. 여기서 화자가 말하려는 게 뭐겠어? 영원한 사랑의 맹세. 그거지!"

가느다란 그의 손가락이 파닥거리며 칠판을 탁탁탁, 세 번 두드렸다. 손에 들린 백묵이 부서져 가루가 흩날렸다. 아이들은 그가 부르는 대로 '주제, 영원한 사랑의 맹세'라고 또박또박 받아 적고 있었다.

원하는 그 어떤 것도 가질 수 없었기에 사랑 하나만이라도 자신의 의지로 쟁취하고 싶어 했던 춘향. 뼈와 살이 찢기는 고통 앞에서 그녀를 용감하게 만든 것은 이 도령이 돌아오리라는 믿음이었다. 그렇지만 도솔천 하늘의 구름이 소나기가 되어 퍼부어도 이몽룡만을 기다리는 춘향의 사랑은 그와 함께할 새로운 미래에 대한 확신이 있었기에 가능한 것이었다. 그는 모르고 있는 것이다. 때로 어떤 연애는, 미래를 약속하고 맹세하기 위함이 아니라 다만 혹독한 현재를 견디기 위함이라는 것을. 그의 꿈은 고향에서 아이들을 가르치며 어머니와 함께 사는 것이라고 했다. 내 꿈은…… 고향을 떠나 소설을 쓰는 것이었다.

딱 한 번 그의 어머니를 만난 적이 있다. 매미가 귀가 아프도록 울어대던 여름날이었다. 여름방학의 시작과 함께 학원 수강생들이 불어났다. 밀양 지역이 전국에서 최고 기온을 기록했다는 뉴스가 보도되었지만, 학원 안은 언제나 두 팔에 오스스소름이 돋아날 정도의 에어컨 냉기로 채워져 있었기에 바깥의 더위를 가늠하기는 어려웠다. 아이들의 들뜬 표정과 한결 가벼워진 옷차림에서 여름을 느낄 수 있을 뿐이었다.

다른 강사들이 모두 수업에 들어가고 마침 나 혼자 강의가 비어 교무실에서 새로 들어온 아이들의 출석부를 작성하고 있을 때였다. 얼굴에 고운 분을 바른 채 어색한 표정으로 교무실에 들어서는 늙은 여인의 눈매와 콧날이 눈에 익었다.

"이 선생님…… 지, 지금 자리에 안 계신데요."

나는 굳은 표정으로 자리에서 벌떡 일어나 그녀와 눈도 제대로 마주치지 못한 채 더듬거렸다. 그녀는 아무 말 없이 눈을 끔뻑거리며 한동안 나를 바라보았다.

"츠자가 손 슨생인교?"

"네? 네."

"아, 이기 별꺼 아이고…… 손 슨생이 위장이 안 조타 캐가지고. 이거 버섯하고 대추 달인 물인 기라. 이기 버섯이 우리 동네 뒷산에만 나는 상황버섯인데, 내가 돌아댕기면서 캣다 아이가. 대추도 그냥 대추가 아이고 우리 대추밭에 가서 정수 그놈아가 줏은 기라. 조석으로 이거 공복에 함 잡솨보소. 이기 위장 나쁜 데는 직빵이라 카더라고. 그라고 이거는 깻잎인데, 우

리 집에 깨 농사짓는 거는 알제? 올게 깨가 옥수로 깨끗한 기
라. 집에 갖고 가소."

그녀는 어르듯 말하며 들고 온 꾸러미를 내 책상 위에 올려
놓았다. 그녀의 손은 검고, 단단하고, 투박했다. 나는 그 손을
감히 잡지 못한 채 물끄러미 쳐다보았고, 그녀는 어서 보던 일
보라며 급하게 몸을 돌렸다. 꽁꽁 싸맨 분홍색 보자기를 보면서
가슴 한편이 꽉 조여지는 느낌이었다. 점점 멀어져가는 그녀에
게 무슨 말이라도 해야 할 것 같았지만 아무 말도 할 수 없었
다. 감사하다는 인사조차 쉽게 입에서 떨어지지 않았다. 홀로
된 후 5남매를 농사일로 키웠다는 어머니 얘기를 그에게서 자
주 듣곤 했다. 그는 딸만 내리 넷 낳은 뒤 마지막에 얻은 막내
아들이었다. 매미가 창밖에서 비명을 지르듯 울어대고 있었다.

매미 소리도 한풀 꺾인 여름의 끝자락 즈음, 동생이 휴가를
받아 잠시 집에 내려왔다. 엄마 허리에 좋다는 보약을 지어 들
고 온 동생의 팔에는 예전에 못 보던 굵은 힘줄이 불끈 솟아
있었다. 아주 오랜만에 네 식구가 한 밥상에 앉아서 저녁식사
를 했다. 동생의 밥그릇에 연신 조기를 발라 올리는 엄마의 표
정이 평소보다 밝아 보였다. 마주 앉은 채로 식사를 하는 아버
지의 퍼석하고 부은 눈과 동생의 움푹 꺼진 눈이 이상하게도
닮아 있었다. 그날따라 유난히 밥맛이 좋았다.

휴가의 마지막 날, 나는 밀양역에서 동생을 배웅했다. 기차
를 기다리는 동생의 손에는 엄마가 바리바리 챙겨준 밑반찬 꾸

러미가 들려 있었다. 동생은 리나가 장조림을 좋아한다며 배시시 웃었다. 너무 이르게 가장 노릇을 하게 된 동생은 얼마 되지도 않는 월급을 쪼개 집에 부치고 엄마 허리 약도 지어 부쳤다.

"엄마 약 잘 챙기드리라. 집에 있을 날도 얼마 안 남았다 아이가."

기차를 기다리면서 타는 곳 벤치에 나란히 앉아 동생이 내게 말했다.

"약 먹는 게 큰 소용이 있겠어. 일을 안 해야 하는데 그럴 수가 없으니⋯⋯."

"안 묵는 거보다야 안 낫겠나. 우리가 엄마한테 병도 주고 약도 주는 기다."

동생의 말에 피식 헛웃음이 나왔다. 서울에 올라가자마자 고향 말씨를 지우려 애썼던 나와는 달리 동생은 거센 사투리 억양을 고수했다. 그러나 이미 동생을 둘러싼 많은 것들이 변했다는 것을, 그가 예전과는 다른 사람이 되어가고 있다는 것을 느낄 수 있었다.

동생은 굵어진 팔뚝을 높이 들어 흔들며 기차에 올랐다. 점차 속도를 높이던 기차가 작아지면서 두 선로가 모이는 흐릿한 소실점 속으로 사라져갔다. 진동의 여운이 발끝에 남아서 나는 동생이 사라진 후에도 쉽게 자리를 뜨지 못했다. 집으로 돌아와보니 학교에서 복학 안내 이메일이 와 있었다.

학원에 사표를 내던 날 밤, 은색 모닝은 공설 운동장 가운데로 길게 바퀴 자국을 남기며 들어섰다. 운동장에 차를 세우고 그는 말없이 담배만 피웠다. 그가 연달아 담배를 피우는 동안 나는 차창 밖으로 굴렁쇠가 잘못 굴러갔던 도랑을 바라봤다. 낮게 음악이 흐르고 있었다. 음악이 끝나고 이어지는 심야방송 디제이의 감상적인 사연 소개가 듣기 거북해 라디오를 껐다. 주변이 고요해지자 멀리서 물 흐르는 소리가 들렸다.

"너는 결국 밀양에 돌아오게 될 거야."

"그래, 그럴지도 몰라요. 그렇지만 내가 이곳을 떠나는 이유가 선생님 때문이 아니듯, 혹시 다시 돌아오게 된다고 해도 선생님 때문은 아닐 겁니다."

나는 '선생님'이라는 단어에 일부러 힘을 주어 말했다. 평소와는 다른 깍듯한 경어체였다.

*

그와 처음 운동을 시작한 초봄, 새벽 5시 반이면 아직 해가 뜨지 않을 때였다. 검고 차가운 새벽 공기 위로 하얀 입김을 내뿜으며 트레이닝복 옷깃을 여미고 있으면 그가 탄 자동차가 골목 끝에서부터 헤드라이트를 비추며 미끄러져 오곤 했다. 이제 어둠 속에서 나를 비추는 오렌지색 헤드라이트 불빛의 느슨하고 따뜻한 기운으로 기지개를 할 일이 없는데도 어김없이 새벽 5시에 눈이 떠졌다. 8월의 해가 조금씩 몸을 풀어 어둠을 밀어내고 있었다. 나는 반듯하게 누워 푸르스름하게 밝아오는 천장을 보다가 천천히 몸을 일으켰다.

소리가 안 나도록 조심조심 집 밖으로 걸어 나와 도로변으로 뛰어나갔다. 한산한 도로에서 노란 택시를 잡아타는 일은 어렵지 않았다.

"공설 운동장이요."

매일 가던, 매일 그를 만나던 공설 운동장이었다. 그런데 나 혼자 택시에 올라 '공설 운동장'이라고 발음하는 순간, 코끝이 한 대 맞은 것처럼 시려 왔다. 속에서부터 뜨거운 기운이 통증처럼 몰려오는 동시에 내 안에서 중요한 무언가가 빠져나가버린 듯한 기분을 느꼈다. 왈칵 눈물이 쏟아졌다. 택시는 남천강 다리 위를 지나고 있었다. 고개를 숙이고 울음을 참으려 애썼지만 나도 모르게 흐느낌이 비어져 나왔다. 택시 기사는 짐짓 모른 척하며 라디오 볼륨을 더 높였다.

"공설 운동장 다 왔습니다."

고개를 들어 창밖을 봤을 때, 택시가 도착한 곳은 내가 늘 아침 운동을 하던 공설 운동장이 아니라 새시민 공설 운동장이었다. 무어라 말할 새도 없이 택시는 나를 내려놓고 재빨리 사라졌다.

멍하니 공설 운동장을 올려다보다가 입구 쪽으로 뚜벅뚜벅 걸어갔다. 동서남북으로 난 네 개의 출입구 모두 셔터가 내려진 채 굳게 잠겨 있었다. 축 늘어진 셔터를 잡고 운동장 안을 들여다보고 있으니 쇠창살을 앞에 둔 죄수가 된 기분이 들었다. 두 손으로 쇠창살을 잡고 마구 흔들었다. 셔터가 철컹철컹 소리를 내며 춤을 추듯 흔들릴 때마다 거기 매달린 내 몸도 휘청거렸다. 마음의 중심을 잃은 느낌이었다.

그의 말대로 떠난다고 모든 문제가 해결되는 것은 아니었다. 그래도 나는 다시 시작하고 싶었다. 운동장 안 전광판 양옆에서 두 개의 애드벌룬이 둥실둥실 춤을 추고 있었다. 애드벌룬 밑에 달린 현수막에는 '잘사는 밀양, 따뜻한 밀양'이라는 글씨가 박혀 있었다.

멀리서 모래바람이 불어왔다. 새시민 공설 운동장에는 모래가 없었다. 운동장 중앙에 단정하게 잔디가 깔려 있었고, 가장자리에는 최고급 우레탄으로 깐 갈색 트랙이 늘씬하게 드러누워 있었다. 어디서 불어오는지도 모르는 모래바람이 눈물이 마르지 않은 얼굴에 부딪혀 젖은 볼이 쓰라렸다. 소매 끝으로 눈물 자국을 훔쳤다.

나는 허리를 숙여 운동화 끈을 조였다. 어깨를 뒤로 젖혔다가 펴며 크게 심호흡을 했다. 두 주먹을 꼭 쥐었다. 그리고 문 닫힌 공설 운동장 주변을 힘껏 달리기 시작했다.

소설은 경험의 보고가 아니라고, 그렇게 되어서도 안 된다
고 오랫동안 생각해왔다. 그럼에도 어떤 소설은 특정한 시간
을 몸소 통과해야만 쓰일 수 있다. 소설을 쓰면서 체득한, 경험
에 기반한 확신이다.

　겨우 한 편의 습작이 누군가를 작가로 살 수 있게 만든다고
는 생각하지 않는다. 더 많이 패배하고 망해야 한다고, 실패한
습작이 쌓이고 쌓여야 작가가 될 수 있다고, 그 믿음을 공고히
유지하면서 습작기를 버텼다. 하지만 어떤 습작은 한 명의 작
가를 탄생시키는 데 결정적인 역할을 하기도 한다. 「공설 운동
장」의 초고를 썼던 2005년의 가을이 없었더라면, 나는 소설가
가 되지 못했을지도 모른다. 작가가 되는 과정에서 반드시 거
쳐야 하는 어떤 이야기가 있다면, 내게는 이 소설이 그에 해당

하는 이야기일 거라고 자신 있게 말할 수 있다.

아끼던 습작을 다시 매만져 발표작으로 내놓기까지 깊게 아팠다. 내 생애에서 아버지를 가장 미워하던 시기에 썼던 소설을, 그가 세상을 떠난 후 혹독한 그리움을 안은 채 고치게 된 현재의 상황이 일종의 형벌처럼 느껴지기도 했다.

두 개의 공설 운동장을 지닌 쇠락한 도시에는 점점 갈 일이 뜸해진다. 고향을 떠나고 나서야 고향을 미워하지 않게 된 것에 안도했지만, 사랑하지 않았다면 그렇게까지 미워할 수도 없었을 것 같다. 과거의 나 자신과 아무것도 화해하지 못한 채 오래 품고 있었던 소설을 내 손에서 떠나보낸다. 때로는 이별 후에야 그 관계의 진면목을 제대로 들여다볼 수 있는 것인지도 모르겠다.

방갈로, 1996

박사랑

박사랑은 1984년 서울에서 태어났다. 2012년《문예중앙》신인문학상에

「이야기 속으로」가 당선되어 등단했다. 소설집 『스크류바』가 있다.

'당신의 소설적 모태가 되는 공간은 어디입니까.'

이 촌스러운 질문은 뭐지. 아무리 작가 인터뷰라고 해도 소설적 모태 같은 것을 물어? 소설도 아니고 '소설적'이라는 것도 웃긴데 '모태'는 또 뭐야. 20세기도 아니고. 아무튼 그 이상한 질문에 대답을 쥐어짜는 와중에 불쑥 그 여름의 방갈로가 끼어들었다. 삼각형 모양의 방갈로에 웅크려 앉아 손바닥만 한 창문으로 밖을 내다보던 열세 살의 나. 아니, 창문이라는 말은 적절하지 못했다. 그건 방갈로에 난 작은 숨구멍에 가까웠으니까. 빛이 스며드는 작은 틈. 그 사이로 아빠의, 엄마의, 이모의, 동생의, 그리고 모르는 사람들의 모습이 어른거렸다.

1996년 여름, 아빠는 사업을 말아먹었다. 작은 공장은 문을 닫았고, 발주 받아놓은 석재들은 공장 주변에 제멋대로 쌓였다. 아빠는 마지막 자금을 끌어모으고 가족들도 끌어모았다. 그러고는 해수욕장에 세를 얻어 가게를 내겠다고 했다. 쓸데없이 근엄한 말투로. 열세 살인 내가 보기에도 아빠의 계획은 터무니없었지만 웬일인지 엄마는 별말 없이 고개를 끄덕였다. 당시 석재 공장의 마지막 직원이었던 이모와 마침 일자리를 잃은 이모의 남자 친구, 그리고 할 일 없이 떠돌던 아빠의 육촌 동생이 그 사업에 동행했다. 그렇게 해수욕장 원정대는 동해로 떠났다.

하지만 너무나도 당연히 초짜 원정대가 좋은 목에 가게를 열

수 있을 리 없었다. 경포대 해수욕장이나 낙산 해수욕장, 속초 해수욕장같이 유명한 곳은 이미 누군가가 다 차지한 뒤였다. 원정대는 해안가를 따라 돌다가 '인구 해수욕장'이라는 작은 해수욕장에 터를 잡았다. 그곳은 황량했지만 아빠는 자신감을 보였다. 그 해수욕장에서 고무 튜브와 파라솔을 빌려주고 노래방 기계와 방갈로를 대여해주고 술과 음료를 포함한 간단한 주전부리를 팔았다. 아빠의 가게는 매우 조악했으나 해수욕장의 모든 가게가 비슷비슷했으므로 특별히 초라해 보이지는 않았다.

그 여름, 아빠가 해수욕장으로 떠난 뒤에도 우리 집에는 빚쟁이들이 종종 찾아오곤 했다. 나는 엄마, 아빠의 말대로 아주 야무지게 내 공간을 지켜냈다. 벨을 누르는 아저씨들에게 어른들은 안 계시다고 앙칼지게 대답했고, 문은 열 수 없으니 돌아가시라고 정중하게 응대했다. 하루는 경찰이 문을 두드렸다. 경찰은 인터폰 카메라에 경찰수첩을 들이대며 자신이 경찰임을 강조했다. 아무리 경찰이라도 내 공간을 침범하는 건 허용할 수 없었으므로 나는 문을 꼼꼼히 잠그고 3층에서 4층으로 올라가는 계단 중간에서 경찰과 만났다.

경찰은 빚쟁이들과 똑같이 아빠의 행방에 대해 물었고 나는 늘 그렇듯 모르겠다는 말만 되풀이했다. 원하는 대답을 듣지 못한 경찰은 진술서가 필요하다고 했다. 나는 계단 아래 쪼그려 앉아 A4 용지에 '아버지는 집에 없습니다'라고 썼다. 그 순간 아빠가 아닌 아버지를 생각해낸 내 머리를 쓰다듬어주고 싫었다. 경찰은 맨 밑에 진수린이라고 쓰세요, 하고 말했다. 분명 '진수린'으로 들렸다. 모르는 단어였지만 아는 것처럼 당당한 필체로 쓰자 경찰은 픽 웃더니 '진, 술, 인'이라고 끊어서 말했다. 나는 몹시 자존심이 상했다. 당시 성적도 꽤 좋고 글깨나쓴다는 초등학생이었는데 그깟 단어를 알아듣지 못했다는 사실을 인정할 수 없었다. 지금 돌이켜봐도 내가 진술인을 몰랐던것이 아니라, 그 경찰의 발음이 상당히 나빴던 것이 분명하다.

어쨌든 기특하게도 나는 집을 지켰고, 낯선 사람은 누구도우리 집에 발붙일 수 없게 했다. 그러던 중 방학이 되었다. 엄마는 큰 가방에 옷가지를 잔뜩 욱여넣고는 나와 동생을 데리고 바다로 향했다. 내비게이션도, 인터넷도 없던 시절이라 이름도 생소한 인구 해수욕장을 찾기 위해 엄마와 아빠는 서른번이 넘는 통화를 했다. 무척 답답해하던 아빠가 간간이 소리를 질렀고 엄마는 더 큰 소리로 대꾸했다. 그래도 그들의 해명에 따르면 그건 절대 싸움이 아닌, 대화였다. 그러한 대화는 무척이나 익숙했기에 동생은 그 소란 속에서도 잘 잤고 나는 심드렁하게 창밖만 내다보고 있었다.

인구 해수욕장은 7월 말인데도 한산했다. 나는 태어나 처음으로 사람이 거의 없는 한적한 해수욕장에서 바다를 바라봤다. 바다에서 헤엄을 치던 아빠가 걸어 나왔다. 바닷물이 검게그을린 피부를 타고 흘러내렸다. 아빠가 서 있던 자리의 모래

49

가 젖어 금세 어두워졌다. 엄마는 습관적으로 잔소리를 꺼내놓기 시작했고 아빠는 그것을 슬쩍 넘기며 왼쪽을 가리켰다. 짐은 저기다 풀면 돼. 아빠가 가리킨 저쪽에는 상아색의 삼각형 모양 조형물들이 2열 횡대로 늘어서 있었다. 저게 뭐야? 내 물음에 앞서가던 아빠가 대답했다. 방갈로.

방갈로는 4인용 텐트 정도의 크기였다. 초등학생인 내가 들어가도 허리를 펴고 설 수 없을 정도로 높이가 낮았다. 엄마와 나와 동생은 작은 방갈로에 앉아 짐을 풀었다. 방갈로에는 冃형태의 네모난 구멍이 나 있었다. 그 틈으로 비스듬히 빛이 들었다. 기울어진 빛은 내 발등 위로 떨어졌다. 그대로 몸을 웅크리자 바람이 느껴졌다. 그 작은 틈으로도 바람은 지났다. 물기어린 바람이 뺨을 스치고 귀밑머리를 흔들고 목덜미를 감쌌다. 나는 왠지 그곳이 맘에 들었다. 편안하고 아늑했다. 매번 해수욕장에 가면 텐트에서 자야 하는 게 싫었는데 방갈로만 있다면 얼마든지 괜찮을 것 같았다.

상아색 방갈로들과 조금 떨어진 곳에는 일반 방갈로 두 개를 합쳐놓은 크기의 하얗고 엉성한 방갈로가 또 하나 있었다. 그 입구에 햇볕을 막는 용도로 설치해놓은 차양은 심지어 레이스였다. 옆에는 늘씬하게 빠진 흰색 선탠 의자와 반들반들해 보이는 파라솔이 펼쳐져 있었다. 뒤쪽 나무에는 무지개색의 해먹까지 걸려 있었다. 해먹은 안전이 우려될 정도로 연약하고 부실해 보였다. 이해하기 힘들 만큼 과한 설정의 방갈로는 아빠를 비롯한 운영자들의 핵심 아이디어로 탄생한 스위트 방갈로였다. 아빠는 하와이 와이키키 해변을 가져오고 싶었으나 여기는 대한민국 강원도였다. 바다는 에메랄드빛이 아닌 검푸른 색이었고 모래는 유리알 닮은 흰빛이 아닌 흙색이었다. 그래서 포카리 스웨트 주제곡이 흘러야 하는 스위트 방갈로 주위에서는 서글픈 갈매기 울음소리만 떠다닐 뿐이었다.

어둑해지자 아빠는 바비큐 파티를 열어주겠다며 불판을 폈다. 붉은 고기는 곧 갈색으로 익어갔고 접시에 담길 틈도 없이 사람들의 입속으로 들어갔다. 분주하게 고기를 먹는 사람들 틈에서 아빠의 육촌 동생인 대오 삼촌이 노래방 기계를 켰다. 이 시점에서 늘 이상하게 여기던 점이 떠올랐다. 왜 아빠의 육촌 동생이 나에게 삼촌이 되는 것인지. 하긴 대오 칠촌이나 팔촌은 어감이 이상하니까 별수 없지, 뭐. 아무튼 대오 삼촌은 마이크를 든 채 노래책을 펴지도 않고 익숙한 듯이 번호를 눌렀다. 반주와 함께 흘러나온 노래는 〈바위섬〉이었다.

파도가 부서지는 바위섬 인적 없던 이곳에.

노래는 첫 소절부터 음정, 박자를 무시하며 불안하게 시작되었다. 그러다 후렴구에 다다르자 걷잡을 수 없이 날뛰었다. 바위섬 너는 내가 미워도 나는 너를 너무 사랑해! 감정이 폭발한 대오 삼촌의 목에 핏대가 섰고 손은 부르르 떨렸다. 이미 한 달 동안 함께 있었던 아빠와 이모와 이모의 남자 친구는 대오 삼촌의 노래에 아무 반응도 하지 않았다. 누가 알아주지 않아도 대오 삼촌의 〈바위섬〉은 애절하게 울려 퍼졌다. 사람들은 폭풍우에 휘말려 사라지고 갈매기도 떠나고 없는 바위섬에 홀로 살고 싶다는 가사가 그렇게도 절절히 박힐 수가 없었다.

대오 삼촌의 노래가 끝나자 마이크는 이모에게 넘겨졌다. 이모는 국민 십팔번인 〈남행열차〉를 선곡했다. 비 내리는 호남선 남행열차에 흔들리는 차창 너머로. 대오 삼촌은 마이크 없이도 이모보다 더 큰 소리로 노래를 불렀다. 만날 순 없어도 잊지는 말아요 당신을 사랑했어요. 역시 감정의 깊이는 대오 삼촌을 따를 자가 없었다. 대체 저 사람은 어떤 경험을 했기에 저렇게 애절하게 모든 곡을 소화하는 건지. 노래방 코러스는 기적소리까지 기가 막힌 타이밍에 넣었고 나는 그 광경에 혼을 빼앗긴 것처럼 손뼉을 쳤다. 노래를 부른 이모는 신경도 쓰지 않는데 대오 삼촌이 쑥스러운 듯 뒤통수를 쓸어내렸다.

불꽃놀이를 하는 어른들 틈에 끼어 있는데 엄마가 나와 동생의 옆구리를 쿡 찔렀다. 엄마는 우리를 수돗가로 데리고 가 물을 틀었다. 동생은 쪼그려 앉아 어설픈 자세로 세수를 하기 시작했다. 양손을 모아 같은 방향으로 돌려대는 탓에 물이 한쪽에만 묻었고 비누 거품은 일지도 않았다. 참다못한 엄마가 동생 얼굴을 끌어다 문지르며 나에게 소리쳤다. 너도 빨리 씻어! 제멋대로 튀는 물도 싫었고 찰강거리는 소리가 나는 양은 세숫대야도 싫었지만 무엇보다 엄마의 우악스러운 손에 내 얼굴을 맡기기 싫었으므로 나는 꼼꼼히 얼굴과 손과 발을 차례로 닦았다.

다시 방갈로에 돌아와 틈 사이로 불꽃놀이를 하는 사람들을 보았다. 사람들은 불 붙인 폭죽을 모래에 박아두고 두 걸음 뒤로 물러났다. 조금 뒤, 힘 빠진 소리를 내며 애타게 올라간 폭죽이 바람 빠진 소리를 내며 처연하게 터졌다. 방음 처리가 되지 않는 공간인데도 왠지 소리는 멀게 느껴졌다. 조명 대신 매달아놓은 랜턴을 끄며 엄마는 빨리 자라고 말했다. 나는 벽 쪽으로 웅크려 누웠다. 곧 잠든 엄마와 동생의 고른 숨소리가 들려왔고, 작게 파도 소리도 들려왔다. 이상하게 마음이 놓였다. 딱딱하고 좁은 방갈로가 집 침대보다도 더 편하게 느껴졌다. 여기서는 제멋대로 문을 두드리거나 벨을 누르는 사람은 없겠지. 잠겨 있는 보조 키를 몇 번이나 확인할 필요도 없겠지. 아빠가 어디 있는지 묻는 사람도 없겠지. 그러나 잠들기 전 마지막으로 했던 생각은 완전히 틀려버렸다. 여기서도 사람들은 몇 번이나 나에게 아빠의 행방을 물었다. 아빠, 어디 계시니? 하는 물음에 나는 바다를 가리켰다.

과연 아빠는 바다에 떠 있었다. 틈만 나면 바다로 들어가 헤엄을 치다 돌아누웠다. 바다가 침대라도 되는 양 누워서 가만히 떠내려갔다. 파도는 아빠를 안전선 근처까지 밀어다 주었다. 아빠는 꼭 그 안전선 끝에서 누운 채 눈을 감았다. 나는 그런 아빠를 불안하게 바라보다 놓쳐버리고 말았다. 내 시야 밖으로 사라진 아빠는 어디에도 보이지 않았다. 빨리 돌린 영상처럼 장면들이 내 눈앞으로 밀려들었다. 갑자기 주변을 뒤집어 엎는 파도, 그 파도에 휩쓸려 흔적도 찾을 수 없는 사람들, 부서진 배들의 잔해. 물론 그건 다 상상에 지나지 않았고 곧 봉 긋 솟아오른 아빠의 배가 눈에 들어왔다. 바다와 안전선과 아빠의 배는 썩 잘 어울렸다.

방갈로 앞에서 멍하게 바다만 쳐다보는 내게 엄마가 손짓했다. 엄마는 파라솔 아래 앉아 테이블 위에 학습지를 꺼내놓았다. 이걸 여기까지 가져왔어? 하는 물음에 밀리면 안 되잖아, 하며 그날 치 페이지를 펴주었다. 동생은 인상을 썼지만 별말 없이 연필을 들었다. 나도 마찬가지였다. 해수욕장까지 와서 눈 높이 수학을 푸는 건 우리밖에 없을 거라고 말하자 엄마는 콜 라를 가져왔다. 금세 신이 난 동생은 과자도! 하고 외쳤고 엄마 는 매대에서 썬칩 한 봉지를 꺼내 뜯어주었다. 뭔가 놀아나는 기분이었지만 나도 과자를 입에 넣었다. 그나마 테이프 재생을 못 해서 눈높이 영어까지 안 가져온 게 어디야. 나는 이런저런 생각을 지우고 더 이상 나뉘지 않을 때까지, 분수를 약분했다.

밤의 시작은 늘 그렇듯 대오 삼촌이 알렸다. 대오 삼촌의 〈바 위섬〉이 울려 퍼지자 아빠는 크리스마스트리에나 달 법한 꼬 마전구를 켰다. 꼬마전구는 애를 쓰며 빛을 밝혔으나 그 불빛은 반짝반짝보다는 가물가물에 가까웠다. 왜 맨날 대오 삼촌이 노 래해? 하고 묻자 아빠는 그래야 재밌어 보여서 손님들이 오지,

하고 대답했다. 대오 삼촌의 노래가 클라이맥스를 향해가고 있었다. 저게 재밌어 보인다고? 하지만 나는 그 말을 입 밖에 내지 않았고, 노래가 끝나자 습관처럼 박수도 보냈다. 다음 곡은 〈사랑했어요〉였다. 사랑했어요 그때는 몰랐지만 이 마음 다 바쳐서 당신을 사랑했어요 이젠 알아요 사랑이 무언지 마음이 아프다는 걸. 대오 삼촌은 애절한 노래를 좋아하는 게 분명했다.

이모는 청량한 소리를 내며 맥주를 깠다. 이모의 맥주 까는 솜씨는 가히 일품이었다. 물론 맥주 마시는 솜씨는 더더욱 일품이었지만. 이모는 취미, 특기가 다 음주인 사람이었다. 그래서 역시 음주인인 아빠와도 잘 맞았다. 둘은 집에서는 형부와 처제로, 회사에서는 사장과 경리 직원으로, 퇴근해서는 음주메이트로 매일 어울렸다. 주종을 가리지 않고 매일을 술과 함께 보냈다. 그리하여 술에 찌들어 노래를 부르며 집에 들어와서는 아침이 되면 10분 간격으로 웩웩거리며 속을 게워냈다. 나는 양치질을 하면서 변기를 붙잡고 있는 이모의 등을 두드리며 대체 술이 무엇인지에 대해 생각하곤 했다.

당연히 이곳에서도 이모의 취미, 특기는 빛을 발했다. 이모는 컵의 15퍼센트 정도 거품이 올라오게 맥주를 따르고는 호쾌하게 원샷을 때렸다. 공기 좋은 데 있으니까 술도 안 취해! 이모의 기쁜 목소리가 테이블을 떠돌았다. 자연스레 이모의 음주메이트인 아빠가 맞은편에 앉았다. 둘은 서로의 잔보다는 각자의 잔에 술을 채워가면서 신나게 마셨다. 엄마는 포기했는지 그만 좀 마시라는 잔소리도 하지 않았다. 오히려 아빠와 이모의 빈 잔을 채워주기까지 했다. 둘은 금세 흥이 올랐다. 노을 지는 바닷가에서 땀 흘린 뒤 마시는 맥주는 세상 최고라고 목소리를 높였다. 나도 그 맛이 궁금해서 기회를 엿보다 한 모금 마셨다. 맥주는 쓰기만 했다.

아빠는 가게 안쪽에서 박스를 나르고 있던 이모의 남자 친구를 불렀다. 그만하고 와서 쉬어. 그 말에 이모의 남자 친구는 두어 번 정도 거절을 하다가 앉았다. 두어 번의 거절은 무슨 절차 같았다. 선물이나 밥상을 받을 때도 늘 두어 번 거절을 했다. 아니에요, 괜찮습니다. 결국에는 받을 거고 먹을 거면서도 꼭 그런 절차가 따라붙었다. 이번에도 역시 두어 번의 거절 끝에 술을 받아 마셨다. 이모의 남자 친구는 이모처럼 술을 좋아했지만 특기로 삼기에는 몸이 따라주지 않았다. 음주 최대치인 소주 한 병을 마시면 아무 구석에나 가서 잠이 들었다.

이곳에 와서는 '아무 구석'이 한 장소로 귀결되었다. 방갈로 옆에 쳐놓은 텐트. 그곳에 가면 술 취한 이모의 남자 친구를 발견할 수 있었다. 분명히 해가 쨍쨍하게 들어서 자기 어렵겠다고 말해놓고는 꼭 술에 취하면 그 텐트로 들어갔다. 빈 방갈로가 많은데도 불구하고 텐트에 몸을 구겨 넣는 이모의 남자 친구를 다들 이해하지 못했지만 그냥 두었다. 그곳에서는 다들 그랬다. 서로 이해하지 못할 행동을 해도 특별히 화내거나 바로잡으려는 사람이 없었다. 조금씩 거리를 두고 서로에게 너그러웠다. 더우면 바다에 들어갔고 추우면 다시 나왔다. 배고프면 먹었고 졸리면 잤다. 장사가 안되면 스스로가 손님이 되어 술을 마시고 노래를 불렀다. 그것은 기묘한 평화였다.

그 이상한 환경에 적응한 엄마는 매우 새로웠다. 서울에서의 엄마는 늘 화를 내고 무언가를 시키고 '그래'보다는 '안 돼'를 주로 쓰는 사람이었다. 그런데 여기에서는 나나 동생이 무언가를 해달라고 해도 그래, 하고 다 해주었다. 그렇다고 해서 엄마가 까다로운 성격을 다 버렸느냐고 하면 그건 또 아니었다. 엄마는 끈적거린다며 한 번도 바닷물에 들어가지 않았고 신발에 모래가 들어가는 것이 싫다며 해변을 걷지도 않았다. 그런데도 화는 안 냈다. 나는 좋으면서도 불안해서 엄마 눈치를 봤다. 눈치 없는 동생은 마냥 신나서 콜라와 과자를 원 없이 먹어댔다. 나는 엄마 팔을 쿡쿡 찔렀다. 엄마의 눈빛이 온화해서 용기를 냈다. 손을 높이 들어 우리 옆 가게를 가리켰다.

그곳에는 튀김집이 있었다. 다른 가게들은 모두 이름이 없는데 조악하나마 나무판으로 만든 작은 간판도 걸려 있었다. '지현이네'. 지현이네에서는 오직 튀김만 팔았다. 팔뚝이 튼실한 아줌마가 꽃무늬 원피스를 입고 오징어, 고구마, 김말이 등을 매일 튀겼다. 그 더운 해수욕장에서 아무도 튀김을 먹을 리가 없었으므로 사실 아줌마는 식어가는 튀김 옆에서 계속 부채질만 하고 있었다. 기름이 튀어서 끝이 검게 타버린 부채를 들고 가만히 앉아 있는 아줌마는 가끔 무섭기도 했다. 그런데 이상하게 그 튀김이 먹고 싶었다. 이런 데서 그런 걸 찾는다고 화낼 줄 알았던 엄마는 순순히 튀김 살 돈을 내주었다. 나는 1,000원짜리 두 장을 쥐고 지현이네로 뛰어갔다.

아줌마는 옆집 꼬마라는 이유로 원래 주어야 하는 양에 오징어튀김 두 개를 서비스로 얹어주었다. 튀김은 예상대로 눅눅했다. 엄마는 당연히 거들떠보지도 않았고 동생은 하나 먹더니 다시 과자로 손을 옮겼다. 옆에서 이모가 내 귓가에 대고 말했다. 맛없지? 나는 고개를 끄덕이지도, 젓지도 않았다. 이모는 이게 맛있을 리가 있냐, 하고 말하면서도 오징어튀김을 주워 먹었다. 그리고 연속 동작처럼 맥주를 깠다. 너도 줄까? 하는 이모의 물음에 고개를 끄덕하고 얼른 한 모금 받아 마셨다. 그 순간의 맥주는 평소와 달랐다. 예전에는 이런 걸 왜 먹나 싶을 정도로 비릿하고 쓴맛이었는데 그때는 눅눅한 기름과 날씨를 씻어주는 청량감이 있었다. 처음으로 진정한 맥주의 맛을 안 느낌이었다.

지현이네의 튀김은 맛이 없었지만 맥주를 당기게 하는 힘이 있었다. 이모는 그 자리에서 맥주 두 캔을 비웠다. 이모의 남자 친구는 새 맥주 박스를 열어 냉장고를 채우고 있었다. 이모가 손을 흔들어 남자 친구를 불렀다. 이모의 남자 친구는 반쯤 남은 맥주 박스를 그대로 두고 이모 곁에 앉았다. 그리고 이모가 하라는 대로 맥주를 마시고 남은 튀김을 먹었다. 항상 따라붙는 두어 번의 거절이 이모에게만 생략되었다. 식어서 기름까지 배어 나오는 튀김을 맛있게 먹는 그가 신기했다. 맛있어요? 하고 내가 묻자 아니, 하면서도 남은 튀김을 싹 다 먹어치우는 이모의 남자 친구를 이해하기란 역시 어려웠다.

일과는 거의 비슷했다. 아침에 일어나 씻고 아침밥을 먹었다. 오전에는 파라솔에 앉아 눈높이 수학을 풀었다. 대체 몇 주 치를 받아온 건지 엄마의 가방에서는 눈높이 수학이 계속 나왔다. 오후가 되어서야 물놀이를 할 수 있었다. 점심을 먹고 나면 가게에 쌓여 있는 고무 튜브 중 그나마 탱탱한 것을 가지고 바닷가로 나갔다. 까만 고무 튜브는 보통 아이들이 가지고 노는 캐릭터 튜브보다는 덜 예뻤지만 물에 잘 뜨고 커서 놀기에 좋았다. 나는 튜브를 끼고 헤엄을 치기보다는 그 위에 앉아 파도를 타는 게 좋았다. 엉덩이만 물에 담근 채 튜브 위에 멍하게 앉아 있다 보면 물 위에 떠 있는 아빠를 이해할 수 있을 것 같았다. 생각이 잦아들고 바다와 하늘 사이에 나만 남겨진, 그런 기분.
　옆에 있던 아이가 나를 따라 하고 싶었던 건지 튜브 위로 올라앉았다. 그러나 작고 연약한 아이의 튜브는 오래 버티지 못하고 뒤집혔다. 아이는 내 고무 튜브를 부러운 듯이 바라보다 자기 엄마 쪽으로 시선을 옮겼다. 아이의 엄마는 그 시선을 본 척도 하지 않고 고개를 돌렸다. 아이는 몇 번이나 내 튜브와 자신의 튜브를 번갈아 바라봤다. 나는 왠지 어깨에 힘이 들어가 더 신나는 척했다. 엄마가 나를 불렀다. 좀 쉬고 다시 들어가! 나는 순순히 물 밖으로 나와 커다란 파라솔 그늘 안으로 들어갔다. 아이의 시선이 길게 나를 따라붙었다. 아이의 엄마는 우산만 받쳐두고 있었다. 나는 아이가 좀 딱하게 느껴졌다. 하지만 얌전히 엄마가 시키는 대로 콜라를 마시며 파라솔 아래 누워 있었다.

다시 물속으로 들어갔을 때 아이의 튜브는 바람이 빠져 있었다. 어딘가 구멍이라도 난 건지 흐물흐물해진 튜브를 들고 시무룩해진 아이를 보자 이상한 승리감이 느껴졌다. 물론 혼자한 생각이라도 금세 반성했다. 동네에 살던 슈퍼집 아이가 생각나서였다. 늘 가게에 들어가서 내가 쉽게 먹지 못할 과자와 아이스크림을 말 한마디 없이 집어들던 슈퍼집 아이. 그 애는 자기가 슈퍼집 아이가 아니라 슈퍼 아이라도 되는 것처럼 굴어 가끔 내 속을 헤집었다. 나는 그날을 기점으로 슈퍼집 아이를 이해하기로 했다. 점점 이해의 폭이 깊어지고 앎의 저변이 넓어지고 있었다. 아마도 어른이 되어가는 증거겠지, 하고 열세 살의 나는 우쭐했다.

언제 들어온 건지 아빠가 헤엄치며 내 옆을 지나쳤다. 아빠의 수영 폼은 영 우스웠지만 절대 물에 가라앉지 않았다. 고개를 내놓은 채 팔과 다리를 휘적여 앞으로 나아가는 모습은 무척 안정되어 보였다. 나도 아빠를 따라 하고 싶었지만 수영을 하겠다는 생각만으로도 몸이 굳어 무리였다. 작년 여름방학에 수영을 배웠지만 방학이 금세 끝나버리는 바람에 자유형을 제대로 끝마치지 못하고 그만두고 말았다. 아마 자유형을 배웠다고 해도 바다에서는 하지 못했을 것이다. 내가 배운 수영은 딱 수영장용에 지나지 않았다. 실제 바다에서는 아무 쓸모도 없는.

엄마는 아주 멋진 폼으로 수영을 할 수 있었지만 바다에 한 번도 들어가지 않았다. 집에 있을 때는 매일 수영장에 가서 두 시간씩 5년이 넘도록 수영을 했으면서 정작 바다에서는 할 생각이 없어 보였다. 어린 시절 개울가에서 멋대로 배운 아빠의 수영과 주부들을 대상으로 하는 스포츠센터에서 배운 엄마의 수영과 방학 특강으로 배우다 만 내 수영은 다 달랐다. 그건 마치 우리가 각자 살아온 길 같았고, 앞으로 살아갈 길 같기도 했다. 나는 바다에서 너무 많은 것을 깨친 듯한 기분에 뭔가 뿌듯해졌다. 엄마는 깨달음의 시간을 손짓으로 끊어내며 나를 불렀다.

늦은 저녁을 먹고 오랜만에 아빠와 나란히 바닷가에 앉았다. 엄마는 이미 동생을 데리고 방갈로로 들어간 뒤였다. 바다 저편에서 불빛이 반짝거렸다.

"저기 불이 반짝거려."

"오징어잡이 배에서 켜둔 불이야."

"오징어잡이? 저걸로 오징어를 잡아?"

"불을 환하게 켜두면 오징어가 몰려들어. 그럼 그물로 잡는 거지."

설명을 듣기 전에는 낭만적으로 반짝이던 불빛이 '체험 삶의 현장'으로 바뀌는 순간이었다. 불빛을 보고 제멋대로 달려드는 오징어와 장화를 신은 아저씨들이 그물을 던져 그것을 낚는 장면을 떠올렸다. 그 상상을 끊으며 아빠의 목소리가 끼어들었다.

"맛있어. 바로 먹으면."

"오징어를? 배에서?"

"응, 잡아서 바로 먹으면 초장 안 찍어도 엄청 맛있어."

'체험 삶의 현장'은 다시 '먹방'으로 바뀌었다. 반투명한 오징어의 찰진 살집과 쫄깃한 다리를 생각하며 고인 침을 삼켰다. 먹어보고 싶다, 지나가듯 내뱉었다. 엄마가 밖으로 나와 나를 찾았다. 나는 방갈로에 들어가면서도 오징어잡이 배의 흔들리는 불빛에서 눈을 떼지 못했다.

다음 날, 나는 엄마 몰래 방파제 쪽으로 걸었다. 방파제로 향하면서도 수도 없이 고개를 돌려 가게 위치를 확인했다. 가게에서 점점 더 멀어지는 게 신경 쓰였지만 길을 잃을 것 같지는 않았다. 방파제 끝에서 5분쯤 망설이다 마침내 그 뒤로 넘어갔다. 저편에서 아저씨 몇몇이 나란히 낚싯대를 드리우고 있었다. 나는 괜히 아저씨들 뒤를 어슬렁거렸다. 손잡이 달린 대야에는 이름 모를 생선들이 체념한 듯 구겨져 있었다. 그 생선들 사이로 오징어 다리가 불쑥 올라왔다. 깜짝 놀라 뒷걸음치는 나를 누군가 불렀다.

아빠였다. 대체 언제부터 여기에 있었던 건지. 아빠는 나에게 왜 여기까지 왔느냐고 묻지 않았지만 지레 찔린 내가 말을 돌리듯 먼저 입을 뗐다. 여기서 아저씨들 낚시하나 봐? 아빠는 고개를 끄덕이며 내가 보고 있던 대야로 시선을 돌렸다. 유난히 힘이 넘치는 오징어 다리 하나가 또다시 뻗어 올랐다. 아빠는 낚시하는 아저씨한테 다가가 말을 걸었다. 별로 작게 말하는 거 같지도 않은데 잘 들리지 않았다. 예전에 농구장 앞에서 암표를 살 때처럼 아빠는 아저씨 귓가에 몇 마디 속삭인 뒤 주머니에 돈을 찔러주었다. 아저씨는 곧 대야에서 오징어 다섯 마리를 내주었다.

대야 속에서 힘이 넘쳐 보였던 오징어는 대야를 벗어나자 축 늘어졌다. 검은 비닐봉지 속에서 죽었는지, 살았는지 알 수 없게 처져 있었다. 가게에 도착하자 아빠는 바로 오징어를 꺼내 가느다랗게 썰었다. 배에서 바로 먹는 것만큼은 아니더라도 산지에서 직접 잡은 오징어라 그런지 평소 서울에서 먹던 것과는 달랐다. 초장 없이도 간이 맞았고, 뭉클거리면서도 쫄깃한 살은 씹을수록 단맛이 났다. 오징어에서 단맛을 느낀 건 처음이었다. 다리는 몸통보다 더 탱글탱글하고 식감이 좋았다.

이모가 어디선가 나타나서 맥주를 깠다. 아빠도 그 리듬에 맞춰 소주를 깠다. 나는 아빠의 술잔에 소주를 가득 부었다. 아빠는 남김없이 소주잔을 비우고 캬, 소리와 함께 오징어회를 입에 넣었다. 나는 아빠한테 고맙다는 말을 하고 싶었지만 타이밍을 놓치고 말았다. 그래서 그냥 오징어를 더 많이, 참참

소리를 내며 먹었다. 이모는 슬쩍 내 앞으로 술잔을 밀어주었다. 나는 사양치 않고 얼른 남은 맥주를 털어 넣었다. 그 와중에 엄마는 초장을 옷소매에 묻힌 동생을 혼내며 소매를 두 번 접어주었고 이모의 남자 친구는 두어 번 거절 끝에 자리에 앉았다. 대오 삼촌은 보이지 않았다.

술판은 점점 거나해지고 있었다. 그날따라 손님이 한 테이블도 들지 않았고 아빠는 귀찮은지 조명도 켜지 않고 본격적으로 술을 마셨다. 아빠와 이모 앞에 술병이 쌓여갔다. 엄마는 술을 마시지 않았지만 자리를 지키고 있었다. 낮에 내내 보이지 않던 대오 삼촌이 어느새 나타나 노래방 기계 앞에 섰고 이모의 남자 친구는 이미 주량을 채워 텐트 속에 구겨져 있었다. 아빠는 술안주로 자신의 왕년을 꺼내놓았다. 차표도 없이 기차를 타고 강경에서 서울까지 올라왔던 이야기, 학교를 그만두고 친구들과 몰려다녔던 이야기, 그때 몰려다녔던 친구 누구의 이혼 이야기가 쉼 없이 쏟아져 나왔다. 엄마와의 연애담이 등장한 건 그 무렵이었다.

손이 예뻤어. 그렇게 말하면서 아빠는 엄마 손을 잡았고 엄마는 눈을 흘겼지만 손을 빼지는 않았다. 엄마의 손은 하얗고 가느다란, 누가 봐도 예쁜 손이었다. 시집살이를 하며 아이 둘을 키워냈어도 엄마의 손은 고왔다. 고모의 소개로 만난 엄마가 예뻐서 첫눈에 반했다는 아빠 이야기를 들으면서 엄마는 입술을 삐죽댔다. 내가 너희 아빠를 만나는 게 아니었어. 난 그

64

때부터 너희 아빠가 싫었어. 매일 쫓아다니고, 밤새 집 앞에서 기다리고, 바닷가에서 자란 나한테 바다 보여준다고 되도 않는 큰소리나 치고. 아빠는 그런 투덜거림에 반응하지 않고 여전히 낭만적인 기억을 차곡차곡 꺼내놓았다.

싫긴 뭐가 싫어, 해수욕장까지 따라가놓고는. 이모의 말로 전세는 역전되었다. 당황한 기색의 엄마 옆에서 이모는 아무렇지 않게 말을 이었다.

"거기서 얘 생긴 거잖아, 춘장대 해수욕장에서."

이모의 손가락은 정확히 나를 가리키고 있었다. 춘장대 해수욕장, 이제껏 들어본 적도 없는 지명이었다. 이모는 목 넘김이 좋은 맥주를 시원스레 비우고 다시 잔을 채우면서 빠르게 말을 이어갔다. 넌 춘장대 해수욕장 방갈로에서 생긴 거야. 씩 웃는 이모와 눈이 마주쳤다. 성교육 시간에 본 정자와 난자가 만나는 그림이 떠올랐다. 이어서 좁고 어두운 방갈로 안이 떠올랐고, 저 멀리서 밀려드는 파도 소리가 떠올랐다. 아니, 파도 소리는 떠오른 게 아니고 현장에서 들려온 것이었다. 잠시 모두가 말이 없는 사이, 그 공백을 파도 소리가 메꿔주고 있었다.

엄마는 서둘러 일어났다. 나와 동생을 수돗가로 몰아내며 말했다. 빨리 씻어! 나는 더 앉아 있고 싶었지만 쭈뼛거리며 자리를 떴다. 동생보다 먼저 씻고 방갈로로 들어와서 그 안을 한참 쳐다봤다. 내가 경험한 방갈로가 이곳 하나일 거라고 생각했는데 춘장대 해수욕장의 방갈로가 더 있었던 셈이었다. 픽,

웃음이 샜다. 당황하던 엄마와 말없이 술만 들이키던 아빠의 모습이 떠올랐다. 어른들의 사정 속에 끼어 있던 작은 세포가 이만큼이나 자라서 방갈로의 반을 차지하고 있었다. 나는 방갈로 틈새로 아직 술을 마시고 있는 엄마와 아빠와 이모를 살펴봤다. 아마도 엄마는 이모를 탓하고 있을 것이고 이모는 뭐별 얘기도 아니라면서 변명을 늘어놓고 있을 것이었다. 아빠는 그냥 웃고 말겠지. 저 멀리에 있어도 대화가 들리는 듯했다.

나는 방갈로 베이비였구나. 허니문 베이비 같은 말은 오글거려서 싫었는데 방갈로 베이비는 왠지 새로웠다. 뭔가 스웨그 넘치는 개성적인 베이비 같았다. 곧 엄마와 동생이 들어와 좁은 방갈로 안이 가득 찼다. 잠든 동생의 숨소리와 멀리서 들려오는 파도 소리, 그리고 누군가가 불꽃을 터트리는 소리가 끊이지 않았다. 엄마는 잠시 누워 있다 일어나 나와 동생이 자는 것을 확인하고는 다시 밖으로 나갔다. 어디로 가는지 궁금했지만 묻지 않았다. 나는 그대로 방갈로 바닥에 얼굴을 묻은 채 서서히 잠이 들었다.

다음 날 아침상은 평소보다 반찬이 많았다. 심지어 평소 잘 올라오지 않던 찌개까지 있었다. 무슨 이유인지는 모르겠지만 아무도 묻지 않았다. 그저 열심히 숟가락질을 해댈 뿐이었다. 나는 그런 게 좋았다. 왜 그런지 몰라도 되는 거. 그러면 '왜'라는 괄호 안을 내 맘대로 채울 수 있었다. 오늘따라 엄마가 일찍 일어났다든지, 곧 상할 재료라 끓였다든지, 아빠가 전날 먹고 싶다고 얘기했다든지. 무엇이든 가능했다. 물론 이런 뻔한, 아주 설득력 높은 답안만 내놓는 게 내 한계이긴 했지만. 그래도 상관없었다. 생각은 누군가에게 검사 맡지 않아도 되고, 점수로 환산하지 않아도 되니까.

아침부터 무척 들떠 있던 나는 눈높이 수학을 여느 때보다 빠르게 풀고 바닷속으로 들어갔다. 햇살은 유난했다. 바스러진 유리 조각이 쏟아지듯 눈부셨고 따가웠다. 바다는 알맞게 데워져 있었다. 얕은 바다 아래로 해초가 떠다니며 다리에 붙었다 떨어지기를 반복했다. 이름을 알 수 없는 작은 물고기들도 간간이 보였다. 물고기는 내 다리에 부딪히는 일도, 자신들끼리 부딪히는 일도 없이 유연하게 헤엄쳐갔다. 몇 번 잡아보려고 손을 휘저었지만 내 손은 물고기는커녕 바닷물도 움켜쥘 수 없었다.

잠시 물에 몸을 적신 뒤 늘 하던 대로 튜브 위로 올라갔다. 마지막 휴가철이라 사람이 꽤 많았다. 아빠는 물에 떠 있을 새도 없이 장사를 하느라 바빴고 엄마도 아빠를 도와 가게 안을 분주히 돌아다녔다. 나는 물 위에 떠서 물건을 파는 아빠를 보고, 매대를 정리하는 엄마를 보고, 파라솔을 접어두는 이모를 보고, 튜브에 바람을 넣는 이모의 남자 친구를 보고, 두 손을 모아 콜라를 마시는 동생을 보았다. 눈을 돌려 어설픈 수영을 하는 파란 바지 남자를 보고, 반만 펴진 파라솔에 당황하는 원피스 여자를 보고, 모래에 손을 파묻는 꼬마를 보고, 튜브가 배에 꽉 낀 배불뚝이 아저씨를 보았다.

그들은 장면, 장면마다 움직이다 멈추길 반복했고 이 대사를 말하다 저 대사를 말하기도 했다. 퍼즐처럼 흩어진 장면이 순서대로 맞아떨어질 때도 있었고 영 헝클어져 제멋대로 놀기도 했다. 나는 그냥 조금 멀리서 지켜보는 게 좋았다. 아니, 덧붙이자면 혼자 만들어보는 게 좋았다. 손 하나 까닥하지 않아도 그들은 내 머릿속에서 계속 다른 인물로 변했고 다른 말들을 늘어놓았고 다른 행동을 했다. 그런가 하면 어느 순간 다 똑같은 말과 행동을 하기도 했다. 이래도 저래도 괜찮았다. 그건 나만의 놀이였고 누구도 모르는 비밀스러운 장난이었다.

쨍쨍하던 해가 점차 시들해질 무렵 엄마가 손짓했다. 엄마는 튜브를 거둬들이며 오늘 물놀이는 끝, 이라고 말했다. 나는 순순히 고개를 끄덕이고 샤워장으로 갔다. 아직 사람들이 바닷속에 있을 시간이라 그런지 이용객은 많지 않았다. 나는 옷 사이에 낀 모래를 털어내며 티셔츠부터 벗고 반바지도 끌어내렸다. 마지막으로 팬티를 내리다 멈칫했다. 젖은 팬티 가운데에 붉은 동그라미가 번져 있었다.

놀랐지만 침착하게 벗어두고 몸을 씻었다. 다른 때보다 더 꼼꼼히, 깨끗하게 닦고 문질렀다. 손이 잘 닿지 않는 곳도 오랜 시간을 두고 물로 헹궈냈다. 내 몸에 생긴 변화가 무엇인지는 이미 알고 있었다. 책에서도 많이 봤고 주변에 먼저 시작한 친구들도 있었다. 그런데 막상 닥치자 그냥 머리로만 알던 것과는 조금 다른 느낌이었다. 아픔도 느끼지 못했고 몸이 크게 변한 것도 아니었지만 무언가 다르다는 건 알 수 있었다. 내일부터는 튜브에 타지 말아야 하나, 하고 잠시 생각했고 혹시 아플지도 몰라, 하고 잠시 겁먹었고 나도 시작했네, 하고 잠시 설렜다.

엄마는 내가 대충 헹궈온 팬티를 보고는 새 팬티에 하얀 생리대를 붙여주었다. 이제 너도 어른이라는 둥, 여자가 되었다는 둥의 말은 하지 않았다. 특별히 무엇을 더 조심해야 한다고 일러주지도 않았다. 그래서 다행이었다. 앞으로 천천히 알아가도 될 일이었다. 책에 나온 게 다도 아니었고 엄마가 해주는 말이 다도 아니었고 친구들이 떠드는 소리가 다일 리도 없었다. 그건 겪으면서 알아갈 일이었다. 아주 자연스러운 일이었고 성장이자 변화였다. 단지 조금 불편해졌으나 시간이 지나면 익숙해질 것이므로 기꺼이 받아들일 수 있었다.

8월 15일을 기점으로 해수욕장에는 사람이 눈에 띄게 줄었다. 원래도 그리 많았던 건 아니지만 여름의 끝으로 갈수록 점점 더 황량해졌다. 아빠는 더 이상 가게에 물건을 들여놓지 않았고 모든 튜브에 바람을 가득 넣어두지도 않았다. 방갈로는 텅 비어 온 가족이 하나씩 차지하고도 남았고 파라솔은 내내 접힌 채 쌓여 있었다. 일렬로 죽 늘어선 가게들 중 가장 먼저 문을 닫은 건 지현이네였다. 아줌마는 남은 재료를 마지막으로 튀겨 오징어튀김 다섯 개를 내게 주었다. 건강하게 잘 지내라는 덕담과 함께. 갓 튀긴 튀김은 엄청 맛있었다. 저번에 먹은 눅눅한 튀김과는 아예 차원이 달랐다. 이렇게 맛있는데 어째서 안 팔린 걸까, 하는 생각이 들 정도로.

다음으로 해수욕장 입구에 있던 가게가 문을 닫았다. 아빠의 가게와 비슷하게 주전부리와 술을 팔던 곳이었다. 가게들마저 하나둘 문을 닫자 해수욕장은 한층 더 고요하고 한적해졌다. 비까지 내리자 분위기는 을씨년스럽기까지 했다. 사람이 한 번도 든 적 없는 스위트 방갈로의 흰 지붕은 누렇게 변색되었고 차양으로 둔 레이스는 어디서 뜯긴 건지 반쯤 찢겨 있었다. 부실해 보이던 무지개색의 해먹은 저 혼자 이리저리 꼬여 있었다. 나는 운치 있게 비를 감상하고 싶은 마음에 선탠 의자에 앉았다. 빗소리가 토닥토닥하고 들렸다. 그러나 아름다움은 5분을 넘기지 못했다. 곧 바람이 불어왔고 빗방울은 내 얼굴을 때렸으며 그 와중에 선탠 의자의 왼쪽 다리가 주저앉았다. 나는 혀를 차며 얼른 그 자리를 벗어났다.

풀어야 할 눈높이 수학도 남아 있지 않아서 나는 오전부터 바다로 나갔다. 생리대를 차고도 튜브를 가지고 물속에 들어갔다. 생리대에 물이 차 금세 엉덩이가 무거워졌다. 꼭 아래에서 무언가가 끌어당기는 것 같았다. 그래도 튜브 위에 떠서 하늘을 바라봤다. 하늘은 맑다가도 곧 비를 쏟을 것처럼 찌푸리곤 했다. 구름이 모였다 흩어지고 햇살이 비치다 숨었다. 그렇게 꼬박 하늘만 쳐다보는 일은 서울에서는 해보지 못한 것이었다.

아마 다시 돌아가서도 절대 하지 못할 일일 테고.

어차피 장사가 될 리도 없었으므로 아빠는 매일 바다에 들어가 누웠다. 안전선을 슬쩍 넘는 아빠를 보고도 안전 요원은 호루라기를 불지 않았다. 아빠는 안전선을 넘었다 다시 들어왔다를 반복하며 바다를 떠돌았다. 나는 튜브가 도는 방향에 따라 아빠를 보다 말다 했다. 그러다 어느 순간 등 뒤에서 몰아친 큰 파도 덕에 튜브가 뒤집혔다. 갑작스럽게 물에 빠진 나는 눈과 귀에 들어간 바닷물을 닦아내며 아빠를 좇았다. 아빠는 보이지 않았다. 안전선은 평화롭게 춤추고 선글라스를 낀 안전 요원은 먼바다를 보고 있는데 오직 아빠만 그 자리에 없었다. 불안한 상상은 꽉 매어두고 안전선 근처만 쳐다보고 있는데 엄마가 나를 불렀다. 알았다고 끄덕이면서도 쉽게 바다에서 빠져나오지 못하는 내 옆으로 아빠가 나타났다. 아빠는 해안으로 헤엄치며 내게 고갯짓했다. 나는 두 손을 저어 아빠를 따라나갔다. 그게 인구 해수욕장에서의 마지막 해수욕이었다.

그렇게 해수욕장 원정대의 화려한 외출도 끝이 났다. 당연히 아빠의 사업은 적자를 면치 못했으나 그래도 까먹은 게 적다며 서로를 위로할 수 있었다. 인구 해수욕장에서의 마지막 날 밤, 아빠와 이모는 남은 술을 죄다 먹어치웠고 이모의 남자 친구는 그날까지도 방갈로에서 자라는 말에 두어 번의 거절을 하고는 텐트에 몸을 구겨 넣었다. 대오 삼촌은 마지막까지 음정, 박자가 맞지 않는 〈바위섬〉을 불렀다. 엄마는 자기 싫다는 나를 억지로 재우지 않았고, 동생 손만 잡고 방갈로로 들어갔다. 아빠와 이모의 술판은 늦게까지 이어졌고 나는 한참을 더 구경하다 자리에서 일어났다. 그리고 항상 자던 방갈로를 지나쳐 저만치 먼 스위트 방갈로로 들어갔다. 방갈로 안에서 몰래 가져온 맥주를 마시며 틈 사이로 밖을 내다봤다. 보이는 건 어둠뿐이었고 간간이 빛이 스쳤다.

그것이 내 소설적 모태? 픽, 웃음이 났다. 서울로 돌아온 뒤 아빠는 바다를 대신해 소파에 누웠고 엄마는 그런 아빠에게 잔소리를 아끼지 않았으며 동생은 눈높이 수학과 영어를 성실히 풀었다. 이모는 여전히 취미, 특기를 살려 음주에 매진했으며 이모의 남자 친구는 자연스레 이모부가 되었다. 대오 삼촌은 그 뒤 한 번도 만나지 못했다. 아마도 어디선가 열심히 〈바위섬〉을 부르고 있겠지. 그리고 나는 소설을 쓰기 시작했다. 어쨌든 1996년 여름의 방갈로는 특별했다. 방갈로의 틈으로 보이던 장면들과 들리던 소리들이 내 몸 어딘가에 저장되어 있을 테니. 나는 아직도 춘장대 해수욕장의 방갈로에 가보지 못했다. 언젠가 그곳에 간다면 그 안에서 소설을 한 편 쓰고 싶다. 그 소설은 무척 웃기고 조금 진지하기를 바랄 뿐이다.

'1996년 여름, 아빠는 사업을 말아먹었다'로 시작하는 소설을 구상할 때 나는 한없이 게을렀던 그해 여름을 떠올렸다. 해수욕장에는 늘 쨍쨍한 햇볕이 버티고 있었지만 이상하게 모든 곳이 그늘져 보였다. 가족들은 각자의 그늘을 지고 바다 위에, 모래 위에, 테이블 위에 누워버렸다. 나는 그들의 그늘을 관찰하는 것을 좋아했다. 그늘을 함께 져줄 수는 없어도 거리를 두면 고개를 끄덕일 만은 했다. 방갈로에 앉아서 틈으로 밖을 내다보던 시간이 어쩌면 내 인생에서 가장 평화로웠던 때일지도 모르겠다.

이제 환갑이 넘은 아빠는 안전선 안쪽에서만 생활하고 환갑을 향해가는 엄마는 바다 근처에도 가지 않는다. 세수도 잘 못하던 동생은 곧 아이 아빠가 된다. '프로 음주러' 이모와 '습관적 거절러' 이모부는 좋은 음주 메이트로 나이 먹어가고 있다. 애절한 가창력의 소유자 대오 삼촌은, 음, 역시 알 수 없다.

나는 그 여름, 맥주의 진정한 맛을 알아버린 탓에 훌륭한 음주인으로 성장했다. 그리고 질풍노도 속에서 바람을 피하려 안간힘을 쓰다 소설가가 되었다. 다행히 폭삭 망하지 않고 근근이 글을 써 책도 한 권 냈다. 왜 소설가가 되었느냐는 질문을 참 많이 받았는데 제대로 된 대답을 해본 적이 없었다. 이 소설을 쓰면서 답을 얻었다. 내가 '방갈로 베이비'이기 때문이었다.

내가 가장 많이 떠나보낸 존재는 '어제의 나'였다. 나는 수많은 어제의 나들과 헤어지며 여기까지 왔다. 이제 다시 만날 수 없는 어제의 나와 잠시라도 스칠 수 있어서, 그것만으로도 기뻤다. 오늘은 아주 나른한 잠을 잘 수 있을 것 같다.

오직
운전하는
이들만이
살아남는다

박서련

박서련은 1989년 강원 철원에서 태어났다.

2015년 《실천문학》 신인상에 「미키마우스 클럽」이 당선되어 등단했다.

점심은 휴게소에서 간단히. 딱히 먹을 것
도 없고 더위와 특유의 공기 때문에 식욕이 떨어지기도 해서.
매점에 담배는 국산밖에 없었지만 라면이나 과자는 유통기한
이 제법 넉넉해 챙길 만해 보였다. 창고에서 2리터들이 생수
를 세 박스 꺼내왔다. 짐을 도저히 다 실을 수 없을 것 같아서
다른 차를 타기로 했다. 한 번쯤 캠핑카를 몰아보고 싶었다.

주유소인 줄 알았던 옆 건물은 가까이서 보니 엘피지 충전
소였다. 공구함과 소형 자가발전기를 찾았다. 가스는 딱히 쓸
모가 없었다. 원래 타고 온 차를 끌고 와 운전석 창문에 가스
충전 튜브를 끼워두었다. 캠핑카를 타고 휴게소 출구를 나서
다가 폭발음을 들었다. 1킬로미터쯤 떨어진 지점까지 간 뒤에
내려서 불구경을 했다. 주차장까지 불이 번졌는지 한동안 규
칙적으로 연쇄 폭발이 일어났다. 다시 차를 몰아 출발할 즈음
에야 생리대를 깜빡했다는 걸 깨달았다.

출출하다는 생각이 들 무렵 '운악산 포도'라 쓰인 노변 간판
을 발견했다. 노점 앞에 차를 대고 손도끼를 들고 내렸다. 포도
는 반쯤 쉬고 벌레가 슬어 있었지만 아이스박스 속 포도즙은
아직 괜찮아 보였다. 노점 앞에는 아마도 주인이었을 노파가
엎어져 있었다. 발로 어깨를 밀어 시신을 뒤집어보았다. 역하고
비린 시취가 벌레들과 함께 날아올랐다. 휴게소에서 챙겨온 건
빵과 포도즙으로 요기하고 캠핑카 안에서 잤다.

아침에는 노점의 트럭으로부터 기름을 빼내고 천막 안을 살

삳이 뒤졌다. 주전자와 가스버너와 보온 덮개를 챙겼다. 포도 즙값이라 치고 노파를 천막 뒤에 묻었다. 꼬박 반나절이 걸렸다. 혹시나 해서 삽은 버렸다.

연료 계기판을 보니 오늘 안에는 주유를 해야 할 것 같았다. 적적해서 라디오를 틀었다. 지금은 라디오 시대, 라는 말이 이보다 더 어울리는 시절은 다시 오지 않을 것이다. 주요 방송국 채널들이 아직 살아 있는 것은 놀랍고 고마운 일이었다. 토크 프로그램이 대부분 사라져 말없이 유행가만 틀어주는 날들이 계속되었지만 적어도 그건 누군가 선곡을 하고 누군가 전파를 잡아 송신하고 있다는 증거였다. 때문에 가끔 도시로 돌아가 그들이 어디에서 어떻게 방송을 진행하는지를 확인해보고 싶은 충동도 일었다. 도시의 상황을 알리는 유일한 프로그램은 '57분 교통정보'였다. 여전히 도로 상황을 다루고는 있으나 정체를 유발하는 건 더 이상 차들이 아니어서, 그걸 과연 교통정보라고 불러도 좋을지는 모르겠으나.

서부 간선도로에 수천 명 규모의 감염자들이 출현했습니다. 먼 길 가시는 운전자라면 안전을 위해 개인용 화기를 지참하시는 편이 좋겠습니다.

이를테면 바로 이런 식의 정보가 시간마다 주어지는 것이었다. 서울을 벗어난 이상 대개는 쓸모없는 정보였다. 그래도 듣고 있자면 일종의 체계를 느낄 수 있어서 안심이 되었다. 적어도 한 사람 이상은 도시에서 제 할 일을 하고 있다. 어떤 인간

78

이 죽지 않고 살아 뭔가를 하고 있다. 아무 접점도 없어 얼굴을 상상할 수도 없는 인간이, 인간들이…… 살아 있다.

교통정보는 길어야 1분 만에 끝나고 지나간 유행가가 흘러나왔다. 그 노래를 부른 유명인의 얼굴은 알고 있었지만 그가 죽었는지, 살았는지, 감염되었는지는 알 수 없었다.

텅 빈 도로를 달리다 한참 만에 멈춰 섰다. 연쇄 추돌로 막힌 길이었다. 서울을 벗어날 때도 그랬다. 올림픽 대교였나, 거기까지 몰고 간 내 차를 버리고 걸어서 다리를 건넜다. 한낮의 땡볕과 악취 때문에 연신 헛구역질을 했다. 석유 특유의 향과 살 썩는 냄새가 섞여 이루 말할 수 없이 고약한 냄새가 났다. 맨 앞에 있는 것은 관광버스였다. 스키드 마크와 반파된 주변 차량을 보니 몇 바퀴 헛돈 것 같았다. 구리시 이정표가 보일 때까지 걸었다. 해가 너무 길어서 죽을 것 같았다.

처음 훔친 차는 마티즈였다. 개중 멀쩡했고 마침 도로에 장애물이 거의 없는 지점에 있었으며 치워야 할 시체가 한 구밖에 없었다. 콘솔 박스에 들어 있던 선글라스만 챙기고 시 경계에서 차를 버렸다. 선글라스는 지금도 끼고 있다.

캠핑카는 버리고 싶지 않았다. 사고 차량은 다섯 대였다. 마주 오던 차가 중앙선을 넘은 모양이었다. 운전 중에 증상이 발현되었을 가능성이 컸다. 오른편 차도의 운전자는 그 차를 피하려고 오른쪽으로 핸들을 꺾었지만 그대로 옆구리를 들이받힌 채였다. 가족이었을 네 구의 시체 중 어린아이의 것이 가장 심하게 훼손되어 있었다. 꼭 닫힌 창문 안에서 구더기가 들끓고 파리 떼가 웅웅 날았다.

다음에는 견인차를 몰아야겠다고 생각하며 차들을 옮겼다. 가장 심하게 파손된 맨 앞 두 대는 사이드 브레이크만 풀고 힘으로 밀고 끌어 옮길 수밖에 없었다. 차 한 대가 겨우 지나갈 만한 공간을 만드는 데 한참이 걸렸다. 비교적 차의 형태가 온전한 뒤쪽 차량들은 운전석을 비운 뒤 직접 몰아 옮겼다. 캠핑카에 올라타 가지런히 세워둔 차들 옆을 지나갈 때는 은근한 쾌감이 느껴졌다. 서행 중에 펑펑 울리는 폭발음을 들었다. 옷가지에 붙인 불이 드디어 차에 옮겨붙은 모양이었다. 캠핑카에서 내려 담배에도 불을 붙였다. 높아지는 불길 주변으로 파리 떼가 날아오르는 듯한 착각이 들었다.

해 질 무렵 주유소를 찾았다. 멀리서 보면 주유소는 고인돌이나 스톤헨지처럼 느껴졌다. 필요 이상으로 높은 지붕과 그걸 떠받친 기둥들이 기묘하게도 신성한 분위기를 자아냈다.

주유소는 비어 있었다. 손도끼를 들고 내린 주제에 섭섭해졌다. 나 같은 사람 몇몇이 다녀간 건지, 주인이 직접 뽑아간 건지 기름도 얼마 남지 않은 채였다. 겨우 만땅을 찍고 나니 더 이상 나오지 않았다.

잠은 주유소에서 청하기로 했다. 서울을 떠난 뒤로 차 밖에서 자는 건 처음이었다.

가구 아웃렛 단지를 지나올 때가 생각났다. 서울에서 멀어지면서 아무 가게나 들어가 하고 싶은 대로 휘젓고 나오는 재미를 알아가던 참이었고, 마침 그즈음 마땅한 차를 찾기가 어려워 단지 앞 도로를 한참 걷고 있던 터라 피곤하기도 했다. 견물생심이라고, 저마다의 침대가 얼마나 우수한지 자랑하는 간판을 백 개쯤 보고 나니 침대에 눕고 싶다는 충동이 부풀어 올랐다. 별생각 없이 가까운 매장에 들어가 킹사이즈 침대에 누웠다. 과연 몸이 녹아내리는 것 같았다. 일어나야 하는데 자꾸 눈이 감겼다.

설핏 잠든 귀에 우직 딱, 우직 딱 하는 규칙적인 소음이 들렸다. 기척을 최소한으로 해서 조용히 침대 밑으로 내려와 기어서 가게를 빠져나왔다. 돌아보니 감염자 하나가 기둥과 침대 헤드 사이에 끼인 채로 그 사이를 지나가려 하고 있었다. 감염자를 막아선 기둥과 내가 누웠던 침대 사이의 거리는 싱글 침대의 폭 정도였다. 운이 나빴다고 해야 할지, 좋았다고 해야 할지 알 수 없었다.

그래도 차 밖에서 자는 일을 계속 피할 수는 없었다. 거의 종일 잘 때까지 한 가지 자세를 유지하다 보니 등허리, 엉덩이, 시트와 맞닿은 모든 부위에 욕창이 생길 지경이었다. 침대까진 바라지 않고 평평한 바닥에 누울 수만 있어도 좋겠다는 생각이 간절했다. 거기다 시동을 끈 차 안은 너무 덥고 습했다. 씻지 못한 지도 오래였다. 이 모든 곤란은 서로 연결되어 있었다.

마지막으로 다른 운전자를 본 지는 며칠 된 터였다. 사실상 경기 북부에는 비감염자가 거의 남아 있지 않다는 판단이 섰지만 그럼에도 혹여 캠핑카를 도둑맞지는 않을까, 불안한 마음이 들었다. 캠핑카를 자동 세차기 안에 대놓고 셔터를 내렸다. 그새 그렇게 캠핑카가 소중해진 것인지, 내가 너무 걱정이 많은 것인지 잘 구분되지 않았다.

통유리로 된 주유소 사무실 벽은 파손되기 쉬워 보였지만 바깥을 살피기에는 좋을 것 같았다. 오랜만에 씻었다. 에어컨도 켰다. 기분이 썩 괜찮아졌다. 사치하는 김에 별러온 맥주를 뜯어 마셨다. 미지근해서 별맛이 느껴지지 않았다. 금세 취기가 올랐다. 괴질이 퍼지기 몇 달 전부터 술을 입에 대지 않았으므로 당연한 일이었다. 의지와 상관없이 긴장을 풀어버린 몸을 힘겹게 끌어 책상 밑에 뉘었다. 모기가 많아서 깊은 잠을 청하기는 어려웠다. 몸을 웅크리고 손으로 얼굴을 가렸다. 잠결에 똑똑, 창 두드리는 소리를 들었다.

다음번 노크 소리가 나기까지 머릿속으로 수많은 생각이 스쳐 지나갔다. 감염자가 노크를 할 수 있나. 아닐 것 같은데. 감염자가 아니라고 해서 크게 다를 건 뭔가. 이 시간에 이런 곳에 비감염자가 나타날 가능성이 있나. 차 소리가 들렸던가. 노크 소리를 들을 정도로 얕은 잠을 자면서 엔진 소리를 못 들었을 리 있나. 역시 차 안에서 잘 걸 그랬나. 어떤 생각도 피로보다 강하지는 않았다.

불빛 한 점 없었고 내가 누운 책상은 전면 창에 딱 붙어 있어서 나를 보았을 리는 없다고 판단했다. 가만히 머리맡을 더듬어 손도끼를 찾아 쥐었다. 소리 나지 않게 주의하며 책상 밖으로 빠져나왔다. 앉은 자세 그대로 눈을 들어 쳐다보니 커다랗게 펼쳐진 손바닥이 창에 밀착되어 있었다.

누구 없어요?

손을 치운 자리에 그대로 자국이 남았다. 에어컨으로 식힌 실내 온도 때문에 창에 김이 서린 모양이었다. 없는 척하기는 글렀다는 생각이 들었다. 손 주인의 얼굴이 불쑥, 손 모양으로 나타났다. 어두워서 확신은 서지 않았으나 눈이 마주친 것 같았다. 도끼를 치켜든 채로 일어났다. 약하게 보여선 안 됐다.

꺼져.

목소리가 생각처럼 크게 나오지 않았다. 쉿소리를 내며 입을 뻐끔거렸을 따름이다. 창밖의 손은 주춤, 뒷걸음질을 쳤다. 손바닥만 한 시야에 목젖과 늘어지고 해진 티셔츠 목둘레가 들어왔다. 목젖이 절박하게 위아래로 오르내렸다.

저기, 정말 죄송한데 목이 너무 말라서요.

감염자가 아닌 것은 다행이었지만 크게 나을 것은 없었다. 증상 발현 이전의 보균자일 수도 있었고 그게 아니어도 위험하긴 마찬가지였다. 목소리로 보아 젊은 남자 같았다. 그건 마음만 먹으면 얼마든지 나를 무력으로 제압할 수 있다는 의미였다. 도끼를 쥔 손에 힘이 들어갔다. 며칠 전 만났던 다른 생존자가 떠올랐다.

5톤 덤프트럭이 달리고 있는 것을 보고 무작정 따라붙었다. 신기하고 반가운 마음이었다. 휴게소에 들어가는 것을 보고 따라 들어갔다. 처음부터 경계심이 없기도 했지만 말을 나눠보니 선량한 사람 같았다. 트럭은 원래부터 그가 몰던 것이라고 했다. 튼튼하고 운전석이 높아 시야가 넓은 것이 장점이며 감염자 한둘쯤은 쓱 치고 지나가도 무리 없을 정도라고. 내가 정색하자 그런 적은 없다고, 농담이라고 수습했다. 또 다른 자랑거리는 운전석 뒤편에 성인 둘이 넉넉하게 누워 쉴 만한 공간이 있다는 점이었다. 다른 운전자를 이미 몇 명 보았지만 여자는 처음 본다는 말을 할 때까지 그의 의도를 알아채지 못했다. 행선지를 묻기에 떨떠름한 기분으로 남편을 찾으러 간다고 하자 이미 죽었거나 감염되었을 거라는 대답이 돌아왔다. 나도 그렇게 생각한다고 했다. 거짓말은 아니었다. 자기 차를 구경시켜주겠다고 하기에 내 차에 있는 담요를 꺼내오겠다고 한 뒤 그대로 운전석에 올랐다. 트럭 운전수는 나를 따라잡지 못했다. 그가 자랑하며 꺼내 보인 차 열쇠를 내가 쥐고 왔기 때문에. 마지막으로 운 것도 그날이었다. 무사히 도망치기 위해 추파에 응하는 척해야 했던 게 자존심 상했다. 차를 세우고 마음껏 울고 싶었지만 그가 다른 차를 찾아 타고 따라올까 봐 해가 질 때까지 쉬지 않고 달렸다. 달리다가 창을 열고 열쇠를 힘껏 던졌다.

　도끼를 보여주며 가라는 손짓을 해 보이자 창밖의 남자는 털썩 주저앉았다. 김 서린 창에 으스름하게 무릎 꿇은 모습이 비쳤다. 남자는 와이퍼질을 하듯 창을 쓱쓱 닦았다. 그러더니 양손을 모아 빌기 시작했다. 그렇게 목이 마르면 창에 서린 김을 핥아 먹으면 되잖아. 한 점의 악의도 없이 그런 생각이 들었다.

당장 안 꺼지면 죽여버릴 거야.

이번에는 목을 가다듬고 제대로 말했다. 남자는 주춤거리며 일어나 천천히 멀어져갔다. 몇 분 지나지 않아 남자가 다녀간 것이 실감이 안 나게 되었다. 귀신이었다. 창에 남은 손자국 말고는 방금 있었던 일의 증거랄 게 전혀 없었다. 그럼에도 잠을 청하지 못했다. 어디서 짱돌이라도 들고 와 창을 깨고 억지로 들어오면 어쩌나. 젊은 남자가 제대로 덤빈다면 이기기 어려울 것 같았다. 둘 다 크게 다칠 거고, 운이 나쁘면 둘 다 죽겠고, 최악의 경우에는 나만 죽겠지. 그런 생각을 하며 꾸벅꾸벅 졸았다. 졸면서도 도끼는 놓지 않았다.

깨고 보니 이미 동이 터 있었다. 언제 잠들었던가, 싶은 생각에 가슴이 내려앉았다. 창밖을 잘 살피고 밖으로 나갔다. 자동 세차기 셔터가 올라가 있었다. 캠핑카 앞 범퍼 밑에서 누워 자는 남자를 발견했다. 밝을 때 다시 보니 젊다 못해 어린애였다.

이런 세상이지만 사람을 죽인 적은 없었다. 아직까지는. 아무리 감염자라도 함부로 치고 지나가기는 어려울 것 같은데, 하물며 비감염자라면. 남자애를 깨우지 않고 차에 탈 수는 있어도 밟고 지나가지는 못할 것 같았다. 간밤에 유리창 너머로 본 목젖이 앞바퀴에 짓이겨지는 광경이 지나치도록 생생하게 상상되었다.

떠날 채비를 마치고 시동은 걸지 않은 채로 경적을 길게 울렸다. 남자애는 꼼짝도 하지 않았다. 몇 번 더 빵빵 소리를 냈으나 반응이 없었다. 일부러 버티고 있는 게 분명했다. 창문을 아주 조금 내렸다. 내 목소리가 들리지 않을까 봐.

비켜.

남자애가 일어났다. 앞 유리창에 바싹 달라붙은 남자애가 입체영화의 등장인물처럼 보였다.

이대로 어디 갖다 박으면 진짜 죽어. 비켜.

그럼 그쪽도 죽을걸.

남자애는 앞 유리창에 왼뺨을 붙인 채 나를 보지 않고 대꾸했다.

어쩌란 거야?

같이 가요.

귀를 의심했다. 남자애는 눈만 돌려 흘기듯 나를 쳐다보았다.

뭐든지 할게요. 데려가주세요.

한숨이 나왔다.

내가 왜?

물 한 방울도 못 마시고 이틀이나 걸었어요.

그래서?

곧 죽을지도 몰라요.

이런 때 괴질이 아닌 다른 이유로 죽을 수 있다면 그것대로 복된 일이 아닌가, 하는 생각이 들었다. 호상이라는 말이 떠올랐다. 사라질 말이었다. 아직 살아 있는 사람들은 대부분 자연스럽지 못한 죽음을 맞이할 것이고 더 오래 살 사람들은 죽음에 대한 예의를 제대로 갖추지 못할 것이다.

이 앞길로 쭉 걸어가면 내가 버리고 온 차가 있을 거야. 키는 문에 꽂아뒀어. 뒷좌석에 물이랑 통조림 같은 것도 좀 있어.

거짓말이었다. 적어도 나라면 귀가 솔깃할 만한. 창에 매달린 사람이 나고 운전석에 앉은 게 남자애였다면, 남자애가 부드럽고 상냥한 말씨로 이런 말을 해줬다면 나는 순순히 떠났을 것이다. 걷다가 죽었을 것이다. 하지만 남자애는 그러지 않았다.

운전면허가 없어요.

남자애가 간밤에 기척 없이 나타난 거며 지금 내게 매달리는 이유 따위에 대한 모든 의문이 한꺼번에 해소되고 대신에 부아가 치밀었다. 누가 무면허라고 잡아가기라도 할까 봐, 이 와중에? 대꾸하는 대신 시동을 걸었다. 차의 진동을 따라 남자애의 몸이 덜덜 떨렸다.

살아 있는 사람은 한 달 만에 처음 봐요.

정말이지 더는 상대하고 싶지 않았다. 말을 더 길게 섞어봐야 나중에 그 애를 죽게 내버려뒀다는 죄책감이 더 심해질 뿐이라 느꼈다.

살려주세요, 제발.

남자애가 울기 시작했다. 앞 유리창에 눈물이 떨어져 흘렀

다. 와이퍼를 작동시켰다. 와이퍼는 남자애 머리 한 움큼과 티
셔츠 소맷자락을 씹더니 좁은 폭으로 움직이며 당겼다 놓아주
기를 반복했다. 남자애는 엉킨 머리 때문에 아아, 하고 목소리
를 높였다. 애초에 흘리던 것과는 질이 다른 눈물이 뚝뚝 떨
어졌다. 기가 찼다. 시동을 끄고 차에서 내렸다. 남자애는 차에
기대느라 몸을 숙이고 있는데도 나보다 한 뼘도 더 컸다. 와이
퍼에 엉킨 머리카락은 길고 기름졌다. 와이퍼를 부러뜨리고 확
밀쳐 넘어뜨리면 될 텐데. 그러면 도망칠 수 있을 텐데. 그런 생
각을 하는 사이 남자애의 허리가 펴졌다. 눈물 콧물로 범벅이
된 얼굴이 가관이었다.

　운전석에 올라 턱짓으로 남자애를 불렀다. 남자애는 눈을 비
비며 조수석 문을 열었다.

　안전벨트 매.

　물부터 주시면 안 될까요?

　나는 콘솔 박스를 가리켰다. 남자애는 미지근해진 생수를 허
겁지겁 마시다가 콜록대며 반 넘게 뱉어냈다. 다시 한번 콘솔
박스를 가리켰다. 남자애는 휴지를 꺼내서 얼굴을 닦았다. 그
러고서야 출발할 수 있었다.

　감사합니다.

　그러고는 한 시간 가까이 말이 없었다. 슬쩍 보니 이 미친놈
이 졸고 있었다.

　야.

남자애가 소스라치며 눈을 떴다.

내가 네 운전기사냐?

아니요.

나답지 않은 말을 했다. 평생 그런 말을 하는 쪽보다 듣는 쪽에 더 가깝다고 믿어왔다. 라디오를 켰다. 57분이 되자 어김없이 교통 방송이 나왔다. 요 며칠 감염자들의 대규모 출현이 드물어졌다. 사고 차량으로 마비되었던 도로가 복구된다는 소식또한 아직 없었다. 특별히 전할 교통정보가 없어지자 앵커 멘트도 점점 짧아졌다. 긍정적으로 생각하면 대규모 감염자 출현이 줄어든 것이고, 나쁘게 생각하면 그 며칠 사이에 정보를수집할 인력마저 잃은 걸지도. 안전 운행하시기 바랍니다. 인사는 여느 때와 같았다.

볼륨을 줄였다. 남자애의 목소리가 노랫소리에 묻혀 잘 들리지 않았다.

뭐라고?

누나, 서울 가는 길이냐고 했어요.

아니야.

남자애는 혼란스러워 보였다. 어느 정도는 나도 그랬다. 그와별개로 누나라 불리는 게 어색하고 쑥스러운 기분도 들었다.

내가 너보다 나이가 많을 거 같니?

남자애가 눈알을 이리저리 굴렸다.

아니요.

아니요, 라니. 말을 말자고 생각했다. 대답 없이 속도를 높였다. 남자애가 물었다.

왜 서울로 안 가요? 서울엔 아직 사람 많지 않아요?

계속 대꾸하지 않으니 남자애는 마침내 입을 다물었다.

배가 고팠다. 밤부터 아무것도 먹지 않은 참이었다. 차를 세우고 먹을 것을 꺼냈다. 건빵과 포도즙을 나눠주니 남자애가 나를 우러러보는 시선이 느껴졌다. 나도 내 손을 보면서 예수는 어떤 기분이었을지를 생각했다.

에어컨 틀면 안 돼요?

안 돼.

왜요?

기름 아껴야 해.

에어컨은 전기로 돌아가는 거 아니에요?

너무 멍청해서 짜증이 날 지경이었다. 더운 건 나도 마찬가지였다.

너 주제 파악이라는 말이 무슨 뜻인지 알아?

네.

그럼 그것 좀 해.

네.

다시 출발하고 한동안 남자애는 말이 없었다. 활짝 연 조수석 창으로 뭉텅뭉텅 바람이 잘려 들어왔다. 남자애의 체취가 고약했다.

차 많은 데다 내려줄 테니까 아무 차나 타고 네 갈 길 가라.

남자애가 홱 고개를 돌려 나를 보았다. 기름진 머리 냄새가 훅 끼쳤다. 좀 길다 싶은 머리카락이 가닥가닥 뭉쳐 바람에 나부꼈다. 개 같았다.

저 운전 못 하는데요.

배우면 다 해.

저 그냥 서울까지 태워다 주시면 안 돼요?

내가 왜?

거기 가면 다른 사람들 있을 테니까요.

별로 안 만나고 싶은데.

남자애는 해괴한 표정을 지어 보였다. 나는 진심이었다. 여기까지 어떻게 왔는데, 뭐 하러 다시 거기까지. 만나야 할 이유도, 만나고픈 의지도 없었다. 비감염자끼리 모여봐야 감염될 확률이 높아질 뿐 아닌가.

그럼 누나는 지금 어디 가는 길이에요?

연천.

거기 뭐 있는데요?

군부대.

주머니를 더듬어 담배를 꺼냈다. 남자애에게 권하자 절레절레 고개를 흔들었다. 담배라도 물려야 말수를 줄일 수 있을 텐데.

군대에 뭐 있는데요?

남편.

결혼했어요?

전남편.

이혼했어요?

너 생각 좀 하고 말하라는 소리 자주 듣지 않니?

그럴 사람 다 죽었는데요.

창문 좀 닫아봐.

바람 때문에 담배에 불붙이기가 어려웠다. 남자애는 창문을 닫고 라이터를 받아 불을 댕겨 올렸다. 운전석 창문을 내리고 왼팔을 창틀에 걸친 채로 담배를 피웠다. 좁은 길옆으로 푸른 논이 펼쳐져 있었다. 모를 심어놓고 돌보지 못해 벼 반 피 반이었다.

허수아비다.

허수아비 아니야.

뭐예요, 그러면?

감염자야.

논마다 한두 명씩 감염자가 서 있었다. 감염자들은 직진밖에 할 줄 몰랐다. 무논에 발을 담근 감염자들은 수명이 다 될 때까지 양발을 번갈아 뽑았다 심었다 하며 아주 느리게 움직이게 될 것이었다.

야, 난 죽음에도 속도가 있다고 생각해.

문득 떠오른 그 말은 남편이 내게 한 것이었다.

늙고 병들어서 천천히 죽는 사람들이 있고 한 방에 탕, 죽는 사람들이 있잖아.

남편은 손가락을 총구 삼아 내게 겨누면서 말했다.

넌 빨리 죽고 싶냐, 천천히 죽고 싶냐?

남편의 물음에 나는 전혀 상관없는 대답을 했다.

……나한테 야, 라고 안 하면 안 돼?

별것 아닌 말인데도 순간 울컥 울음이 올라와 목 안쪽이 답답해졌다. 뜻밖이었는지 남편은 손끝을 내게 향한 채 오래 그대로 있었다.

그때쯤 우리가 서로를 더 이상 견딜 수 없다는 것을 알았다. 관계에는 아주 강한 관성이 있었다. 둘 다 끝났다는 것을 알아차린 뒤에도 관계는 순순히 놓아주지 않았다. 주기적으로 서로를 향해 농담을 던지고 웃는 것으로 우리가 같은 패라는 걸 확인해야 안심이 됐다. 한패라는 걸 확인하고 싶어질수록 이 관계가 이전과는 달라졌다는 사실이 자명해지는데도 그랬다. 그러니 그때 웃지 못한 것은 내 잘못이다.

남편은 죽었을 것이다.

남편이 살아 있을지도 모른다고 생각할 때도 있었다. 살아 있다고 믿고 싶었다. 남편과 나, 둘 중에서 생존에 재능이 있는 쪽을 고르라면 남편일 터였다. 내가 살아 있으니까 그도 살아 있을 거라고, 조금 더 서두르면 살아 있는 남편을 만날 수 있을지도 모른다고 생각했다. 그렇지만 살아서 만난다 한들 무슨 말을 하지. 살아서, 나처럼 어딘가를 헤매고 있어서 끝내 만나지 못하면 어떡하지. 차라리 남편이 일찌감치 죽었다고 생각하는 쪽이 마음 편했다. 내가 아는 그라면 빠른 죽음을 원했을 것이다.

라디오를 틀었다. 무척 졸렸다. 차를 세우고 잠을 청하기엔 남자애가 미덥지 못했다. 교통정보 방송이 나올 무렵 정체 구간을 발견했다. 제법 큰 교량이었고 사고 차량도 많았다. 차를 세웠다. 남자애는 나를 물끄러미 쳐다보았다. 어쩔 것인가를 묻는 눈이었다.

내려.

왜요?

막혔잖아. 내려.

나 내리면 도망치려고 그러죠?

안 갈 테니까 내려.

남자애는 미심쩍어하며 차에서 내렸다. 바로 문을 잠갔다. 남자애가 주먹으로 창을 두들겼다. 조수석 창문을 조금 내렸다.

문은 왜 잠가요?

저 차들 보이지?

남자애의 눈이 내 손끝을 따라 이동했다. 스무 대가량의 자동차가 종잇장처럼 구겨진 채 한데 뭉쳐 있었다.

저거 다 치우면 다시 타게 해줄게.

남자애의 대답을 듣지 않고 창문을 올렸다. 큰 소리로 투덜대는 것 같았으나 무슨 말인지 알아들을 수는 없었다. 그대로 시트를 젖히고 잤다. 남자애는 해 질 무렵에야 운전석 창을 두들겼다. 딱 차 한 대 폭만큼 길이 나 있었다. 그 자리에서 저녁을 먹었다. 남자애에게 컵라면과 스팸을 줬다. 남자애는 캔에서 꺼내 통째로 가스버너에 구운 스팸을 순식간에 먹어치웠다. 안 짜냐고 묻자 짠 게 너무 먹고 싶었다고 했다. 남자애가 이렇게 막힌 길이 많으냐고 물어서 그렇다고 했다. 그 차들은 다 내가 치웠느냐고 하기에 너무 막힌 길은 돌아서 왔다고 대답했다. 남자애는 수십억 사기당한 사람 같은 표정을 지었다. 우스웠다. 남자애와 필요 이상으로 가까워진 것 같은 느낌이 들었다. 어두워질 때까지 계속 달렸다. 남자애는 침을 뚝뚝 흘리며 잤다.

일어나.

주차장에는 검은색 세단과 파란색 트럭이 서 있었다. 잠이 덜 깬 남자애에게 라이터와 에프킬라를 쥐여주었다.

나가서 한 바퀴 돌아봐. 감염자가 보이면 불을 붙이고 바로 차로 뛰어와.

이런 거 필요 없어요.

남자애가 에프킬라를 도로 콘솔 박스에 넣었다.

죽고 싶어?

저는 감염 안 돼요.

남자애의 말을 이해할 수 없었다.

어떻게 감염이 안 돼?

제가 어떻게 학교에서 나왔겠어요? 감염자 천지였는데.

남자애는 더 물어볼 기회를 주지 않고 차에서 내렸다. 수분 뒤에 남자애가 고개를 저으며 하향등 앞으로 걸어 들어왔다.

시동을 끄고 차에서 내렸다.

네가 먼저 올라가봐.

남자애는 머뭇거리며 문 안으로 들어갔다. 어림잡아 6, 7층 가량 되어 보이는 건물이었다. 한 층 한 층 복도에 불이 들어왔다. 쓸데없는 짓을, 누구 눈에 띄려고. 네온으로 된 간판 글씨가 현란하게 움직였다. '모텔 꿈의 궁전'. 남자애는 긴장한 표정으로 나왔다.

2층 복도에 감염자 두 명 있어요.

시체는?

카운터에 하나, 2층에 하나요.

안에 들어서자 시체 썩는 냄새가 진동을 했다. 코를 싸쥐고 안쪽 끝까지 걸어갔다. 쿵쿵거리는 소리가 희미하게, 규칙적으로 들려왔다. 2층의 감염자들이 복도 끝 유리 벽을 향해 전진하는 소리였다. 카운터에서 가장 멀리 있는 방에 묵기로 했다. 문은 열려 있었지만 카드 키가 있어야 전기를 쓸 수 있었다. 남자애한테 107호, 108호 카드 키를 가져오라고 했다. 남자애는 한 개의 카드 키만을 들고 돌아왔다.

장난해? 두 개 갖고 오랬잖아.

그럼 왜 굳이 모텔까지 온 거예요?

자러 왔지, 뭐 하러 왔겠어?

그러니까요.

내 말에 남자애는 무척 수줍은 표정을 지었다. 어이가 없어서 웃음이 났다.

너랑 나랑 따로.

오른손에 쥔 손도끼를 남자애에게 들이밀었다. 남자애는 한숨을 쉬며 돌아섰다. 문을 닫으려는 참에 남자애가 투덜거리는 소리가 들렸다. 기껏 마음의 준비 다 했더니. 못 들은 척하며 짐짓 언성을 높였다.

너 올라가서 불도 다 끄고 와. 여기 사람 있다고 광고할 일 있어?

사람들이 보고 찾아오면 좋은 거 아니에요?

나는 트럭 운전수를 생각했다. 감염자보다 비감염자를 더 조심해야 한다는 사실을 일깨워준 사람. 이제는 혼자가 아니니 그를 만났을 때와는 사정이 다르지만, 위험부담을 감수하면서까지 새로운 사람을 만나고 싶은 마음은 아무래도 들지 않았다. 남자애한테 이 생각을 이해시킬 수 있을까. 남자애는 대답 없는 나를 물끄러미 쳐다보다가 불을 끄러 갔다.

카드 키를 꽂자 전등이 켜지고 에어컨이 돌아가기 시작했다. 호화롭고 촌스러운 방이었다. 나갈 때 시트와 수건을 좀 챙겨야겠다는 생각이 들었다. 씻고 냉장고에 있던 매실 주스를 마셨다. 별 기대 없이 텔레비전을 켰다. 채널을 아무리 돌려도 같은 화면만 나왔다. 텔레비전 받침대 밑에 쌓인 디브이디 중 하나를 틀었다. 영화를 보면서 중간 광고가 좀 나왔으면 좋겠다고 생각하게 될 줄은 몰랐다. 이미 본 영화였다. 졸다 깨다를 몇 번 반복하니 마지막 장면이었다. 너는 참 이상한 시절에 나를 만났어. 주인공이 애인에게 말하고 있었다. 텔레비전을 껐다. 남자애는 자고 있을까. 고개를 저었다. 추워서 에어컨을 껐다.

꿈에서 남편을 조수석에 태우고 오래 달렸다. 남편에게는 아래턱이 없어서 침이 목을 타고 흘렀다. 웃옷이 축축해졌다고 해서 히터를 틀었다. 남편이 내게 화를 냈다. 내가 네 운전기사냐? 무슨 소리야, 운전은 내가 하고 있는데. 정신을 차리고 보니 운전석에 앉은 건 나지만 핸들은 남편한테 가 있었다. 남편에게서 핸들을 빼앗으려고 하다가 가드레일을 들이받았다. 꿈인데도 목덜미가 욱신거리는 느낌이 들었다.

문을 두드리고 남자애가 나타날 때까지 수초 혹은 수분간 별생각이 다 들었다. 남자애는 졸린 눈으로 나를 맞았다. 막상 얼굴을 보니 마땅히 할 말이 떠오르지 않았다.

미안한데 그냥 아무 말도 하지 말고 같이 있어줘.

나오는 대로 내뱉고 무작정 안으로 들어갔다. 남자애는 그제야 갑자기 잠이 달아난 듯했다. 내가 침대에 눕자 남자애는 잠깐 서성거리다가 조금 떨어진 곳에 자리를 잡았다. 눈을 감고 있었지만 남자애가 다가오는 기척이 느껴졌다.

오지 마.

남자애의 움직임이 멎었다.

그냥 봐. 나 자는 거.

남자애는 내 말대로 했다. 차츰 의식이 수면 아래로 가라앉았다. 불현듯 남자애가 손을 뻗어 내 눈가에 댔다. 손에서 비누 냄새가 났다. 하지 말라고 하고 싶은데 눈물이 그치지 않았다. 젖은 눈을 비비는 남자애의 손등이 거칠었다. 그대로 정오 무렵까지 한 번도 깨지 않고 잤다. 깨어나서도 캄캄했다. 커튼을 걷고 창 덧문을 열어젖혔다. 비가 내리고 있었다. 빗소리를 들은 남자애가 몸을 뒤척였다. 더 자. 나는 아주 작은 소리로 말했다. 자는 남자애의 옆얼굴이 안돼 보였다. 보기 싫을 만큼이나 처량한 얼굴이어서 깨기 전에 혼자 가버리고 싶은 충동이 일었다. 감당할 수 없을 만큼 사랑스러웠고 그래서 너무 싫었다.

카운터의 시체는 노파, 2층의 시체는 남자 노인의 것이었다. 감염자들은 비교적 젊었다. 뻔했다. 노부부가 운영하는 모텔에 보균 상태의 젊은이들이 찾아온 것이었다. 면역력이 약한 어린아이나 노인들은 주로 전신 통증과 고열이 발생하는 1기에 목숨을 잃었다. 소위 감염자라 불리는 부류는 2기에 해당했다. 감염자는 신체가 심하게 훼손되지 않는 이상 먹거나 자지 않고 아주 오랫동안 버틸 수 있다. 사고는 마비되고 오로지 전진만을 반복한다. 인간에 의해 전진을 방해당할 경우 격렬하게 저항한다. 뇌 중추가 제 기능을 못 하기 때문에 힘 조절이 안 된다. 살점이 떨어져나갈 때까지 물어뜯고, 자기 팔이 부러지도록 세게 내리친다. 이 과정에서 전염이 이루어진다. 초기에는 보균자와 접촉한 부위에 상처가 있을 경우에만 감염된다고 했다. 의미 없는 정보였다. 전염 속도는 추산 수치와는 비교도 안 되게 빨랐다. 틀린 얘기는 아니라 쳐도 우스운 일이었다. 깨물고 후려치는데 상처가 안 날 리 있겠는가.

도로 곳곳을 마비시킨 사고 차량들의 운전자들은 대개 보균 상태였다. 1기에서 2기로 넘어가는 바로 그 순간에 사고를 겪었을 것이다. 의식을 잃어가는 상태에서 운전대를 쥐고 있는 것이니 음주운전과 본질적으로 다를 바가 없었다. 그렇게 되면서까지, 목숨을 앗아갈 만큼 심한 1기의 통증과 고열을 견디면서까지 다들 어디로 가려 했던 것일까. 곧 자기의 인간성이 만료된다는 것을 예감하면서도 끝내 가야 했던 곳은 대체 어디였을까. 뭘 하고 싶었을까. 누구를 만나려 했을까.

오랜만에 밥을 지어 먹었다. 카운터 옆방에 두 사람 먹고살 만치 벌여놓은 살림이 있었다. 쌀통에는 벌레가 꼬여 있기에 새 포대를 뜯었다. 밥을 먹는 동안에도 감염자들은 규칙적으로 벽에 부딪치고 있었다. 밥을 먹고는 빨래를 했다. 비품실에서 시트와 수건을 넉넉히 꺼내와 챙겨두었다. 밥 짓고 남은 쌀은 10리터들이 김치 통에 담아 차에 실었다. 잠만 자고 갈 계획이었는데 뜻밖에도 꽤 수확이 있었다. 쥐들이 모텔 주인 내외를 파먹는 것을 봤다. 저녁 먹을 때가 되도록 비가 그치지 않았다.

장마가 오려나.

남자애 말하는 게 노인네 같았다. 그러고 보니 사태 이후 비를 본 건 이번이 처음이었다. 혼자 차에 앉아 라디오를 들었다. 교통정보에서 날씨 소식을 알리고 있었다. 수도권 및 중부 지방에 태풍경보. 와이퍼가 아주 느리게 움직였다. 물살이 지워질 때마다 남자애가 보였다. 현관에서 팔짱을 끼고 나를 기다리고 있었다.

우리 여기서 살아요.

밥 먹다 갑자기 생각났다는 듯이 남자애는 말했다.

싫어.

나는 간결하게 대답했다.

어차피 갈 데도 없잖아요.

남편 만나러 간다고 했잖아.

전남편이라면서요.

이혼 소송 중이었어.

남자애는 한동안 말이 없었다. 잘 이해가 되지 않는 모양이었다.

뭐가 됐든 굳이 찾으러 갈 필요 없잖아요.

맞는 말이었다. 내가 가진 생각으로는 남자애를 납득시킬 자신이 없었다. 다만 내게는 그것 말고 달리 떠오르는 일이 없었던 것뿐이다. 이런 세상이어도 밤에는 자고 낮에는 움직여야한다. 배가 고프면 밥을 먹고 소화가 되면 일을 봐야 한다. 자연스럽게 죽지 못해서 부자연스러운 일을 자꾸 해야 한다. 그런 식으로 하루하루를 막는 것은 어렵지 않다. 차만 있다면. 살기 위해서는 좀 더 먼 목표를 설정해야 한다. 내게는 그게 남편을 면회하는 일이었다. 지금쯤은 죽었을지도 모르고, 죽기 전 적어도 마지막 1년은 나를 사랑하지 않았을 전남편을.

너 아직 군대 안 갔다 왔지?

남자애의 표정이 혼란스러워 보였다.

앞으로도 못 갈 거 같은데요.

군번줄 있잖아. 개 목걸이라고 하는 거.

네.

전쟁 중에 군인이 죽으면 그걸 입에 넣고 턱을 발로 찬대.

왜요?

이 사이에 단단하게 박히게 만들려고. 시체가 다 썩어서 해골이 되어도 빠지지 않게.

그런데요?

남편이 그거 하는 사람이었거든, 군대에서.

그래서요?

그 새끼 죽었으면 내가 턱 차주려고.

남자애는 더 이상 토를 달지 않았다. 그대로 식사가 끝났다. 별말도 없이 각자의 방으로 흩어졌다. 간밤에 무슨 일 있었냐는 듯. 영화를 볼까 하다가 그냥 불을 껐다. 바람 소리가 점점 거세어져갔다. 건물 전체가 흔들리는 것 같았다. 에어컨을 켜지도 않았는데 추웠다. 잠결에 뭔가 깨지고 무너지는 듯한 굉음을 들었다. 가만히 불을 켜고 나갔다가 남자애와 마주쳤다.

무슨 일이야?

저도 몰라요.

어렴풋이 예상한 그대로의 일이었다. 마침내 2층의 감염자들이 복도 끝의 유리 벽을 부수고 떨어진 것이었다. 감염자들의 팔다리가 이상한 각도로 굽어 있었다. 배와 등이 터지고 머리가 깨진 채였다. 감염된 연인들은 아주 천천히 몸을 일으키더니 다시 앞으로 나아가기 시작했다. 부러진 팔다리 때문에 완전한 전진이라고는 할 수 없게, 서로 조금씩 멀어졌다 다시 가까워지는 방식으로. 모텔 뒤편에 하천이 있었다. 비를 만나 한껏 물이 불어난 하천을 향해 감염자들은 걸어갔다.

이번에는 남자애가 같이 자자 청했다. 저런 꼴을 보고 혼자서 잘 수는 없다고 했다. 개수작 같았지만 그러라 했다. 아무 일도 없이 날이 밝았다. 나는 잠을 잘 못 잤다. 비가 도통 그치지 않았다.

차 안에서 간단하게 요기했다. 모텔 방향에서 갑자기 폭발음이 들리자 남자애는 놀란 것 같았다. 비가 와서 어차피 불은 얼마 못 가 꺼질 것 같았다. 젖은 연기가 검게 피어올랐다.

불 지른 거예요?

그래.

왜요?

살균하는 사람 한둘쯤은 있어야지.

내 말에 남자애는 들고 있던 멸균우유 팩을 유심히 쳐다보았다.

불타는 꿈의 궁전을 뒤로하고 시동을 걸었다. 막힌 길만 없다면 오늘 안에라도 목적지에 닿겠다 싶었다. 도시에서 멀어질수록 진행 속도가 빨라지는 추세이기도 했다. 아무래도 차량 통행이 적으니 막힌 곳도 적었다.

산길에서 급정거하자 졸던 남자애가 깜짝 놀라 깼다. 놀라기는 내가 배는 더 놀란 참이었다. 코너를 돌자마자 막힌 길이었다. 산에서 무너져 내려온 흙이 중앙선을 침범한 채였다. 흙더미에 팔다리들이 아무렇게나 처박혀 있었다. 허우적거리는 팔다리들 사이사이에 비어져 나와 있는 머리통들은 모두 눈이 탁했다. 감염자들이었다. 비 때문에 약해진 지반과 함께 굴러떨어진 것 같았다. 차로 지나가기에는 길의 폭이 너무 좁았다. 삽으로 파서 치우고 지나가자니 감염자들을 꺼내주는 꼴이 될 것 같았다. 비탈진 커브라 후진도 여의치 않았다. 돌아가다가 가드레일을 넘어 산 밑으로 굴러떨어지는 광경을 상상했다.

사이드 브레이크를 올리고 시동을 껐다. 남자애는 내 눈치를 보며 안전벨트를 풀었다. 손도끼를 든 내가 먼저 내렸고 남자애는 차 뒤편으로 돌아와 내게 바싹 붙었다. 조금 빠른 걸음걸이로 흙더미 앞을 지나쳤다. 가까이에서 보니 흙더미는 살아 있는 듯이 움찔거리고 있었다. 그 앞을 벗어나자마자 달리기 시작했다. 내리막길이었다. 앞 유리창을 때리듯 내리던 빗줄기는 여전했다. 넘어질 듯 달리면서 소리를 질렀다. 입안으로 들이치는 비와 입 밖으로 뿜어낸 입김이 뒤섞였다. 남자애도 악을 썼다. 달리기 시작할 때만 해도 내 뒤에 있던 남자애는 어느새 저만치 앞서가 있었다.

내리막 끝나는 지점에 이르기까지 차를 한 대도 발견하지 못했다. 굽이친 내리막 다음은 더욱 구불구불한 오르막이었다.

중턱에 왕돈가스집이 있어서 거기서 쉬었다. 라면을 찾았지만 가스가 나오지 않아서 부숴 먹었다. 남자애는 떨고 있었다. 그런 주제에 나한테 왜 그렇게 떠느냐고 했다. 캠핑카가 아까워서 눈물이 났다. 우는 동안 남자애가 내 팔에 자기 팔을 대고 있었다. 닿은 부분만 타는 듯이 뜨거웠다.

제가요, 학교에서.

울음이 멎을 무렵 남자애가 말했다.

저 나올 때 학교 꼴이 진짜 지옥 같았거든요. 감염되고 죽고 썩고. 방학이었으면 그나마 나았을 텐데 방학 직전이라 거의 다 기숙사에 있었고.

그래서.

솔직히 저도 죽을 줄 알았어요. 죽으려고 기다렸어요. 저만 멀쩡해서 미칠 거 같았고요.

그래서.

근데 아무리 해도 감염이 안 되는 거예요. 그 와중에 배는 고파서 하루에 라면 한 개씩 부숴 먹고. 다른 방 문 부수고 들어가서 먹을 거 훔쳐오고.

어떤 전염병이든 일정 비율 이상의 인구는 자연적인 내성으로 이겨낸다는 말을 어딘가에서 들은 적 있다. 그중 하나가 이 남자애일 수도 있다. 정말 그렇다면 자연은, 어쩜 이렇게 아무것도 모르는 애를 고른 걸까.

그래서.

그러다 죽기 전에 다른 사람 만나보고 싶어서 나왔어요. 걸어서.

나는 남자애를 처음 본 사흘 전 밤을 떠올렸다. 그래서.

한 이틀인가, 사흘인가 계속 걷기만 했어요. 가방에 넣어온 물이랑 먹을 거 다 떨어지고 더워서 가방도 버리고.

그래서.

가방 버린 날 밤에 누나를 봤어요.

나는 더 묻지 않았다. 무슨 말을 하려는지 알 것 같았다. 남자애는 쑥스러운지 뒷머리를 긁적였다.

솔직히 처음 봤을 땐 존나 개 같은 년이라고 생각했어요.

나는 남 얘기 듣듯 픽 웃었다.

근데 개 같은 년이라도 보니까 반갑더라고요.

이게 가만 듣자니까 은근히 계속 개 같은 년이라고 하네.

지금 누나도 개 같은 년이라고 했잖아요.

또 그러네.

아니, 누나가 개 같은 년이라고 하니까.

빗줄기가 잦아들어 걸을 만했다. 남자애는 개 같은 년이라는 말을 다섯 번쯤 더 했다. 욕할 때마다 내가 웃으니 신이 난 것 같았다. 해도 안 난 날씨에 산길이어서 시간을 가늠할 수 없었다. 추웠다. 공기가 습해서 숨쉬기가 편치 않았다. 꼭대기에 오른 뒤 삼거리를 지나 계속 걸었다. 거짓말처럼 아반떼 한 대가 길가에 서 있었다. 차 키가 문에 꽂혀 있었다. 누군가 버리고 간 것 같았다.

차에 타자 남자애는 금세 잠들었다. 어두워질 무렵 주유소를 발견했다. 주유기 앞에 카니발이 서 있었다. 유리창 안에 불이 환히 들어와 있었다. 사람이 있었다. 남자애를 한번 쳐다보고 액셀을 힘주어 밟았다. 남자애는 여전히 곤히 잠든 채였다. 깨어 있었다면 저 사람들을 만나보자고 했겠지. 어차피 핸들을 쥔 건 나니까 거절했겠지만.

충분히 멀리 달아났다고 생각할 즈음 백미러에 번쩍이는 불빛이 반사되었다. 카니발이 상향등을 켠 채 따라오고 있었다.

왜 저래.

나도 모르게 한 말에 남자애는 예? 하고 대답했다. 잠결이었는지 눈은 여전히 감고 있었다. 느낌이 좋지 않았다. 반가워서 따라오는 것치고는 너무 맹렬하고 집요했다.

추격 신이 있는 영화를 볼 때마다 왜 차를 버리고 맨몸으로 달아나지 않는 걸까, 궁금했다. 어차피 상대도 나를 붙잡으려면 차에서 내려야 할 텐데, 하고. 주변에 숲이나 산 같은 게 있으면 모를까, 뻥 뚫린 도로에서 차를 버리고 달아나는 건 전쟁터에서 덥다며 방탄조끼를 벗는 일과 같았다. 손에 땀을 쥐는, 이란 표현이 얼마나 무서울 때 쓰는 말인지를 비로소 알게 되었다. 핸들을 붙든 손이 축축해졌다. 백미러 속 카니발은 점점 커지고 있었고 백미러에는 사물이 보이는 것보다 가까이에 있습니다, 라고 적혀 있었다. 그토록 가까이 와서도 카니발은 속력을 줄이지 않았다. 그대로 뒤를 들이받으려는 건가. 눈을 감

아버리고 싶었다. 카니발이 바로 옆으로 붙어왔다. 운전자는 나와 나란히 달리며 조수석 창문을 내렸다. 어두웠지만 알아볼 수 있었다. 처음으로 만난 비감염자였던 덤프트럭 운전수였다. 얼굴에 자명한 악의가 덧씌워져 있었다. 너일 줄 알았다. 트럭 운전수의 입 모양이 그렇게 읽혔다. 이상하리만치 안광이 형형해 소름이 돋았다.

카니발은 단숨에 나를 앞질러나가더니 도로 가운데에 비스듬히 멈춰 섰다. 급정거를 하다가 혀를 깨물었다. 안전벨트에 배와 가슴이 꽉 졸렸다. 젖은 길이라 평소보다 많이 미끄러졌다. 카니발과 닿을락 말락 한 지점에서 간신히 멈췄다. 후진, 후진을 해야 한다. 머리로는 그런 생각을 했지만 팔이 굳어서 움직이지 않았다. 기어를 붙들고 와들와들 떠는 중에 굉음을 들었다. 트럭 운전수가 장도리로 앞 유리창을 내리찍은 것이었다.

내려, 이 씨발년아.

나는 남자애를 슬쩍 쳐다보았다. 남자애는 멈출 때의 반동으로 앞에 쏠린 그대로, 안전벨트에 매달린 모양으로 기울어져 있었다. 이 와중에 자고 있나. 급정거할 때 기절했나. 별안간 혀가 알알했다. 트럭 운전수가 한 번 더 장도리를 높이 들어올렸다. 나는 손을 들어 보인 뒤 안전벨트를 풀고 차에서 내렸다. 차 문을 닫기도 전에 운전수가 솥뚜껑 같은 손으로 내 뺨을 후려쳤다. 뜨거웠다. 통증보다 먼저 열이 느껴졌다. 눈꺼풀 안에서 번쩍, 불꽃이 이는 듯한 착각이 들었다.

너 때문에, 씨발년아, 내가 얼마나, 어? 고생을, 처, 했는지, 아냐?

구타는 쉴 틈 없이 이어졌다. 쓰러져 몸을 옹송그린 채로 트럭 운전수의 발길질을 피해 뒹굴다가 상향등 불빛에 가랑비가 흩날리는 걸 봤다. 그 순간 트럭 운전수가 갈빗대께를 발로 콱 밟았다. 숨을 쉴 수 없었다. 내가 몸부림을 멈추자 트럭 운전수의 발길질은 더욱 빨라졌다. 턱을 차일까 봐 입을 꼭 다물었다. 내겐 깨물 군번줄도 없는데, 여기서 죽으면 누가 알아봐줄까. 이런 시대에 전염병으로 죽지 않는 걸 다행으로 여겨야 할까. 트럭 운전수가 머리통을 서너 대 연달아 걷어찼다. 눈앞이 흐려졌다.

따라와, 개 같은 년아. 내가 얼마나 찾아다녔는지 너 아냐? 너 같은 년이 빨리 뒈졌어야 하는데.

트럭 운전수가 내 머리채를 콱 쥐었다. 머리 가죽이 통째로 벗겨져나갈 것 같아서 손발로 기며 뒤를 따랐다. 상향등 불빛에 누군가의 다리가 휙 스쳐 지나갔다. 이윽고 트럭 운전수의 손에서 힘이 풀렸다. 손도끼를 쥐고 있는 남자애를 나는 꿈결인 듯 올려다보았다. 위쪽에서 뜨거운 피가 솟아 나왔다. 트럭 운전수는 어깨를 붙든 채로 자기 장도리를 찾아 바닥을 더듬었다. 남자애가 한 번 더 도끼를 높이 들어 올렸다. 질끈 감은 눈꺼풀 위에 더운 피가 튀었다. 남자애는 더 이상 움직이지 않는 트럭 운전수를 발로 차 길가 도랑으로 밀어 넣었다. 남자애가 아주 낯설게 느껴졌다.

누나, 괜찮아요?

나는 남자애의 부축을 받아 일어났다. 토할 것 같았다. 실제로 입안에 고인 피 반은 삼켰다가 게워 올린 거였다.

불. 불붙여야 하는데.

저 사람은 감염된 거 아니잖아요.

피를 뒤집어쓴 얼굴을 하염없이 닦으면서 정말 그런지를 의심했다. 사람 같지 않을 만큼 빛나던 눈, 이상하게 뜨거웠던 손바닥. 어쩌면 증상 발현 직전의 잠복기였을지도 모른다. 이미 증상이 나타나기 시작했는데도 기이한 집념을 발휘해 나를 찾아다닌 것인지도 모른다.

울어야 한다고 생각했다. 염려대로 트럭 운전수가 보균자였다면 눈으로 들어온 혈액에 감염될지도 모르니까. 눈물로 어서 씻어내야 한다는 생각이었다. 그 또한 결국 남자애 때문이었다. 트럭 운전수가 보균자가 아니라면 남자애는 보통 사람을 죽인 것이 되니까.

남자애는 앞 유리창이 박살 난 아반떼와 트럭 운전수가 몰던 카니발을 번갈아보다가 카니발 쪽으로 나를 부축해갔다. 나는 조수석 앞에서 멈춰 섰다.

나 운전 못 해. 앞이 잘 안 보여.

남자애는 내 안전벨트를 채워주고 운전석에 앉았다. 흐릿한 시야에 이제 어쩌죠, 하는 표정으로 나를 바라보는 남자애가 보였다.

안전벨트 매.

기침하며 내가 말했다. 순서가 맞는지 기억이 잘 나지 않았다. 직접 해봐야 알 수 있을 것 같아서 허공을 향해 손을 휘저었다.

뒤 잘 보이게 백미러 조정하고 키를 끝까지 돌려. 왼쪽이 액셀, 오른쪽이 브레이크.

남자애는 덜덜 떨면서 열쇠를 비틀었다. 카니발이 기침하듯 떨며 깨어났다. 와이퍼가 움직이기 시작했다.

사이드 브레이크 올리고 후진 기어 넣어. 일단 뒤로 빼야 해. 기어 뒤로 끝까지 당기고 액셀 밟아.

갑자기 몸이 붕 뜨더니 누군가 뒤에서 잡아끄는 듯한 느낌이 들었다. 차가 크게 돌았다. 남자애의 어깨가 긴장으로 완전히 굳어진 걸 보지 않아도 알 수 있었다. 내가 처음 운전을 배울 때 그랬으니까.

액셀에서 발 살짝 떼고 핸들을 왼쪽으로 끝까지 돌려. 기어 앞으로 끝까지 밀고 핸들 풀고.

카니발이 천천히 앞으로 움직였다.

이렇게 하는 거 맞아요?

남자애가 불안한 듯 물었다. 나는 대답하지 않았다. 앞으로 잘 가고 있는 거 보면 모르나. 핀잔을 주고 싶은데 말은 잘 나오지 않고 자꾸 눈이 감겼다. 기침을 하자 비릿한 피 맛이 혀뿌리에 번졌다.

누나, 자면 안 돼요. 무서워요.

남자애의 목소리가 현실감 없이 들려왔다. 조금 전에 나 때문에 사람을 죽인 애가 나더러 무섭다고 했다. 이 애에게 운전을 다 가르치기 전까지 죽지 않을 수 있을까. 아주 천천히 죽을 수 있을까.

당장 죽어서는 안 되는 이유 하나가 지금 막 떠올랐다.

안 잘게. 라디오 좀 켜줘.

남자애는 내가 시키는 대로 했다. 보닛에서 안테나가 길게 돋아나는 광경을 상상하며 눈자위를 문질렀다. 흘러간 유행가를 피해 남자애는 채널을 이리저리 돌렸다. 소용없는 일이라고 하려는 찰나, 처음 듣는 노래가 나오기 시작했다.

이 소설을 쓰기 시작할 무렵 나는 경기도에 있었다. 경기도
에 살게 되리라곤 생각해본 적이 없는데, 정신을 차리고 보니
경기도였다. 나의 심상 지도에서 경기도는 서울을 둥그렇게 감
싸고 있는 도넛. 맛으로 치면 올드훼션드. 그러니까 어디를 깨
물어도 같은 맛이 나는 도넛처럼, 경기도는 동서남북 어디를
가나 비슷비슷한 느낌이지.

뭐, 그런 생각을 하면서 운전면허 학원에 다녔다.

그해 봄에 나는 생애 최악의 이별을 겪고 있었다. 그즈음에
내가 썼던 문장 하나를 여기에 인용하자면, '사랑받지 못하고
사랑하지 않으므로 읽고 쓰기를 멈췄다'. 그런 때였다. 별로 살
아 있을 기분도 아니고 해서 가능한 최소한으로만 살아 있었다.

좀비 어포컬립스에 대비해서 운전을 배워두는 게 좋을 거라

는 생각을 한 적이 있지만, 반사 신경이 영 시원찮은 내가 운전을 하는 것은 인간 사회에 큰 폐가 될 것 같았다. 이런 생각 끝에 운전은 포기하기로 했는데, 정신을 차리고 보니 운전 학원이었던 것이다.

이별을 겪고 갑자기 심경에 대단한 변화가 있었던 것은 아니다. 그저 모친이 학원비를 내주며 강권해서 일어난 일이다. 모친이 내게 선물하고 싶은 것은 면허증 자체가 아니라 뭔가에 딱 성공하는 경험이라는 것을 어렴풋이 알고 있었기 때문에 약간 간지러운 기분도 들었지만 밑질 것도 없고 해서 모른 척 그냥 다녔다. 배워두면 역시, 좀비 사태가 발생해도 든든하겠지. 대충 이런 생각이 계속할 동기가 되었다.

예상대로 운전에는 별 소질이 없었기 때문에 딴생각을 많이 했다. 소설 생각. 자동차로 막 좀비들을 치고 다니는, 눈물이 별로 없는, 운전을 아주 잘하는 여자가 나오는 소설. 주인공이 이별의 예의를 아주 중요하게 생각하면 좋겠다는 생각. 모두 뜻한 대로 쓰이지는 않았다.

제때 출석을 하고 시험을 아주 망치지만 않으면 운전할 자격이 생기는 모양이라 무사히 면허증을 발급받았다. 소설을 다 쓴 건 그다음의 일이고, 그 뒤로도 5조 5억 번의 이별이 더 있었다. 그런 기분이다.

소설을 고치는 동안 좀비 어포컬립스가 발생했을 때 제일 먼저 무엇 때문에 울게 될지를 생각해봤다. 아마 맥모닝을 너무 먹고 싶지만 그럴 수 없다는 사실 때문에 울 공산이 크다. 당연하다. 눈물이 나는 건 좀비 어포컬립스가 아니라 맥모닝 때문. 마찬가지다. 잠이 안 오는 건 이별해서가 아니고 배가 고파서. 나는 이런 식의 말하기에 품위가 있다고 굳게 믿고 있다. 이따위를 품위라고 생각하는 건 내가 이미 오래전에 고장 나서일지도 모른다. 그 사실에 큰 불만이 없고, 나를 고장 낸 이별들에 책임을 묻고 싶지도 않다.

기록

_떨어지는

사람들

박소희

박소희는 1992년 서울에서 태어났다. 2016년 대산대학문학상에
「스물세 번의 로베르또 미란다」가 당선되어 등단했다.

사람들의 신체가 떨어져나가기 시작했다.
급속도로, 그리고 급격하게.

국내 첫 발병자는 김미손(42세, 서울) 씨였다. 2018년 12월 7일
오후 3시경, 근처 마트에서 장을 보고 돌아오던 김 씨는 오른
쪽 어깨에서 처음 통증을 느끼기 시작했다. 단순한 근육통으
로 생각했던 김 씨는 저녁 식사를 준비하던 오후 6시 20분경
에 오른쪽 어깨와 팔에 극심한 통증을 호소하며 쓰러졌다. 남
편 박주용(46세) 씨는 응급차를 불렀고 열여섯 살 난 큰딸 박
성은 양은 김 씨의 팔을 주무르기 시작했다. 김 씨가 짧은 비
명을 질렀다. 박 양은 놀라서 손을 뗐다. 그리고 그 순간 김미
손 씨의 오른쪽 팔이 어깨에서 분리되는 것을 목격했다. 박 양
은 처음에는 단순한 탈골인 줄 알았으나 팔 전체가 갑자기 소
매 밖으로 흘러내리듯 떨어져 내렸다고 회상했다. 김 씨는 실
신했고 박 양은 마네킹처럼 분리된 팔 앞에서 놀라 얼어붙었
다. 곧 도착한 119 구조대는 김 씨를 떨어진 팔과 함께 병원
으로 이송했다.

의사들은 이 급격한 신체탈락 현상의 원인을 찾지 못했다.
의학적으로 납득하는 것조차 버거워했다. 담당 의사는 떨어진
팔의 절단면이 육안으로 볼 때 켈로이드 증상과 유사해 보인
다는 점 이외에는 놀라우리만치 깔끔하다고 언급했다. 애초부
터 한 몸이 아니었던 것처럼, 혹은 절단된 지 오랜 시간이 지
난 것처럼. 바로 수술이 진행되었으나 의료진들은 접합에 실패

했다. 떨어진 부위의 피부는 물론 신경과 근육과 혈관에서 조직 변형이 진행되어, 도저히 접합이 불가능한 상태로 변이되었기 때문이다. 의료진들은 당혹스러움 속에서 이 사실을 질병관리본부에 보고했다.

이날 비슷한 시간대에 한국뿐만 아니라 캐나다, 미국, 아르헨티나, 칠레, 몰타, 체코, 호주, 타이완, 말레이시아, 필리핀, 수단에서도 첫 발병자가 발생했다. 각국의 발병자들은 코, 입술, 왼손 넷째 손가락, 오른쪽 가슴, 음경, 오른발 엄지발가락, 왼쪽 손목 등을 잃었다. 오랜 시간 극심한 통증을 호소한 경우도 있었고 별다른 통증 없이 순식간에 떨어져나가기도 했다.

다음 날 국내 신규 발병자는 한 명, 그다음 날은 두 명, 세 명, 다섯 명, 여덟 명, 열세 명, 스물한 명, 서른네 명, 열흘째에는 쉰다섯 명으로 늘었다. 이 숫자들이 앞 두 수를 더하면 다음 수가 되는 피보나치수열과 일치한다는 해석이 나오면서 세간의 주목을 받았다. 그러나 며칠 지나지 않아 예정된 수열을 훨씬 웃도는 발병자가 집계되었고, 자연의 원리를 담고 있는 그 수열과 이번 사태가 연관이 있다는 주장은 잊히게 되었다.

거리에는 신체 부위를 잃은 사람들이 넘쳐나기 시작했다. 사람들은 혼란에 빠졌다. 불행은 하루아침에 누구든 습격했고 규칙 같은 것은 없었다.

세계보건기구는 가장 먼저 전염 가능성에 초점을 두었다. 사람들은 불안에 떨며 서로를, 자신의 건강과 행복을, 미래를 의

심했다. 집에서도 마스크를 착용하고 긴 옷을 입고 장갑을 꼈고 종일 선글라스나 특수 보안경을 끼는 사람들도 있었다. 가족과 연인끼리도 스킨십을 꺼리고 외출을 삼갔다. 소비심리의 위축이 두드러지게 나타났고 특히 각종 관광산업과 부동산 업계, 주식시장, 공연예술계, 유흥업소와 성매매 업소 등이 큰 타격을 입었다. 사람이 많이 모이던 곳들은 모두 마비되었다.

초기에는 한센병과의 연관성에 초점이 맞춰졌다. 그러나 첫 발병 후 두 달이 지난 시점에 한센병과는 무관한 것으로 판명되었고 2019년 2월 세계보건기구의 보고에 따르면 전염 가능성은 극히 희박한 것으로 판명되었다. 발병자들 사이에서 동선을 비롯한 최소한의 공통점도, 바이러스도 발견되지 않았기 때문이다. 세계보건기구는 물론 어떤 국가도 이 사태를 규명할 수 없었다. 수많은 재난 영화에서와 달리 미국이나 이스라엘도 명확한 원인과 해결책을 내놓지 못하기는 마찬가지였다. 대대적인 발표에도 불구하고 사람들은 전염에 대한 의심을 한동안 쉽게 풀지 않았다. 불행 앞에서 사람들은 그게 유일한 해결책인 것처럼 정부를, 국제기관을, 그리고 서로를 불신했다.

전염에 대한 우려는 한 해가 지남에 따라 차차 완화되었고 경기도 약간 회복되었다. 환경호르몬과 독극물, 생화학 테러, 방사능오염, 심지어 지구온난화로 인한 가능성까지 다양하게 제기되었으나 원인은 밝혀지지 않고 있다. 그중 방사능오염으로 인한 가능성이 비교적 높다고 예측되지만 확신할 수 있는 것은 무엇도 없었다.

연구진들은 인종·기후·지역·경제력·인구밀도 등 다양한 기준으로 발병자들을 비교·분석하고 있으며, 이렇게 거의 전 지역에서 동시다발적으로 발생한 질병은 최초로 기록하고 있다. 2027년 8월 현재까지 누적 발병자는 국내 20,345,191명, 전 세계 34억여 명으로 집계되었다. 세계보건기구는 이 현상에 '급성 신체탈락'이라는 명칭을 부여했으나 사람들은 이 원인을 알 수 없는 불행을 주로 재난이나 재앙이라고 불렀다.

이 글은 급성 신체탈락 현상과 관련해 2018년부터 2027년 현재까지 한국에 대한 기록이다.

발병에 뚜렷한 규칙은 없었지만 몇 가지 공통점이 발견되었다.

1. 사람들은 탈락되는 신체 부위에서 악취를 감지했다.

국내 첫 발병자인 김미손 씨의 장녀 박성은 양도 김 씨의 어깨와 팔 부근에서 옅은 악취를 맡았다고 증언했다. 사람들은 그 냄새를 타는 냄새, 쏩쓸한 냄새, 무언가 썩는 냄새 등으로 표현했다. 체취가 다르듯 발병 부위에서 나는 냄새는 사람마다 차이가 있었지만 대부분 일관되게 악취를 맡았다. 통증 없이 냄새만 나는 경우도 있었고 악취가 선행되는 경우, 통증이 시작된 이후에 악취가 따라오는 경우도 있었다. 냄새를 감지하지 못한 경우도 있었으나 그 수는 적었다. 분리가 완료된 이후 냄새는 사라졌다. 사람들은 타인에게서 알 수 없는 불쾌한 냄새를 맡을 때마다 불안에 사로잡혔다. 누구도 눈앞에서 다른 이의 몸이 떨어지는 광경을 보고 싶어 하지 않았다. 노숙인과 부랑자들은 더욱 외면당했고, 환경미화원들은 은근한 경멸과 두려움 어린 시선에 시달려야 했다. 체취가 강한 외국인에 대해서도 기피 현상이 심해졌다.

2. 신체 내부에서는 탈락이 일어나지 않았다.

외부에 노출된 신체 부위에서는 가리지 않고 발병했으나 내부 장기에 대한 사례는 보고되지 않았다. 탈락이 주로 발생한 부위는 귀, 코, 윗입술, 아랫입술, 입술 전체, 손가락, 손목, 아래팔, 팔 전체, 발가락, 발목, 종아리, 다리 전체, 가슴, 고환, 음경이었다. 여성은 소음순이나 음핵의 탈락이 발생하기도 했으나 남성에 비해 성기 관련 손실 비율이 낮았다. 손가락이나 발가락은 한 번에 여러 개를 잃는 것보다 하나만 잃는 경우가 압도적으로 많았고, 귀나 가슴 등도 대부분 한쪽만 잃었다. 안구·잇몸·혀·목젖의 경우 탈락이 발생하기는 하나 드문 사례에 속했다.

3. 한 사람에게서 재차 발병하지 않았다.

재발병한 경우는 전 세계에서 한 건도 보고되지 않았다. 일부 의료진은 발병 이후 신체가 항체를 형성했을 것으로 추측하고 있다. 어떤 이들은 이를 두고 신이 베푸는 최소한의 자비나 용서라고 해석하기도 했으나 피해자들은 그런 표현에 동의하지 않았다. 한편 비교적 덜 중요하다고 생각되는 신체 부위—새끼발가락이나 한쪽 유두 등—를 잃은 사람들은 안도하거나 일종

의 액땜으로 여기기도 했다. 발가락 하나만 잃고 지나가게 해
달라고 기도하는 사람들도 생겨났다. 팔이나 다리, 성기나 코
를 잃은 사람들은 상대적으로 더 큰 불행을 느꼈다. 떨어진 부
위는 조직 변형으로 인해 접합과 성형 모두 불가능했다. 불행
은 공평하게 분배되지 않았다.

4. 만 18세 이상의 성인에게서만 발병했다.

유아·아동 및 청소년의 발병 사례는 없다. 신체적으로 거의
차이가 없는 만 17세의 청소년과 성인의 발병을 가르는 기준
에 대해 현재까지 연구가 진행되고 있다. 어쩌면 이 지점이 사
태 해결의 단서가 되리라는 기대 어린 시선도 있다. 일각에선
발병이 신체적 차이가 아닌 사회적인 차이와 관련 있을 것이
라는 가정하에 사회적·심리적 요인을 중심으로 연구 중이다.

신체탈락 현상을 두려워하거나 미래에 대한 절망감에 휩싸
여 만 17세가 지나기 전에 자살하는 청소년들이 급증했다. 이
는 새로운 사회문제로 대두되었다. 청소년들 사이에서 성인이
되는 것에 대한 불안감과 거부감을 극명히 표현하는 문화가
급속도로 번졌으며, 성인만을 대상으로 폭행 및 살인을 저지
르는 청소년 집단이 형성되어 물의를 빚기도 했다. 불안한 정
서 속에서 집단 따돌림 현상도 더 폭력적이고 강압적으로 변
해갔다. 청소년의 폭력성 및 우울 지수는 성인만큼이나 증가
폭이 가팔랐다. 소년원 수감 인원도 급증했다.

크고 작은 불편이 시작됐다. 검지를 잃은 사람들은 무심결에 눈을 비비다 허전함에 놀랐다. 수화를 사용해서 대화하던 이들이 엄지손가락을 잃고 소통에 어려움을 겪기도 했다. 코가 떨어져나간 사람들은 얼굴 한가운데에 생긴 깊은 공동을 감출 수 없었다. 귀가 없어진 이들도 생각보다 큰 불편에 부딪혔다. 나머지 한쪽이 있으니 그만이라고 생각했던 그들은 안경이나 선글라스를 써야 할 때 곤란한 표정을 지었다. 아랫입술이 사라진 뒤에는 밥을 먹고 물을 마시고 말을 하는 것도, 담배를 피우고 침을 뱉고 웃거나 키스를 하는 것도 모두 어려운 일이 되었다. 그들은 늘 빨대, 턱받이, 마스크를 챙겨 다녔다.

반나절에서 하루 정도 통증을 호소하다 분리되는 경우가 37퍼센트로 가장 많았지만 통증의 기간과 강도, 악취 정도, 탈락에 소요되는 시간 등은 개인차가 매우 컸다. 한수민(28세, 창원) 씨는 결혼식 당일 새벽부터 오른쪽 귀의 분리 현상을 겪었다. 별다른 통증은 없었지만 땀 냄새와 흡사하게 시큼한 냄새가 강하게 났고, 오른편 귀 연골이 얼굴 위쪽에서부터 찢기듯 떨어지기 시작해 정오까지 느리게 분리가 진행됐다. 예식 시간이 가까워지자 한 씨는 견디지 못하고 신부 대기실에서 늘어진 귀를 뜯어냈다. 이미 분리된 부위에서는 출혈이 없었지만 귓불 부근의 살점이 찢어졌다. 한 씨는 지혈을 한 채로 작은 핏방울이 번진 드레스를 입고 식장에 들어섰다. 그녀는 시부모님과 하객들 앞에서 귀가 떨어지는 것보다는 차라리 그게 나왔다고 말하며 밝게 웃었다.

3년이 넘게 원인 모를 무릎 통증에 시달렸던 최정협(33세, 파주) 씨의 경우 악취를 동반하지 않아서 특히 진단이 어려웠다. 그는 걸을 때는 물론 휴식을 취할 때조차 왼쪽 무릎이 찔린 듯 아파서 일상생활에 어려움이 많았다. 한방과 양방을 넘나들며 온갖 검사와 치료를 병행하던 최 씨는 왼쪽 무릎 아래가 분리되기 시작했을 때, 해방감을 느꼈다. 그는 차라리 홀가분하다고 했다. 그러나 탈락이 완료된 그날 밤 왼쪽 무릎 아래에서 다시 극심한 통증을 느끼며 잠에서 깼다. 이제 환상통이 그를 지배했다. 신체탈락 이후에도 사라진 부위에서 통증을 느끼는 비율은 전체의 12퍼센트였다.

사고 발생도 많아졌다. 2019년 3월에는 아파트 13층 외벽에 페인트칠을 하던 고공 도장공 이상윤(46세, 서울) 씨가 왼쪽 팔의 급격한 통증으로 인해 균형을 잃고 추락사했다. 부지불식간에 일어난 일이라 동료들이 손쓸 새도 없었다. 동료들은 그의 팔이 먼저 떨어졌고 곧이어 이 씨도 추락했다고 증언했다. 추락 사고를 방지하기 위한 안전 고리가 왜 제 기능을 하지 못했는지에 대해서는 아직 의문점이 남아 있다. 이 때문에 일각에서는 팔을 잃게 된 이 씨가 앞으로의 실직을 비관해 순간적인 충동으로 자살한 것 아니냐는 의혹이 제기되었다. 간접적인 원인이기는 했으나 신체탈락으로 인한 이 사고사에 사람들은 위기감을 느꼈다. 장례식장에서 이 씨의 아들 이정우(12세)

군은 누가 아빠를 죽인 거냐고 연거푸 묻다 잠들었다. 이정우 군은 이후 보육원으로 가게 되었다.

몸을 잃은 이들은 불행 속에서, 아직 온전한 이들은 불안 속에서 살아갔다. 아침이면 코가 없거나 입술이 없거나 팔이 없거나 다리가 없거나 성기가 없거나 손이 없는 사람들이 피로 가득한 얼굴로 정류장에 모여들었다. 흔들리는 버스 안에서 의수를 한 사람들은 한쪽 팔로 가방과 손잡이를 잡고 버티려 애를 썼다. 목발이나 의족을 한 사람들은 균형을 잡지 못해 종종 주위 사람들에게로 떠밀렸다. 서로 좌석에 앉겠다며 다투는 일도 비일비재했다. 좌석에는 팔이나 다리를 잃은 이들이 빽빽하게 앉아 있었다. 노약자석은 더 이상 의미가 없었다. 자리를 차지한 사람들은 자신의 권리이자 혜택에 겸연쩍은 듯, 안도하는 듯 묘한 숨을 내쉬었다. 팔다리가 성한 사람들은 출근길에 도저히 앉을 수 없었으므로 그들 나름대로 피로한 얼굴로 일터에 닿았다. 좌석에 앉은 이들도 목적지에 도착할 즈음이면 충분히 지쳤다. 이 과정은 저녁이 되면 다시 한번 반복되었다. 그리고 모든 날들마다 거듭되었다.

사무직 종사자는 발병 이후 실직률이 비교적 낮았으나 운동선수나 건설 노동자들에게 신체 부위의 손실은 곧 실직을 의미했다. 서비스직 종사자들은 작은 손실에도 은근히 퇴사를 권유받는 사례가 많았다. 순식간에 몸과 일터를 잃은 사람들이 속출했다. 그들은 거리나 공원이나 술집을 떠돌았다. 실직한 가족들의 생계를 단 한 사람이 부양해야 하는 경우도 종종 발생했다.

사람들은 마지막으로 허락된 자유인 것처럼 성교에 몰두했다. 섹스는 몸으로 인해 억압되고 박탈되던 이들이 육체로 성취할 수 있는 거의 유일한 것이기도 했다. 사람들은 자신의 몸을 확인하고, 확인받고 싶어 했다. 그 과정에서 최대한의 감각과 쾌락을 느끼려 애쓰는 이들이 많았다. 하지만 최대한 덜 감각하기 위해 노력하는 사람들도 있었다. 이들은 배우자의 신체 부위가 떨어져나간 자리나 실리콘 의수에 몸이 닿을 때면 문득 놀라곤 하면서, 되도록 덜 감각하려 노력하며 그 시간을 견뎠다.

세계 각국은 다방면으로 노력을 기울였다. 먼저 줄기세포를 이용해 돼지에게 인간 신체 일부를 배양하는 연구를 적극 지원했다. 신체 부위를 배양시키는 데 성공했으나 그것을 발병자의 변이된 조직에 이식하는 과정에서 어려움을 겪었다. 그럼에도 희망을 품고 실험은 계속되었고 연구실에는 사람의 귀나 코, 입술을 등에 달고 다니는 돼지들이 가득했다. 변이된 조직과 유사하게 3D 프린터로 제작한 신체 부위를 인체에 이식하는 연구도 진행됐다. 동시에 생산력을 정상화하고 부족한 인력을 대체하기 위해 로봇 개발에도 힘을 쏟았다. 그러나 기술력과 비용 등의 문제로 대중화를 이루지는 못하고 있었다. 갖가지 시도에도 상황이 악화되자 인간 복제를 허용해 인력을 충당해야 한다는 과격한 의견도 나왔으나, 사회적 합의를 도출해내지는 못했다.

거리 곳곳에 떨어져나간 신체 부위들이 나뒹굴었다. 몰려오는 통증에 몸부림치다가 떨어져 나온 손가락이나 귀를 쓰레기 더미 위에 던지고 가는 사람들이 흔했다. 그들은 아직 배어 있는 악취에서 벗어나려는 듯 서둘러 걸음을 옮겼다. 몸들은 어디서나 담배꽁초처럼 발에 차였다. 누군가의 몸으로 20년 이상 살아왔을 그것들은 순식간에 버려져 주인 없는 개나 고양이의 단백질원이 되기도 했다. 거리의 동물들은 입가에 신선한 피를 묻힌 채 손이나 다리 따위를 물고 돌아다녔다.

버려진 몸을 먹고 동물들은 어느 때보다 안정적으로 성장했다. 특히 비둘기, 까치, 까마귀 등 조류의 개체 수 증가가 두드러졌다. 전깃줄마다 새들이 빼곡하게 앉아 있었다. 갓 떨어진 귀나 입술에 새들이 몰려들고 나면 순식간에 핏자국만 남았다. 살찐 까마귀들은 사람이 다가와도 도망가지 않았다. 인간들은 불안한 눈으로 두리번거리거나 곧 넘어질 것처럼 걸었으므로 더 이상 두려운 존재가 아니었다. 마치 사냥감을 쫓아가듯 사람을 빤히 바라보며 따라가는 까마귀도 종종 있었다.

날벌레가 어디에서나 요란하게 맴돌았다. 방치되어 구더기가 들끓는 신체와 그로 인한 위생 문제가 대두되자 정부는 몸을 함부로 버리는 것을 규제했다. 발각되면 쓰레기를 무단 투기했을 경우보다 세 배 많은 과징금이 부과되었다. 죽은 애완동물의 사체를 처리할 때처럼 떨어진 몸을 종량제 봉투에 담아 내놓거나 흙에 묻어야 했다.

자신의 몸을 쓰레기봉투에 담아 버리는 것이 내키지 않는 사람들은 떨어진 코나 다리를 들고 화장터로 갔다. 화장터에서는 신체 부위와 무게에 따라 값을 책정했다. 인체 각 부위를 모두 더하면 한 사람을 화장하는 데 드는 비용의 배가 넘었다.

멀리 화장터까지 가지 않아도 인근 강과 하천에서 몸을 태워주는 신종 직업도 등장했다. 정부는 몸 전체를 물가에서 태우는 것은 허락하지 않았지만 떨어진 부위에 한해서는 허용해주었다. 한강과 하천 곳곳에서 인도 갠지스강과 비슷한 풍경이 펼쳐졌다. 단백질을 태우는 매캐하고 고소한 냄새가 공기 중에 떠다녔다. 죽음이 아니고서야 잃어버릴 리 없다고 생각했던 몸, 확고부동하게 자신의 존재를 증명한다고 생각했던 몸이 타는 것을 사람들은 오래 지켜봤다. 허무하면서도 기묘하게 홀가분한 감정이 그들을 에워쌌다.

이 와중에도 지진과 홍수와 해일과 태풍과 가뭄은 늘 그래왔듯 몰려왔다. 여전히 배는 침몰하고 땅은 주저앉고 비바람은 모든 것을 엉클어트렸다. 2020년 5월 일본 아소산 폭발로 인한 대규모 지진 사태 때 한국 유학생 안혜경(23세, 구마모토) 양은 구출 직후 윗입술이 떨어져나갔다. 한편 이날 사사키 히데오(60세, 오이타) 씨는 오른쪽 다리를 덮친 통증으로 웅크리고 쓰러진 덕분에 무너지는 기둥 아래에서 살아남았다. 히데오 씨는 자신의 분리된 다리를 먹지 않도록 해달라고, 그전에 구조될 수 있게 해달라고 기도하면서 마흔일곱 시간을 견뎠다.

이후 그는 생존자 인터뷰에서 어떤 신에게 기도했느냐는 질문에 "종교가 없다. 나는 나 자신에게 빌었다"고 말했다. 안혜경양은 회복 직후 귀국해 그 뒤로 외출하지 않는 삶을 살았다.

급성 신체탈락이 직접적인 원인이 되어 사망한 사례는 보고되지 않고 있었다. 그러나 국내 열한 번째 발병자가 2020년 10월 21일에 급성 호흡곤란과 심정지로 사망했고 뒤이어 쉰아홉 번째 발병자와 육백팔십사 번째 발병자가 같은 이유로 숨지는 사건이 발생했다. 불과 일주일 사이의 일이었다. 부검 결과, 특이점은 발견되지 않았지만 죽음과 발병이 유관할 것으로 추정되었다.

그 후 미국을 비롯한 몇몇 국가들에서 발병자의 사망이 이미 수차례 확인되었으나 혼란을 우려한 수뇌부가 그 사실을 은폐했던 것으로 뒤늦게 밝혀졌다. 사람들은 다시 혼돈에 빠졌다. 발병자들은 급격한 불안감에 휩싸였고 비발병자들도 마찬가지였다. 모두가 몸에 이어, 언제 사랑하는 이들을 잃을지 모른다는 두려움 속에서 떨었다. 발병 5년 이내 사망률은 39퍼센트에 달했고 10년 이내 사망자 비율은 58퍼센트에 달할 것으로 추정되었다. 현재까지는 잠복기의 개인차가 6개월에서 10년 이상에 이를 만큼 큰 것으로 추정되고 있다.

국내 첫 발병자였던 김미손 씨도 발병 3년 만에 급사했다. 김미손 씨의 큰딸 박성은 양은 장례식장에서 눈물을 보이지 않았다. 국내 첫 발병자의 자녀이자 첫 목격자로서 이미 수많은 언론에 시달렸던 박 양은 다시 찾아온 취재진 앞에서 어떤 흔들림도 보이지 않았다. 향냄새 속에서 누구와도 눈을 마주치지 않았지만 김 씨의 빈자리를 대신하려는 듯 의연하게 남동생을 챙겼다. 사람들은 박 양의 질긴 침묵을 슬픔으로 쉽게 이해했다.

각자에게 할당된 시간이 다하기 전에 스스로 목숨을 끊는 사람도 많았다. 자살자 중에는 몸을 잃은 사람도 있었고 불안과 절망에 휩싸여 온전한 몸을 지레 포기한 사람도 있었다. 왼쪽 무릎 아래를 잃고 환상통을 겪던 최정협 씨도 스스로 삶을 마감했다. 그는 첫 번째 시도 만에 자살에 성공했다. 몸을 담근 욕조에 드라이기를 넣고 감전사했다. 그가 발병 과정에서 겪었던 통증 강도는 3~4, 탈락 후 겪은 환상통의 강도는 7이었다. 최 씨는 매 순간 심한 열감에 시달렸다.

마지막 날 아침, 잠에서 깨어난 최 씨가 가장 먼저 한 말은 아프지 않은 곳으로 가고 싶다는 것이었다. 근래 들어 최 씨가 통증이 지겹다, 해방되고 싶다는 말을 부쩍 자주 했기에 그의 아내 서주영(34세) 씨는 평소처럼 받아들였다. 그녀는 4년 넘게 이어진 남편의 투병에 자신도 많이 지쳤던 것 같다고 말했다. 또한 최 씨의 자살을 발병 이후 그가 이룬 최초이자 마지막 성공이라고 표현했다. 함께 고통받은 시간만큼이나 그의 죽음을 진심으로 축하하고 지지한다고 했다. 그러나 곧 울음을 터뜨렸다. 최정협 씨의 시신은 탈락 후 11개월 만에 그의 왼쪽 다리 옆에 묻혔다.

죽음은 다양한 방식으로 창조되었다. 2022년 5월 29일, 발목을 잃은 40대 남성 강 씨(49세, 서울)가 행인들에게 무차별적으로 칼을 휘두르는 사건이 발생했다. "너희 같은 새끼들은 다 뒈져야 해"라고 외치면서 그는 순식간에 사람들을 공격했다. 묻지마 살인이나 폭행은 이전에도 종종 있었지만 이 사건은 신체탈락으로 인한 분노와 상실감이 직접적인 원인이었다는 점에서 주목할 필요가 있었다.

체포된 강 씨는 본인의 행동을 기억하지 못했고 모든 질문에 모르겠다는 말만 반복했다. 전문가들은 극도의 흥분 상태에서 저지른 행동은 기억하지 못하는 경우가 있다고 설명했다. 이후 법정 진술에서 강 씨는 "내가 정말 그랬는지는 모르겠다. 근데 다 어차피 곧 죽을 병신들인데 무슨 상관이냐"고 말해 사람들을 경악케 했다. 그가 발병 이전에는 서울 관악구의 한 고등학교에서 영어 교사로 근면하게 생활했다는 사실 역시 충격을 주었다. 강 씨는 발목에서 통증과 악취가 시작된 2년 전부터 우울과 알코올중독 증세를 보이기 시작해, 최근 발목 상실 이후 스스로 교직을 그만두었던 것으로 알려졌다.

이 사건으로 여섯 명이 중경상을 입고 두 명이 그 자리에서 사망했다. 강 씨 한 명의 불행이 여덟 명의 불행으로 옮아가는 데 불과 10분도 소요되지 않았다. 피해자 중에는 이미 몸을 잃은 사람도 있었고 온전한 사람, 잘 드러나지 않는 부위를 잃은 사람도 있었다.

거리에서 마주치는 이들은 상당수가 검은 옷을 입고 있었다. 사람들은 각자의 이유로 어디서든 죽었다. 부고는 끊임없이 들려왔고 사람들은 계속해서 애도하고 추모하고 망자에게 공감했다. 장례 업체와 화장 업체의 주가는 폭등했다. 의수족 제작 업체들이 몇 년 사이에 국내 굴지의 대기업으로 성장한 것과 같은 맥락이었다. 몸은 이제 지나치게 귀하면서도 귀하지 않았다. 생명 역시 마찬가지였다. 전 세계가 장례를 치르는 중이었다.

발병자들의 사망 이전까지 사람들은 죽음을 적절히 모른 척하며 살아갈 수 있었으나 더 이상은 아니었다. 언젠가는 누구에게나 다가올 죽음이 조금 앞당겨 가시화되었을 뿐인데도 사람들은 공포와 불안에 미리 휩싸여 떨었다.

상황이 안 좋아질수록 사람들은 극명하게 갈렸다. 온전한 이들이 그렇지 않은 이들을 차별하듯, 몸을 잃은 사람들끼리의 차별도 심화되었다. 같은 불행 속에서도 그들은 안간힘을 다해 서로를 구분했다. 팔에 첨단 의수를 장착한 사람과 긴소매 중간을 묶은 채로 배회하는 사람이 같을 수 없다는 것이 그들의 논리였다. 불행 속에서 약자는 더 약자가 될 뿐이었다. 사람들은 마지막 권리라도 되는 양 선천적 장애와 후천적 상실을, 의수의 가격대를, 잃은 신체 부위의 중요도를 구별해냈다. 다양하고도 확실한 기준을 갖고 서로를 재빠르게 갈랐다.

신체의 유무, 가치관, 사회에 요구하는 바에 따라 사람들은 분열되었다. 거대하게 구분된 무리들이 온 힘을 다해 싸우는 것은 이미 익숙한 일이었다. 타인에 대한 증오가 커질수록 자신에 대한 것 역시 커져갔다. 서로를 향한 경멸과 기피, 시기와 저주는 점차 신체의 유무와는 상관없는 일이 되어갔다.

발병 초기에 이 모든 것은 신의 뜻이고 벌이라며 회개할 것을 주장하던 종교 단체들은 사망자가 급증한 시점부터 조용히 기도와 참회에 매진했다. 모여서 종일 기도하고 울부짖고 기도하고 위로하고 기도하고 참회하고 기도하다 어느 날 죽었다. 새로운 종교가 앞다투어 생겨나고 개종도 넘쳤다. 신앙이 없던 사람들은 뭐가 됐든 종교를 가졌고 있던 사람들은 종교를 버리기도 했다. 떨어진 신체를 모아 신에게 제의를 드리는 사이비 종교들이 부상하기도 했다. 2022년에는 갓 태어난 아이의 손가락을 하나 잘라내면 성인이 되어서도 안전하다는 미신이 일부에서 유행했다. 부모들은 아이가 육손이로 태어나길 빌었다. 죄책감 없이 손가락을 자르기 위해서였다. 그렇게 태어난 아이들은 다른 아이들보다 최소 18년은 빠르게 상실을 겪었다.

첫 발병자였던 김미손 씨의 남편 박주용 씨가 다시 신문에 등장한 것은 2023년 1월이었다. 그가 거리에 버려진 신체를 모아 태우는 일을 꾸준히 해온 사실이 신문사 기자에게 알려져 인터뷰가 진행된 것이다. 박 씨가 그 일을 시작한 것은 아내를 잃고 오래 지나지 않아서부터였다.

기자는 모르는 사람들의 몸, 게다가 주인마저 버린 것들을 주워 화장 의식을 하는 이유에 대해 물었다. 박 씨는 "이유가

135

뭐 있겠습니까. 이런다고 나아지지도, 달라지지도 않는 건 저도 압니다. 이런 일이라는 게…… 그냥 누군가는 해야 하니까 합니다"라고 답했다. 그는 조금 망설이다 덧붙였다. "큰애는 이 일을 아주 싫어합니다. 자주 싸워요. 저보고 차라리 폐지를 주우라고 해요. 그게 더 쓸모 있는 일이라고……. 하지만 떠난 집 사람이라면 필요한 일이라고 했을 겁니다." 기자는 박성은 양에게도 수차례 인터뷰를 요청했으나 박 양이 강한 거부 의사를 밝혔다는 정보로 기사를 마무리했다. 아무도 알아주지 않는 일을 계속하는 박 씨에게서 사람들은 미련함과 인간에 대한 마지막 존중을 각각 발견했다.

어떤 이들은 좌절을 선택하지 않았다. 몸을 잃은 현대 무용수들이 자체적으로 모여 매달 첫째 금요일에 거리 공연을 열기도 했다. 그들은 이 무료 공연을 위해 불완전한 신체를 훈련하고 새로운 안무를 짰다. 한쪽 종아리를 잃고도 턴을 하고 손가락과 손목 없이도 감정을 표현했다. 사람들은 잠시나마 아름다움을 느꼈다. 정기적으로 참여하던 열한 명의 무용수 중에서 두 명이 발병으로 사망했으나 공연은 2년 가까이 계속되었다.

끝까지 서로를 향한 공감과 위로를 포기하지 않는 사람들도 있었다. 그들은 자신이 언제, 어떻게 소중한 몸과 사람들을 잃었는지 함께 이야기하고 경청했다. 그중에는 남편 최정협 씨를 자살로 잃은 서주영 씨도 있었다. 그들은 같은 신체 부위를 잃은 사람끼리 소모임을 만들기도 했고 변해버린 몸을 오래 응시하고 받아들이는 법도 훈련했다. 그로 인해 서로의 불구성과 부족함을 이전보다 더 잘 받아들이고 이해했으며, 불운과 결핍을 함께 인정했다. 그리고 진심으로 행복해했다.

그렇게 평온하게 삶과 죽음을 맞는 이들이 있었다. 그렇게 평온해하다가도 불현듯 모든 것을 포기해버리는 이들도 있었다. 함께 위로하다 세상으로 나오면 종종 견딜 수 없다고 했다. 서로의 불행을 진심으로 이해하기에는 곳곳에 불행이 너무나 많았다. 각자의 것도 버거웠다. 그들은 불행의 총량은 제한되어 있지 않지만 서로에게 공감할 수 있는 총량은 극히 제한적이라는 걸 깨달았다. 가장 인간적인 감정인 공감을 포기하면서, 그들은 이전과 전혀 다른 사람이 되어갔다.

사망자의 급증으로 인구수는 곤두박질쳤고 출산율은 지속적으로 줄었다. 경제력의 하락, 삶에 대한 비관적인 인식이 사람들로 하여금 자녀를 낳아 기르는 것을 포기하게 만들었다. 성기 손실로 인한 영향도 있었다. 전 세계의 인구는 발병 5년 만에 2018년 대비 84퍼센트까지 하락했다. 중국을 제외한 대부분의 국가들은 심각한 위기임을 인정했다. 국력 약화는 물론 인류의 멸종을 우려하는 목소리들이 터져 나왔다. 한국의 경우, 통계청 인구 추계에 따르면 발병 전까지만 해도 2018년부터 생산 가능 인구(15~64세)가 줄고 2030년부터 전체 인구 감소가 시작될 것으로 예상하고 있었다. 그러나 재난은 이전의 예측을 손쉽게 넘어뜨리며 기록을 경신해나갔다. 2045년

이전에 전 세계 인구가 발병 이전의 37퍼센트 수준이 될 거라는 전망도 있었다. 인구 급감으로 인해 세계는 크게 휘청였다.

각국은 역사 속에서 도움을 얻고자 했다. 많은 지도자들이 과거 루마니아의 독재자 니콜라에 차우셰스쿠의 인구 확대 정책을 롤 모델로 삼아 인구 증가 계획을 세웠다. 인구가 많아야 국력이 확대된다고 믿었던 독재자가 1965년부터 20여 년 동안 추진한 일련의 정책들을 각국이 다시 빌려왔다. 콘돔을 비롯한 모든 피임법과 낙태를 금지시켰다. 가임 여성은 나이에 따라 최소 두 명에서 네 명 이상의 아이를 낳도록 했다. 모든 가임기 부부를 대상으로 불임 검사를 강제했고, 난임·불임 부부에게 치료 지원을 하는 동시에, 임신에 실패하면 분기마다 벌금을 부과했다. 결혼식 당일 오른쪽 귀의 탈락 현상을 겪었던 한수민 씨도 자연 임신이 되지 않아 시험관아기 시술에 의무적으로 참여했다. 그녀는 발병자이므로 언제 사망할지 몰랐지만 그건 출산 면제 사유에 해당되지 않았다.

국가들은 차우셰스쿠의 정책이 끔찍하고 비윤리적이지만 가장 빠르고 확실한 방법이라는 점을 인정했다. 그들은 서둘러 가시적인 변화를 얻고자 했다. 차후 발생할 문제들에 있어서는 자신들이 선대보다 더 현명하게 대응하리라 믿었다. 자기 과신이었다. 역사가 반복되는 것은 여전히 똑같은 선택을 되풀이하는 이들이 있기 때문이라는 걸 그들은 간과했다. 페미니스트들과 인권 단체가 도심에서 반대 시위를 열고 행진했다. 그 무리 속에는 국내 첫 발병자의 딸 박성은 양도 섞여 있었다. 그녀는 이제 코가 없었고 어머니와 남동생도 없었다. 많은 이들이 거리에 쏟아져 나와 목소리를 냈다. 무언가를 잃었거나 잃을 사람들이었다.

거센 반대에도 불구하고 국가는 모든 것을 법으로 제정했다. 특히 한국 정부는 1980년대 전두환 정권에서 습득했던 3S 정책을 더욱 발전시켜 활용했다. 장애인 올림픽을 비롯한 스포츠가 적극 육성되었고 미디어에서 성에 대한 기준은 대폭 완화되었다. 공영방송을 통해 선정적인 프로그램들을 송출했다. 한국에서도 AV 배우들의 공중파 출연이 허가되었고 연예인들은 거의 벌거벗은 채로 방송에 나와 몸을 흔들었다. 개편된 방송에서는 각 신체 부위를 잃은 이들에게 도움이 될 만한 체위와 성교 방법을 알려줬다. 홈쇼핑과 텔레비전 광고에서도 이제 성인용품을 쉽게 접할 수 있었다. 미디어는 자극적이고 가학적인 형태의 성행위 장면을 내보내고, 왕성한 성생활을 생명력과 건강이라는 이미지에 의도적으로 결부시켰다. 이전까지 비정상적으로 여겨지던 방식들이 이제는 자유롭고 흥미로운 것이 되었다. 국가는 여성 한 명과 남성 두 명, 또는 남성 한 명과 여성 두 명이 함께 껴안고 웃는 공익광고를 내보냈다. 그들의 신체는 온전하기도 했고 그렇지 않기도 했다.

피임 도구들이 비밀리에 고가로 유통되다 적발되었다. 콘돔 대용으로 돼지 창자를 사용하는 등 조선 시대에 사용했던 피임법이 다시 행해지기도 했다. 정부는 피임 도구 제조 및 유통 금지법에 반발하는 콘돔 제조 회사들을 회유해 윤활제를 포함한 성인용품 사업으로 전환시키고 각종 특혜를 줬다. 잦은 성교 및 탈락으로 손실된 성기를 대체하는 인조 성기 사용으로 인해 윤활제 소비가 크게 증가했으므로, 콘돔 제조사들은 이전보다 높은 수익을 낼 수 있었다.

2025년에 이르자 한국 정부는 성매매를 법으로 전면 허용했다. 아동을 대상으로 한 경우를 제외하고는 대부분의 성생활이 적극 권장되었다. 국가는 종교적 이유로 성관계를 금지하는 마지막 종교인들을 은근히 지탄하는 분위기를 유도하기도 했다. 이런 사회적 흐름을 비판하거나 비인도적 정책에 맞서 성생활을 금하는 이들도 종종 있었으나, 그들은 쉽게 반사회적이거나 구시대적인 인물로 취급되었다. 청소년들 역시 사회적 분위기를 빠르게 흡수하거나, 그런 문화에 거부감을 나타내는 부류로 양분되었다.

출산율이 조금씩 회복되기 시작했다. 그러나 양육할 능력도, 의지도 없는 부모들이 많았다. 낳고 버리면 된다는 식의 사고가 만연한 상황에서 버려지거나 잊힌 아이들이 보육원으로 끝없이 몰려왔다. 그중에는 한수민 씨의 자녀도 있었다. 한 씨는 시험관아기 시술로 남녀 이란성쌍둥이를 임신했으나, 죽음에 대한 두려움과 생활고로 양육 의지가 없었다. 한 씨는 산부인과 의사에게 웃돈을 주고 딸아이가 사망한 것으로 조작했다. 딸은 태어나자마자 보육원으로 갔다. 아들은 벌금을 피하기 위해 출생신고를 했다.

아이들은 턱없이 부족한 보육 교사들의 보살핌 아래에서 성장했다. 그나마 보육 교사들도 신체가 온전하지 못하거나 사망하는 경우가 많아 인력난이 심했다. 이 아이들은 신체와 정서 발달 수준이 표준에 못 미쳤고 정상적인 소통 및 공감에 어려움을 겪었다. 과거에 루마니아에서 일어났던 일들이 되풀이되고 있었다. 루마니아는 이렇게 자라난 아이들의 일부를 독재 정권을 위한 비밀경찰로 이용한 바 있었다. 그들은 어떤 명령에든 따랐으며 감정을 거의 느끼지 못했다. 잔인한 임무를 아무렇지 않게 실행했다.

무자녀 가정에 부과되는 벌금이 점차 높아지면서 입양이 활기를 띠었다. 보육원 아이들은 입양이 행복을 보장해주지 않는다는 걸 알면서도 낯선 어른들에게 애원하는 눈빛으로 애교 부렸다. 기계적인 표정이었다. 그중에는 간혹 손가락이 잘린 아이들도 보였다. 더 이상 그 미신을 믿는 사람은 없었다. 대부분의 사람들은 종교를 지나간 유행처럼 여겼다. 구원이나 신이라는 단어를 들으면 구식 농담을 들었다는 듯이 웃었다. 일본인들은 신사에 살아 있는 이들을 모셨고 무슬림들은 더 이상 라마단을 지키지 않았다.

조금 더 큰 아이와 청소년들은 노동시장으로 내몰렸다. 그들은 생산성을 끌어올릴 수 있는 거의 유일한 탈출구였다. 정

규 교육과정도 마치지 못한 아이들이 값싼 노동력으로 공장
과 건설 현장과 농촌으로 갔다. 보호자가 없는 아이들은 자립
을 위해서라도 노동 현장으로 나갈 수밖에 없었다. 추락사했
던 고공 도장공 이상윤 씨의 아들 이정우 군도 보육원을 떠나
경기도 안산의 공단에서 일했다. 그는 이따금 아버지의 사인
이 발병으로 인한 사고사일지, 자살일지 생각해보곤 했다. 생
각에 잠긴 사이 옷자락이 기계에 빨려 들어갔고 그 사고로 그
의 왼쪽 손목이 절단되었다. 그는 점점 더 아버지를 닮아갔다.

아이들은 어른보다도 더 어른 같은 표정을 짓고 있었다. 불
구가 된 부모와 자꾸 태어나는 더 어린 동생들을 작은 손으로
먹이고 살려야 했다. 아이들은 끊임없이 태어났고 계속해서 자
랐고 매일 일했지만 그들의 능력 밖으로 어른들은 무너져갔다.
아이들은 어른의 절망과 무기력을 모두 습득했으나 아직 신체
가 온전하다는 이유로 착취당했다.

노동을 거부한 아이들은 일찍이 사회의 비난과 도태를 익혔
다. 교육다운 교육을 받을 수 있는 것은 부유층 자녀들뿐이었
다. 어른들은 아이들에게 죄책감과 안쓰러움과 시기심을 동시
에 느꼈다. 그럴수록 아이들의 미래를 저주하는 날도 늘어갔다.
그들은 아무 데서나 대충 눈만 피한 채 옷을 벗고 헐떡이면서
그게 애국이고 인류를 위한 길이라고 말했다. 아이들에게 어
른이란 교성을 지르거나 불구이거나 자신들이 벌어온 돈으로
매일 술에 취해 있는 사람이었다. 어떤 아이들은 빠르게 그런

어른으로 자라났고 어떤 아이들은 본능적이고 강박적으로 어른을 증오했다. 섹스도 출산도 하지 않기로, 저들을 절대 닮지 않기로, 이미 우리의 유전자가 오염된 거라면 더 이상 퍼트리지 말기로 그들은 다짐했다. 그렇게 온 힘을 다해 거부했으나 자라면 어른이 된다는 것을, 어른도 자신들이었다는 것을 똑똑히 알고 있었다. 거기서 그들의 절망이 완성되었다.

새 정책으로 태어난 아이들이 성장하기까지는 시간이 필요했다. 미국을 미국으로 유지하기 위해서 그건 충분치 않았다. 미국은 끊임없이 생산하고 소비해야만 하는 나라였다. 결국 그들은 자신들이 가장 잘하는 일을 택했다. 2026년 10월 25일, 미국은 유럽연합과 동맹해서 중국을 공격했다. 대외적인 명분은 중국이 자국의 인력과 경제를 지키기 위해 최근 과도하게 강화한 보호무역 정책과 전 세계적으로 핵무기 개발 및 보유가 금지된 현시점에 북한의 핵무기 개발을 비밀리에 지원함으로써 국제사회의 안정을 무너뜨렸다는 것이었다.

대재난의 원인 중 하나로 방사능오염이 의심되기도 하는 상황에서 핵 개발을 위해 에너지를 쏟는 나라가 있을지 의문시되었다. 그러나 미국이 군수산업으로 가동되는 나라라는 것을 모르는 이는 없었다. 사람들은 자국에서 전쟁이 일어나지 않았다는 사실만으로 쉽게 안도했다. 그들은 곧 취하고 비틀거리고 내일 필요한 돈을 생각했다. 한국은 반대 여론에도 불구하고 미국을 위해 파병했다.

발병과 죽음에 전쟁까지 더해지면서 혼란은 한층 가중되었다. 신자유주의 이후 체제에 대비하지 못했던 국가들은 어떤 패러다임도 제공하지 못했다. 지도자들은 역사가 원래 전진과 후퇴를 거듭하며 나아가는 것이니 이 시기를 잘 견디면 된다고 말했으나, 어떻게 견뎌야 하느냐는 물음 앞에선 최대한 견디자는 추상적인 대답밖에 하지 못했다.

사람들은 불안 속에서도 안정을 찾아내 생활했다. 하지만 얕은 안정 속에서 다시금 불안을 발견해냈다. 사람들은 더욱 복지를 요구했다. 국가들은 재정난에 시달렸지만 사람들은 사소한 증세에도 크게 반발했다. 복지국가부터 무너지고 있었다. 국내에서도 최상위층에 대한 증세와 방위 비용의 전환을 통한 예산 마련이 요구됐으나 한국 정부는 방관했다. 턱없이 부족한 장애인 시설 확충에도 나태한 태도를 취하면서 무의미한 전쟁에 인력과 에너지를 쏟아붓는 정부에 불만이 쌓여갔다. 국민들이 이제 나라에 요구하는 것은 안전과 복지, 인간답게 살 최소한이자 최후의 것이었다. 안전에 있어서 한국 정부의 무능은 일찌감치 드러난 것이기도 했다. 고위층의 부정부패도 항상 그래왔듯 터져 나왔다. 국가는 무언가를 밝혀내지도, 개선하지도 못하는 존재였다.

2027년 8월 18일, 아랫입술을 잃은 한국 대통령은 신체탈락자들에 대한 복지를 확대할 계획이 없음을 공표했다. 어눌한 발음이었고 자꾸 침이 흘렀지만 어조만은 분명했다. 사람들은 확실히 깨달았다. 국가를 옹호하는 것은 이제 극소수의 노인들뿐이었다. 보수 정권에 안정적인 표를 제공하면서 보수 언론의 보도를 철석같이 믿었던 노년층도 더 이상 국가라는 거짓말을 믿지 않았다.

사람들은 분노에 휩싸였다. 오래 축적된 불행에 더해진 분노는 빠르게 타올랐다. 어떤 이들은 더 이상 돌이킬 수 없을 만큼 끝났다고 했고 어떤 이들은 새롭게 시작할 수 있는 마지막 기회라고 했다. 전 인류적인 불행이므로 누구도 누구를 도울 수 없다는 데는 모두가 공감했다.

2027년 8월 27일 오후 2시, 서울 광화문 광장으로 팔이 없고 다리가 없고 입이 없고 가슴이 없는 사람들이 몰려나왔다. 몸이 온전한 사람들도 함께 거리로 나왔다. 불구자를 거두어야 하는 삶에 지쳤거나 미래에 대한 불안으로 미치지 않기 위해서였다. 붉은 글씨로 '나는 더 잃을 게 없다'고 쓴 피켓이 거리 곳곳에서 들썩였다. 광장에 나온 이들은 명확한 신념에 따라 움직이거나, 광기와 폭력에 도취되어 날뛰거나, 소중한 사람을 잃은 고통과 분노에 휩싸인 채 굳은 얼굴로 걸었다.

여기저기서 고함과 환호와 울음이 터져 나왔다. 사람들은 각자의 사정만큼 뿔뿔이 흩어져 각자의 것을 파괴했다. 저들은 과거에 부패한 대통령을 촛불로 몰아내는 성취를 거둔 사람들이기도 했으나 지나치게 가까워진 불행 앞에선 통제력을 잃어버렸다. 경제력이 높거나 경미한 신체탈락을 겪은 사람들은 거리에 나온 이들을 비난하고 경멸했다. 그러나 몰려나온 이들의 규모와 폭력성 앞에서 입을 다물 수밖에 없었다. 폭력에 반대하는 목소리 역시 분노하는 이들의 포효에 묻혀버렸다. 무리 지은 사람들이 군대와 공공 기관으로 뛰어들어 불을 지르고 파괴했다. 이미 몸과 삶에 대한 애착을 잃은 사람들이 건물과 함께 탔다.

25세가 된 박성은 양 역시 불길에 휩싸인 서울 시청에서 목격된 것을 마지막으로 실종되었다. 첫 발병자인 어머니의 발병으로부터 8년 8개월이 흐른 시점이었다. 목격자들의 증언에 따르면 박 양은 화염에 휩싸이기 시작한 건물로 뛰어들면서 환하게 웃었다. 박 양이 아버지 박주용 씨에게 마지막으로 보낸 문자메시지에는 '다 엄마 때문이야'라는 문장만이 남아 있었다.

파병으로 약해진 국내 병력은 예상보다 쉽게 무너졌다. 특히 일반 병사들의 이탈이 두드러졌다. 그들은 갓 어른이 된 사내아이들이었다. 어른과 그들의 명령을 증오하던 아이들은 단지 병역의 의무 때문에 갇혀 있던 군대로부터 도망쳤다. 온전하거나 벌써 온전하지 않은 몸으로 최선을 다해 흩어졌다.

그 속에는 왼쪽 손에 의수를 한 이정우 군도 있었다. 왼손의 부재는 군 면제 사유가 되지 않았다. 더 이상 그를 고공 도장공의 어린 아들로 기억하는 사람은 없었다. 그는 이제 아버지의 표정을 완전히 닮아 있었다. 부대를 이탈하는 과정에서 이정우 군과 함께 도망치던 후임 병사가 발목을 접질렸다. 병사는 이정우 군의 다리에 매달려 제발 버리지 말아달라고 부탁했다. 이정우 군은 잠시 고민하다 후임의 허벅지에 총을 쏘았다. 빨리 아내에게 가야 한다는 생각뿐이었다. 지난해 이정우 군은 한 살 어린 아내를 만났고 부모 없이 떠돌던 그들은 각자에게 누적된 결핍만큼이나 빠르게 서로에게 몰두했다. 혼인신고는 하지 않았지만 평생을 약속했다. 아내는 임신 6개월이었다. 그는 다시 뛰었다. 그리고 얼마 지나지 않아 코를 찌르는 악취를 맡았다. 그게 길에 널브러진 몸들에서 나는 것인지, 며칠 전부터 아프기 시작한 오른쪽 팔꿈치에서 나는 것인지 확인할 겨를도 없이 달렸다. 달리면서 고민했다. 만약 오른팔까지 잃는다면 의수를 한 양팔로 어떻게 아이를 안아줄 수 있을지.

군대가 무너진 국가는 더 이상 국가가 아니었다. 대통령과 정치인들은 쉽게 죽거나 쉽게 해외로 도피했다. 사람들은 승리감에 더욱 도취되었다. 이제는 분별도, 정당한 이유도 없이 많은 것들이 불타고 쓰러졌다. 지긋지긋하던 무언가를 때리고 부수고 없애고 있다는 사실만이 중요했다. 여기저기서 타는 냄새와 썩는 냄새가 났다. 침을 뱉으면 매캐한 연기가 배어든 회색 가래가 나왔다. 사람들은 진탕 먹고 마시고 싸우고 소리 지르고 섹스하고 눈을 번뜩였다. 필요하다면 누구든 죽였다. 아무 데서나 분리됐거나 죽은 몸들이 뒹굴었지만 그게 누구의 것인지, 어떻게 생겨난 것인지 신경 쓰는 사람은 없었다. 삶을 통째로 잃은 듯 무력해하던 성인들은 이제야 자신이 할 수 있는 일을 찾아냈다고 여기는 것 같았다. 그들은 불행을 자랑하거나 증오하거나 찬성하기라도 하는 것처럼 소리 질렀다. 그리고 박수 쳤다. 국가가 권장하던 본능과 광기를 제대로 습득했음이 드러났다.

근거 없는 해방감에 날뛰는 와중에도 몸은 여전히 떨어져 나갔다. 아이들은 그 광경을 지켜보거나 함께 취해 설익은 손으로 아무거나 던지고 부수었다. 이 모든 걸 멈추라고 애원하며 울부짖는 소리가 곳곳에서 메아리처럼 울렸다. 등에 사람의 귀나 코를 단 돼지들이 무너진 연구소에서 뛰쳐나왔다. 그들의 울음소리가 오래 들려왔고 개와 고양이는 타다 남은 몸을 먹지 않고 그냥 지나쳤다. 검은 연기로 채워진 하늘을 향해 새들의 그림자가 날아올랐다.

그리고 누군가 검은색 깃발을 가져왔다. 검은 배경에 금색선이 대각선으로 길게 그어져 있었다. 그 사람은 잠시 혁명, 이라고 중얼거렸으나 곧 깃발을 아무 데나 꽂고 발을 절룩이며 사라졌다. 그 걸음걸이를 지나치게 닮은 그림자도 서서히 멀어졌다. 깃발은 조금 펄럭이다 불길 속에서 오그라들었다. 이 모든 것은 방향 잃은 광기와 분노와 불행과 죽음과 두려움과 쾌락이 날뛴 결과일 뿐, 혁명이 아니었다. 혼돈 속에서 또 하나의 혼돈이 창조되었을 뿐이다.

─우리는 돌이킬 수 없게 되었다.

　─우리는 이별했다.

　나는 두 문장을 같은 뜻으로 이해한다. 되돌릴 수 있는 건 이별이라고 말하지 않는 게 나을 것 같다. 돌이킬 수 없다고 생각하면, 아쉬움이나 슬픔이 오히려 묻어나지 않는다. 나의 경우 그렇다.

　누군가 죽었고, 누군가를 우리는 화장했고, 흰 종이에 싸여 나온, 두 손에 올라갈 정도로 작고 네모나게 된 그 누군가를 다같이 둘러쌌다. 다른 누군가가 말했다. 돌아가신 분의 마지막 체온입니다, 모두 한 번씩 손을 얹고 마지막으로 느껴봅시다. 나는 생각했다. 개소리라고. 저건 죽음의 온도일 뿐이다. 누군가를 앗아가고, 남은 몸마저 확실하게 없앤 온도다. 그 사람의 몸은 어디 가고 이런 것만 남았다. 그럼에도 손을 얹을 수밖에 없었다. 따뜻했다. 금방 손을 거뒀다. 다른 이들과 달리 나는 그 따뜻하고 하얀 몸을 쓰다듬지 않았다. 두 손을 맞잡아 깍지 꼈다.

가장 돌이킬 수 없는 이별은 아무래도 죽음이다.

내 몸의 일부가 먼저 죽는 장면을 떠올렸다. 나의 왼팔을 들고 혼자서 화장터에 도착해 작은 관 속에 팔을 넣을 것이다. 불길 속에서 타고 있을 나의 일부를 상상해보려고 하지만, 잘 안될 것이다. 견디기 힘든 상황에서 나는 주로 세게 깍지를 끼지만 그때의 나는 낄 수 없을 것이다. 오른손만 남았으니까. 왼팔은 아직 사라지는 중이다. 앞으로는 이별을 견디는 다른 자세를 찾아내게 될 거다. 계속해서 새로운 자세를 찾아내야 할지도 모르고, 어쩌면 그러다 전혀 다른 몸이 되어 있을지도 모른다.

커튼콜,

한 번 더

박수

송지현

송지현은 1987년 서울에서 태어났다. 2013년 〈동아일보〉 신춘문예에
「펑크록 스타일 빨대 디자인에 관한 연구」가 당선되어 등단했다.

있잖아. 나 어릴 때 큰아빠네 집에 갔거든. 아파트였어, 신축 아파트. 방도 되게 많고 가구들이 엄청 컸어. 엄마랑 아빠는 나를 그 집에 놓고 어디에 갔던 것 같아. 전후의 사정은 기억이 안 나. 엄마랑 아빠를 배웅하고 나서 현관문이 닫히던 소리 같은 건 기억이 나는데 말이야. 어쨌든 배웅을 마치고 그 커다란 아파트의 내부가 눈에 들어오는데, 큰아빠가 식탁 밑에 누워 있는 게 보였어. 목욕 가운 같은 거 입고 똑바로. 6인용이라 되게 크고 원목 같은 거로 되어 있는 식탁이었는데, 그 밑에 누워 있었어. 처음에 난 큰아빠가 쓰러진 줄 알았어. 그런데 큰엄마랑 사촌 언니는 신경도 안 쓰는 거야. 사촌 언니는 거실에서 텔레비전 보고 있고 큰엄마는 그 테이블 옆에서 요리도 했어. 사촌 언니가 요리를 하다가 큰엄마가 텔레비전을 보기도 하고. 메뉴? 메뉴는 기억이 안 나는데. 어쨌든 식사 시간이 됐고, 큰아빠는 식탁 밑에 누워 있는 채로 언니랑 나랑 큰엄마랑 그 테이블에 앉게 됐어. 큰아빠는 우리가 밥을 다 먹고 설거지를 마칠 때까지 조용했어.

그리고?

그리고 기억이 안 나는데. 끝이야.

뭐야. 네 얘기는 맨날 그래.

어떤데?

결론이 없어.

이게 결론이야.

결론이 없는 것도 없는 건데 쓸데없이 디테일해.

에.

본론만 얘기하자면 어릴 때 기억 중에 큰아빠가 식탁 밑에 누워 있던 장면이 있다, 이거지.

응. 그렇지.

그럼 저것만 얘기하면 돼.

그럼 재미없잖아.

바보냐. 이미 저 얘기 자체가 재미없어.

뭐, 정말?

응. 화났어?

아니. 놀랐어.

왜?

내 얘기가 재미없는지 몰랐어.

그걸 몰랐다는 게 난 더 놀라운데.

그럼 어떻게 해야 재밌어질까?

글쎄. 큰아빠가 테이블 밑에서 막 이것저것 심부름을 시키면 어때?

그게 어떤 느낌이지.

큰아빠가 요괴가 된 거야.

테이블 밑에 사는 요괴!

응. 큰아빠 요괴한테 공양도 하고. 어쨌든 진짜 기억하는 것만 얘기하면 재미없잖아.

듣고 보니 그런 것도 같다.

그 뒤로 나는 말을 짧게 하는 버릇이 생겼다. 머릿속에서 이
야기 구성을 한번 돌려보고서는 에라, 이 얘기는 그냥 하지 말
자, 라는 식으로 넘어가는 일도 자주 있었다. 그래서 종종 조
용하고 소극적인 아이라는 오해를 받았다. 나로서는 그 의견에
동의하지 않았지만 에라, 이 얘기는 그냥 하지 말자, 하고 또 넘
어가는 식으로 살게 되었다. 그러자 이번에는 입이 무거운 사
람이라는 오해를 받았다. 그러다 보니 쓸데없는 비밀 이야기들
을 많이 알게 되었는데, 그건 정말 쓸데없는 것들이었다. 나에
게 중요한 이야기들은 영원히 알 수 없는 것들이었다. 큰아빠
가 식탁 밑에 누워 있던 기억의 출처 같은 것들.

그것은 내내 나를 잠식했다. 식탁 아래로 발을 뻗고 식사를
하다가도 문득 그 기억이 떠오르곤 했는데, 그럴 때면 괜히 발
목이 시린 기분이 들어 슬그머니 의자 위로 다리를 끌어올렸
다. 친구네 집에 놀러 가서도 식탁을 볼 때면 멍하니 그 아래
의 공간을 응시하게 되었다. 집마다 그런 텅 빈 공간을 가지고
있다는 사실이 이상하게 무서웠다.

큰아빠는 왜 식탁 밑에 누워 있었던 걸까. 게다가 목욕 가운
을 입고. 하지만 그 전후의 기억은 전혀 나지 않았다. 내가 왜
큰아빠네 집에 가게 되었는지, 엄마와 아빠는 나를 두고 어디
를 갔는지, 언제 돌아왔는지. 더 큰 문제는 나와 그 대화를 나

눈 친구가 누구였는지도 희미해져버렸고, 더는 물어볼 사람도 없다는 것이었다.

기억을 되살려보려고 한 노력에는 여러 가지가 있었는데, 그중 하나가 뇌호흡 센터에 다닌 것이었다. 사이비 종교에서 운영하는 곳이라는 건 나중에 알게 되었고, 어쨌든 그곳에서 나는 긴과 갱을 만났다.

*

긴과 나는, 긴의 방에서, 갱을 기다리며, 재래시장에서 사온 치킨을 뜯고 있었다. 긴이 먹고 싶다고 해서 사온 것인데도, 그는 계속 불안한 표정이었다. 옆에서 온 힘을 다해 불안한 티를 내고 있으니 나까지 마음이 불편했다. 나는 그의 입에 닭 다리 하나를 넣어주었고, 그는 끝내 입을 벌리지 않더니 닭 가슴살로 바꿔 들었다. 갱은 퇴근이 자꾸만 늦어지고 있다고 했다.

긴의 방은 단출했다. 흔히 볼 수 있는 분리형 원룸으로, 싱크대와 방 사이를 얇은 미닫이문이 가르고 있었다. 방엔 작은 행거를 하나 두었고, 침대도 텔레비전도 들여놓지 않았다. 제발 본인이 산 것이 아니길 바라는 촌스러운 보라색 극세사 이불을 한쪽으로 밀어두고, 우리는 방 가운데에 접이식 탁자를 두고 마주 앉았다. 환기가 잘 되지 않는 방이라서인지 습하고 더웠다. 문득 긴이 입을 열었다.

마지막은 그래도 내 방에서 맞고 싶어서.

그렇게 말하는 긴의 얼굴이 너무나 진지했다. 나는 할 말이 없었고, 그래서 제발 갱이 어서 오길 바라며 치킨을 마저 뜯었다.

마침내 갱이 도착했을 때는 9시가 넘었을 무렵이었다. 긴도 나도 말이 없었기 때문에 초인종 소리가 방 안에 매우 크게 울렸다. 갱의 코트엔 찬바람이 잔뜩 묻어 있었다. 상쾌했다.

오늘 같은 날엔 어디 좋은 레스토랑에라도 가야 하는 거 아냐?

편의점 로고가 박힌 봉투를 내밀며 갱이 말했다. 맥주와 갖가지 주전부리들이 들어 있었다. 긴이 봉투를 열어 맥주를 보고는 질색하며 말했다.

안 돼. 이런 정신을 흩트려놓는 건.

마지막이잖아. 뭐 어때. 그리고 밖에 비 와.

그 말에 긴은 다시 얼굴이 하얗게 질린 채로 조그만 접이식 탁자 앞으로 가서 앉았다. 약간 떨고 있는 듯도 했다. 뭐랄까, 비웃을 생각은 없었지만 좀 웃긴 건 사실이었다. 방에 딱 하나 있는 작은 창문을 열자 쇳소리가 났다. 밖엔 정말 비가 오고 있었는데, 희미하게 달도 떠 있었다.

긴, 봐봐.

내 말에 긴은 하늘을 올려다보았다. 그러곤 보라색 극세사 이불을 무릎으로 끌어올리며 말했다.

세기말의 하늘이다, 세기말.

그의 말이 끝나기 무섭게 번쩍, 하고 번개가 쳤고, 잠깐의 텀을 두고 낮게 천둥이 울렸다.

번개가 아주 가까운 곳에 있나 봐.

갱이 맥주를 냉장고에 넣으며 말했다.

*

뇌호흡 센터에 처음 간 것은 스물한 살의 초봄 무렵으로, 그때의 당혹감이 아직도 생생하다. 나는 휴학을 결심하였고, 방학이 어서 오길 바라는 마음으로 학교에 다니고 있었다. 방학을 앞두고 학교 입구에는 전단을 돌리는 사람들이 많았다. 영어 학원에서는 투명 파일과 각종 학용품을, 교회에서는 물티슈를, 동네 헬스장과 미용실에서는 쿠폰을 주었다. 학교인지 홍보 센터인지 알 수 없는 상태에서 받은 뇌호흡 프로그램의 전단도 그중 하나였다. 전단에는 푸르스름한 뇌에 전류가 흐르는 모습과 함께 몇몇 문구들이 인쇄되어 있었다. 심신 안정, 고통에서 벗어나는 방법, 그 외 뭐라 뭐라. 그중 나를 센터로 이끈 문구는 '평상시 10퍼센트밖에 쓰지 못하던 뇌를 수련을 통해 100퍼센트 활용할 수 있다'였다. 마침 위치도 동네였고 흥미도 있었지만 바로 방문하지는 않았다. 겨울은 길었고 내내 집에 있다가 봄이 되어서야 방문할 용기를 냈다.

센터 내부는 사면이 거울로 된 수련실을 중앙에 두고 작은 복도처럼 생긴 탈의실이 두 개, 작은 방 하나가 있는 공간이었다. 들어서자 문에 달린 풍경이 찻, 하고 작고 둔탁한 소리를 냈다. 고리 하나가 어디에 끼어버린 것 같았다. 하지만 그 작은 소리를 듣고 방에서 작은 키에 밋밋한 인상의 남자가 나왔다. 그게 긴과의 첫 만남이었다. 뇌호흡의 효과인가, 하고 생각했다.

수련하러 오셨어요?

글쎄, 수련을 하러 온 건가, 라는 생각도 잠시, 그에게 이끌려 작은 방으로 들어갔다.

방엔 좌식 탁자 두 개가 있었는데 하나에는 구형 브라운관 텔레비전이, 다른 하나에는 서류들이 쌓아 올려져 있었다. 서류가 쌓인 탁자 앞에 쭈그리고 앉아 회원 입회서를 썼다. 어리둥절한 상태에서 어어, 하다 보니 어느덧 그렇게 된 것이었는데, 정신을 차렸을 땐 꽤나 비싼 돈을 주고 개량한복처럼 생긴 수련복까지 산 뒤였다.

갈아입고 다시 저 방으로 오세요.

탈의실에서 수련복으로 갈아입는데 온몸에 닭살이 오스스 돋았다. 탈의실이 추워서인지 공기가 불안하게 느껴졌고, 수련복은 내게 너무 컸다. 차가운 수련복의 소매가 손목까지 덮였고, 그러자 잘못 찾아왔다는 기분이 몰려왔다. 명백하게 잘못된 선택이라는, 익숙한 기분이었다. 대학에 입학했을 때, 새내기 모임에 나갔을 때, 첫 수업을 들었을 때, 그리고 휴학을 앞두고 있었을 때가 그랬다. 몇 년 사이에 잘못된 선택만 계속해온 느낌이었고, 눈물이 날 것 같아서 망연하게 앉아 있는데, 긴이 탈의실 문을 두드렸다.

괜찮아요?

놀라서 문을 열자, 긴이 다시 말했다.

오늘 수련실이 좀 추운 데다 오래 계셔서 걱정했어요.

걱정했다는 말이 듣기 좋았다. 나는 긴을 따라 다시 작은 방으로 돌아갔다. 방바닥은 뜨거웠고, 이제 보니 다른 어떤 공간보다도 아늑한 곳이었다. 긴은 탁자 위에 놓인 텔레비전을 틀어주었다.

처음 온 수련생들이 보는 비디오예요.

비디오의 내용은 절반은 창시자의 생애를 살펴보는 것으로, 절반은 뇌에 관한 다큐멘터리를 짜깁기한 것으로 이루어져 있었다. 나는 옆에서 함께 영상을 보는 긴을 바라보았다. 그는 무릎을 세우고 그 위에 턱을 얹은 자세였다. 나도 그 자세를 따라 해보았다. 일생에 정말 단 한 톨도 도움이 되지 않을 것 같은 비디오가 끝나갈 무렵, 수련생들이 속속 도착했고, 긴은 내게 차를 가져다줬다.

수련은 수련생들이 동그랗게 모인 뒤 양 손바닥으로 세모를 만들어 단전을 마구 때리는 것으로 시작했다. 배가 아팠는데, 아픈 것보다 웃음을 참는 게 더 괴로웠다. 나이도 성별도 다른 사람들이 이렇게 갑자기 만나서, 또 이렇게 동그랗게 모여서 자기 배를 때리고 있다는 사실이 문득 이상하게 느껴졌고, 그러고 나니 너무 웃겼다. 어금니를 꾹 눌러가며 웃음을 참다가 갑자기 픽, 하고 웃음이 새 나왔다. 그걸 보고 맞은편에 서서 배를 때리던 여자가 푸학, 하고 웃기 시작했다. 더 이상은 참을 수가 없어서 나는 바닥에 주저앉았다. 우리가 모로 누워서 낄낄거리는 동안에도 사람들은 꿋꿋이 서서 자신의 배를 때리고 있었다.

여자와 나는 손을 잡고 눈물이 날 만큼 웃었다. 수련실 바닥은 차가웠고 마주 잡은 손은 따뜻했다. 그게 갱이었다.

나 사실 웃음을 못 참아.

탈의실에서 갱이 말했다. 나도 마찬가지였다. 누군가가 다치거나 내가 다쳐도 웃음이 먼저 터져 나왔다. 실제론 엄청 아프고, 또 아프겠다고 생각하는데도 그랬다. 그래서 갱의 말에 공감하며 물었다.

그것 때문에 뇌호흡을 하러 온 거야?

아니. 못 참는 걸 어떻게 해. 그거 말고, 난 텔레파시 때문에.

미쳤다는 말이 목구멍까지 튀어나올 뻔했다. 잠깐이나마 동지애를 느꼈던 내가 바보 같았다. 다시 혼자였다. 탈의실을 나와 수련실을 지나는데 모두들 동그랗게 모여 앉아 차를 마시고 있었다. 그 무리에 끼어 있던 갱이, 내가 나가려고 하자 붙잡았다.

추우니까 마시고 가.

수련복을 벗고 나니 다들 멀쩡해 보였다. 머리가 희끗희끗한 아주머니들 몇이 엎드려서 서로의 어깨와 다리를 주물러주었다. 그러다 작은 방에서 긴이 나오자 선생님, 하며 일어났다. 수련복을 입고 있는 건 긴뿐이었고, 선생님이라고 불리기도 했고, 그래서 권위를 지닌 것처럼 보였다. 긴은 아주머니들의 어깨를 주물러주고는 그들의 이야기를 열심히 들어줬다. 친절한 사람이라고 생각했다.

긴은 나보다 두 살이 많았고, 뇌호흡을 알게 된 뒤로 서울 소재의 4년제 대학을 중퇴한 뒤 이곳에서 센터를 맡아 운영하고 있다고 했다. 그러고는 공중 부양을 하기 위해 센터에 들어왔다고 덧붙였다.

뭐? 뇌호흡의 효능에 그런 게 있어?

말도 안 된다고 생각했는데, 긴의 말은 사실이었다. 센터가 있는 오피스텔 건물 외벽에는 뇌호흡의 효과를 적은 커다란 현수막이 달려 있었다. 긴은 그걸 보고 왔다고 했다. 우리는 수련이 끝나고 밖에 나가서 오피스텔의 외벽을 바라보았다. 정말이었다. 텔레파시와 공중 부양. 그 문구들 사이에 100퍼센트의 뇌 활용, 이 적혀 있으니 신뢰감이 떨어졌다.

이런 게 적혀 있는 줄 알았다면 안 왔을 거야.

그럼 넌 뭐 때문이었는데?

나는.

까지 말하고는 대답을 삼켰다. 고작 큰아빠가 왜 식탁 밑에 누워 있었는지 궁금해서, 라는 이유로 사이비 종교에 제 발로 들어오게 되었다는 걸 굳이 말해야 하나 싶어서였다. 갱은 내 대답을 듣지도 않고 신나서 말했다.

나는 텔레파시를 배우면 오빠들의 생각을 엿들을 거야.

오빠들?

응. 내가 좋아하는 오빠들.

갱은 그 뒤로 실컷 자신의 오빠들에 대해 이야기했다. 당연히 친오빠는 아니었고, 아이돌 그룹이었다. 게다가 그들은 갱보다도 어렸다. 갱은 그들의 시디와 브로마이드를 여러 장 사서 내게 주었다. 소장용 시디는 원래 보관용과 대여용으로 여러 장을 구매해놓는 것이라고 했다. 나는 갱의 빛나는 눈과 그들을 말할 때 짓는 벅참에 가까운 표정을 생각하며 음악을 들었다. 하지만 슬프게도 내게 그것은 다른 아이돌들의 음악과 별반 다르지 않았다. 내가 아무래도 그들의 음악을 즐기지 못하자 갱은 안쓰러워했다.

여러 가지 위로 중에 하나야. 내가 속한 세상이 무너져 내려도 이 위로는 대체로 유효하거든.

이라며 세상이라는 것은 사실 굉장히 쉽게 종말을 맞이하니까, 하고 덧붙였다. 나는 그들의 생각을 엿듣게 될 때도 갱이 그들을 온전히 사랑할 수 있을까 궁금했다. 옆에서 보기에 그들을 향한 갱의 사랑은 뭔가 남달랐다. 주변의 많은 친구들이 연애를 하고 있었고, 나도 100일이 안 되는 짧은 시간 동안 누군가를 만난 적이 있었지만 갱의 그것과는 달랐다. 실제의 연애는 시간이 지날수록 싸움과 무관심으로 점철되기 마련이었다. 반면에 갱의 사랑은 시간이 지날수록 더욱 많은 관심과 사려 깊음으로 무장되었다. 나는 그것이야말로 사랑이라는 단어로 부를 수 있는 종류의 것이라고 생각했다. 시디에 있던 그들의 사진을 내 방 벽에 붙여보았지만, 결국 그것이 내게 위로의 기능을 하지 못했다.

하지만 그때의 내게 위로라는 것은 긴과 갱과 함께한 시간이었을지도 모른다는 생각을 지금에야 하게 되었다. 그 친절하고 즐거운 시간을 위해 수련에 나갔지만 별 개선 사항은 없었다. 나는 대부분의 시간에 멍청했고, 잘못된 선택을 이어나갔으며, 기억의 대부분은 어딘가로 날아가기 일쑤였다.

*

천둥 번개를 동반한 비가 계속 내리고 있었다. 갱이 오징어 다리를 씹으며 말했다.

다른 사람들은 어떻게 하고 있대?

다들 모여서 수련하고 있대.

오늘 같은 날에 수련을?

응. 예언서에도 종말의 날을 맞이하며 수련을 하라고 적혀 있거든. 그래야 진정한 자유의 세상으로 간다고. 나만 도망 나왔어. 어떡하지.

뭘 어떡해. 그냥 있어.

갱의 무심한 대꾸에 긴이 뒤로 벌렁 드러누웠다. 갱이 물었다.

그간의 삶을 반추해보니, 어떤 거 같아?

……잘못 산 거 같아.

긴이 그런 말을 할 줄은 몰라서 조금 놀랐다.

그럼 어떻게 살았어야 해. 이만하면 잘 살았지.

그냥 남들처럼 살았어야 하나, 그런 생각이 들었어. 그런 생각이 들어서, 그래서 뛰쳐나온 거야.

그래도 용케 우리가 보고 싶었나 보네.

그러게. 마지막 날에.

나도 거들었고, 다시 번개가 쳤다. 고요한 마음으로 기다리자 이내 천둥이 울렸다. 천둥소리에 긴은 처음 봤을 때처럼 무릎을 모으고 쪼그린 상태로 움찔거렸다. 너무도 진지하게 종말을 두려워하는 긴의 모습에, 또 웃음이 터져 나올 것 같아서 갱을 바라봤는데, 갱은 이미 웃고 있었다. 긴이 소리를 빽 질렀다.

너넨 하늘이 두렵지도 않냐!

그 말을 시작으로 갱과 나는 뒹굴며 웃기 시작했다. 웃으면서 갱이 말했다.

알지? 나 원래 웃음 잘 못 멈추는 거.

나도 옆에서 고개를 끄덕였다. 갱의 코끝에 콧물 방울이 맺혔다가 터졌다.

*

수련원은 여름이 되자 따뜻해졌고, 여전히 이상한 곳이라는 생각은 들었지만, 사람들의 친절이 좋았으므로 계속 나갔다. 그 무렵 갱은 더 이상 아이돌 그룹을 좋아하지 않고, 뮤지컬 배우들을 쫓아다녔다. 뮤지컬 티켓은 비싸다며 전공을 살려 고정 수입이 있는 일을 시작했고, 수련원은 이제 그만두겠다고 했다.

모두가 펑퍼짐한 개량한복을 입고 진지한 표정으로 같은 동작을 따라 하는 모습은 누가 봐도 괴이했다. 수련은 늘 정해진 코스대로 흘러갔다. 둥글게 모여서 단전을 때리는 것으로 시작했고 단전이 따뜻해지면 몸에서 나오는 기운을 느끼며 가부좌를 틀고 앉았다. 몸의 기운을 충분히 느끼고 나면 모두 일어서서 다리를 고정시킨 채 상체만 좌우로 움직였다. 그럼 가슴에서 쌕쌕거리는 소리가 올라왔다. 가슴 부근에 고였던 나쁜 기운이 빠져나가는 소리라고 했다. 한번은 나쁜 기운인 걸 어떻게 아느냐고 물었더니, 몸에 고이게 되는 것은 모두 나쁜 기운이라고 했다. 생각해보니 이 수련은 비우는 데 초점이 맞춰져 있었다. 긴이 매번 강조하는 말도 비우고 덜고 털어내라는 것이었다.

수련의 마지막 코스는 그날 쌓인 모든 기운을 내 양팔만큼 크게 만들었다가 공처럼 작게 굴린 뒤 다시 양팔을 뻗어 방생하는 것이었다. 처음에는 잘 느껴지지 않아서 흉내만 내다 말았는데, 실눈을 뜨고 주변을 둘러보니 다들 정말 공이 있는 것처럼 행동하고 있었다. 나는 긴에게 상담을 했고, 긴은 그곳에 있다고 생각하면 분명히 있다고 말했다. 그가 암시를 주듯 반복적으로 말하자 점점 느껴지는 것도 같았다. 손과 손 사이에는 분명히 공기뿐일 텐데 무언가 장력이라고 할까, 젤리라고 할까, 그런 것이 느껴졌다. 어릴 때 물풀을 가지고 놀다 거미줄처럼 늘리던 기분과 비슷하기도 했다.

이렇게 질감이 느껴지는데 맘껏 방생해도 되는 것일까. 그런 생각을 하며, 어느 날 나는 그 작은 공을 머릿속에 쏙 집어넣어보았다. 다음 날은 입에 넣어보았고, 그다음 날엔 단전에 넣었다. 그렇게 해서 내 몸엔 젤리의 장력을 지닌 공들이 잔뜩 들어가게 되었다. 그렇다고 해서 변하는 건 없었다. 살이 조금 찌긴 했지만, 원래 나는 여름에 식욕이 돋는 편이었다. 그러므로 이제 수련을 그만두겠다고 말했지만 사실 그건 핑계였고, 갱이 그만두니 수련 중에 함께 웃을 사람이 없어서였다.

수련원을 그만두는 날, 우리 셋은 센터 옆 재래시장에 가서 치킨을 사 먹었다. 이상하게 시장에서 사 먹는 치킨이 맛있다고 갱이 말했다. 그러자 긴도 말했다. 만약 지구 종말의 날에 먹을 것을 하나 정한다면, 자기는 이 치킨을 먹겠다고. 수련이 길어져서 제대로 안 먹으니까 뭘 먹어도 맛있는 거 아니냐고 갱이 타박했다. 그리고 영수증이 가득한 가방을 뒤지다가 문득 생각난 듯 물었다.

근데, 왜 긴이야?

이름을 지우고 지우다가 긴, 까지 온 거지. 비우는 삶을 실천하고 있거든. 정말로.

그러면서 긴은 갱에게 가방을 한번 정리하라 했고 갱은 영수

증 하나하나에 모두 추억이 깃들어 있다고 대답했다.

난 우리 오빠들 사진은 물론이고 뭐든 저장하는 타입이니까, 갱이겠네.

그날 강은 갱이 되었고, 긴은 계속 긴에 머물렀다. 우리는 시장 입구에서 헤어졌다. 긴은 언제나처럼 센터로 돌아갔다. 갱과 나 없이도 긴은 꿋꿋이 수련을 이어나갔다.

*

이제 뭐 하지? 밤도 긴데. 집에 텔레비전이라도 한 대 놓지 그랬어.

이 밤이 우리 생의 마지막이라고.

자정 지나면 틀린 거 아니었어? 다음 날이잖아.

아니야. 예언서에는 희미한 동이 터올 때라고 쓰여 있어.

갱은 혀를 끌끌 찼다. 치킨도 오징어도 이제 남지 않았고, 갱과 내가 마신 맥주 캔들이 바닥을 구르고 있었다. 그때 긴의 휴대폰이 울렸다. 긴이 다시금 얼굴이 새하얗게 질린 채로 통화 버튼을 누르자 다급한 목소리가 수화기 밖까지 울려 퍼졌다.

도우님, 왜 안 오세요. 지금 다들 모여 있는데 수련원 정전됐어요.

입회실 방에 촛불이 몇 개 있어요…….

긴은 더 이상 말을 잇지 못하고 전화를 끊었다. 다시 방 안은 고요해졌다. 내리던 비마저 잦아든 것 같았다. 나는 긴의 얼굴을 살폈지만 대체 어떨 때 짓는 표정인지 전혀 알 수가 없었다. 갱이 음악이라도 틀까, 하고 휴대폰을 집어들더니 생각난 듯 동영상 하나를 재생해서 보여주었다.

휴대폰으로 할 수 있는 전생 체험이야. 우리 이거 해볼래?

우리는 방의 불을 끄고 극세사 이불 위에 나란히 누웠다. 우리를 전생으로 유도하는 최면술사의 말투가 어쩐지 올드했다. 외국 영화 더빙처럼 느껴지기도 했다. 나는 갱에게 물었다.

이게 정말 되는 사람이 있대?

너 때문에 집중 안 되잖아.

갱은 어둠 속에서 휴대폰을 집어들더니 다시 처음부터 재생했다. 어두운 방에서 휴대폰의 불빛이 밀봉되지 못한 채로 작게 번쩍이고 있었다. 나는 다시 최면술사의 말에 집중하려 노력했다. 여러분의 발아래로 뱀이 한 마리 지나가고 있다고 생각해봅시다. 그 뱀이 그냥 지나갈 것 같은지, 아니면 다리를 타고 올라올 것 같은지, 만약 올라온다면 어떤 다리를 타고 올라올 것 같은지 느껴봅시다. 아무것도 느껴지지 않았다. 하지만 온몸의 신경이 예민해졌는지, 극세사 이불에 닿은 등이 위쪽부터 아래 방향으로 가렵기 시작했다. 긴과 갱은 지금 전생으로 떠난 걸까. 침을 삼키면 소리가 크게 날 것 같아서 나는 매우 불편한 상태가 되었다. 그렇게 가려움을 견디며 침을 조금씩 삼키고 있을 때 긴이 입을 열었다.

어느 날 자고 일어났는데, 내가 나라는 게 너무 싫었어. 그래서 보이는 대로 하나씩 버려나가기 시작한 거야. 처음에는 컴퓨터를 버렸어. 나 그때 좀 게임 중독이었거든. 집 안에 있는 온갖 물건을 다 버린 다음에는 학교를 버렸어. 친구들이랑도 연락을 끊었어. 그러고 나서 죽으려고 했거든. 눈을 떴더니 병원이더라고. 옆에서 엄마랑 아버지가 서럽게 우는데, 정말 귀찮다는 생각이 들었어. 그게 진짜 내가 짊어져야 할 무게였더라고. 그러고 나니까 내 이름이 끔찍하더라. 그 이름으로 불리고 그 이름만큼의 무게를 지니는 게 싫었어.

긴의 이야기를 들으면서 나는 큰아빠를 떠올렸다. 왠지 모르겠지만 발목이 시렸다. 나는 손으로 발목을 계속 쓸어내렸다.

전생이 있으면 좋을까? 우리의 삶이 어떤 식으로든 반복된다는 게, 좋은 걸까?

갱이 우리보고 들으라는 듯 크게 한숨을 쉬었다.

자, 다시 처음부터 틀어줄게. 이번엔 정말 집중해보라고.

여러분의 발에, 뱀이 한 마리 지나가고 있다고 생각해봅시다. 그 뱀이 그냥 지나갈 것 같은지, 아니면 다리를 타고 올라올 것 같은지, 만약 올라온다면 어떤 다리를 타고 올라올 것 같은지 느껴봅시다. 나는 최면에 걸리지는 않았지만 나른한 상태로 언젠가 갱과 함께 뮤지컬을 보러 간 일을 떠올렸다. 떠올렸다기보다는 눈앞에서 펼쳐지는 느낌이었지만, 어쨌든. 갱이 새롭게 좋아하게 된 배우의 공연이었는데, 티켓을 응모한 것이 당첨되어서 두 장을 받았다며 나를 데리고 갔다. 생각해보니 제대로 뮤지컬을 보는 건 처음이었다. 약간 긴장한 채 우리는 극장 앞에서 만났다. 자리를 찾아 들어가니 2층 중간이었고, 무대가 굉장히 작게 보였다. 하지만 드리워진 커튼만은 거대하고 묵직해 보였다.

연쇄살인마의 일대기를 다룬 뮤지컬이었다. 등장인물들은 과반이 죽어나갔다. 처음엔 죽이는 데 이유가 있었는데 갈수록 이유가 사라졌다. 무대 뒤로 시체가 차곡차곡 쌓여갔다. 시체들은 죽은 채로 코러스를 넣었다. 갱이 좋아하는 배우는 연쇄살인마 역할이었다. 그가 등장할 때마다 갱은 내 옆구리를 쿡쿡 찔렀다. 쌓여가는 시체들의 수를 세다 보니 1부가 끝났다. 인터미션에 나는 갱에게 물었다.

어떻게 하면 그렇게 좋아할 수가 있어?

이런 것도 유전이래. 우리 엄마가 예수님을 엄청나게 사랑하거든.

넘치는 사랑도 유전이라니. 그런 생각을 하고 있을 때 극이 끝났다. 커튼이 닫혔고, 일어서려는 나를 갱이 붙잡았다.

커튼콜.

어수선한 소음들 사이에 잠시 앉아서 기다리자 커튼이 다시 열리고 배우들이 모두 나와서 인사를 시작했다. 시체 역을 맡았던 배우들도 빼곡히 나와서 즐겁게 손을 흔들었다. 방금 자신을 죽였던 연쇄살인마와 포옹을 하고 텀블링을 하는 배우도 있었다. 아무도 죽지 않았다는 사실이 왠지 너무나 황홀하고 감동적이라서 나는 몰래 눈물을 글썽였고 누구보다 열심히 박수를 쳤다. 손바닥으로 단전을 때릴 때처럼 정말 세게 박수를 쳤다. 모두 다시 살아나서 너무 감사해요, 하는 마음으로.

커튼이 닫히고 다시 열리지 않았다. 갱은 배우의 사인을 받아야 한다고 말했다. 내내 어두운 곳에 있다가 로비로 나오자 밝은 조명 때문에 뭔가 비현실적이었다. 갱이 좋아하는 배우는 가까이서 보니 진한 화장을 하고 있었다. 만들어진 음영들은 실제의 빛에 전혀 영향을 받지 않았다. 그 때문에 그는 정말 현실에 존재하지 않을 것 같았고, 여러 번의 인생을 살 수 있는 사람처럼 보였다. 갱은 작은 테이블 앞에 꽤 오래 줄을 선 뒤에야 그와 마주할 수 있었다. 나는 그에게 사인을 받는 갱의 뒷모습을 찍어주었다.

*

창밖은 어슴푸레 밝아 있었고, 전생 체험 동영상은 끝난 지 오래였다. 긴은 낮게 코를 골고 있었다. 갱도 잠든 것 같았다. 그들의 얼굴이 푸른빛으로 물들어 있었다. 나도 잠이 들었던 건지도 모르겠다. 종말을 믿은 건 긴뿐이었지만 역시나 오지 않았다. 진짜로, 사이비였어. 나는 잠든 긴을 바라보며 생각했다. 긴이라는 이름을 또 덜어내서 기가 되고, 거기서도 또 버리고 버려도 결국 으나 이로 남게 되겠지. 새로운 이름처럼. 100퍼센트는 물론이거니와 0이 되는 것도 매우 힘든 거구나. 자신을 버릴 수 있는 사람은 아무도 없는 건가. 소수점 아래는 남아서 끝없이 늘어나게 되는 건가. 그러고 보니 창문에 성에가 꼈네. 새도 울고 있네. 어릴 때 듣던 새소리 테이프 같다. 그거 참 가짜처럼 청명한 소리였는데. 가짜들은 늘 진짜보다 더 진짜 같아. 언젠가 장례식에 갈 때마다 웃음이 난다는 사람의 이야기를 본 게 생각나네. 슬프거나 아플 때 웃는 사람들은 극적인 상황을 회피하려는 경향이 있다고 했지. 난 아플 때만 웃음이 나서 다행이다. 누군가 슬퍼하고 있는데 웃음이 멈추지 않는다면 그건 정말 슬픈 일일 것 같아. 긴과 갱의 전생은 뭐였을까. 전생에서도 우리는 친구였고 무언가를 믿고 싶어 안달이 났을까. 이런 얘기가 재미있으려나. 없겠지. 본론이 없으니까. 그런 생각을 하다 나는 까무룩 잠들었다.

*

드라이기 소리에 깼다. 갱이 어느새 씻고 나와서 머리를 말리고 있었다. 긴은 망연히 창밖을 바라보고 있었다. 이제 보니 창이 작은 것치고는 꽤 빛이 잘 드는 방이었다.

어디 가?

내가 묻자,

종말이 오지 않았으니 오늘도 회사에 가야지. 전생에서처럼 나는 부농이 아니니까.

갱이 답했다. 갱은 전생에 부농이었구나. 어울린다고 생각하며 나는 긴의 옆에 섰다. 창밖은 온통 눈이었다. 간밤에 내리던 비가 눈으로 바뀐 모양이었다.

긴, 오늘은 뭐 할 거야?

글쎄. 이제 앞으로의 일들을 생각해야겠지.

수련은 안 하는 거야?

말이라고 하냐. 이미 도망친 시점에서 희박해졌어. 믿음이.

긴과 나는 바람에 눈이 쓸려나가는 풍경을 바라보았다. 마치 연기 같아서 옆 건물에 불이 난 것 같기도 했다. 수련을 하지 않는 긴은 잘 상상이 되지 않았다. 식사를 잘하거나 욕망에 넘치거나 물질적인 것을 간절히 원하는 긴도 마찬가지였다. 긴과 내가 눈 구경을 하며 넋을 놓고 있는 동안에도 갱은 부산히 움직였다. 나는 갱이 나갈 때 함께 귀가하기로 했다. 갱은 화장을 하는 중에도, 옷을 갈아입는 중에도, 심지어는 현관문을 열고 나가는 순간까지도 계속 긴을 놀렸다.

종말이었으면 오늘 회사 안 가는 건데 말이지. 근데 이럴 줄 알고 나 사실, 갈아입을 옷도 챙겨왔다.

면서 히히 웃었다. 나는 상체를 구부리고 구두를 신는 갱의 뒤에서 기다렸다. 현관에는 신발장이 따로 없었다. 문 앞에 긴이 늘 신는 운동화 하나와 슬리퍼 하나가 놓여 있을 뿐이었다.

어쩌면 오늘이 이 집에 신발이 가장 많이 놓여 있던 날이 아닐까. 갱은 나가면서 또 생각났다는 듯이 현관문 사이로 얼굴을 들이밀고는 어이, 김 씨! 하고 긴을 불렀다. 긴은 엉거주춤하게 선 채로 허탈하게 웃었다. 나는 미리 정리해둔 어제의 쓰레기들을 양손에 들고나왔다.

쌓인 눈 위로 이미 많은 발자국들이 나 있었다. 꽤 추웠고 입김이 나왔다. 갱과 나는 경쟁적으로 입김을 뿜으며 걸었다.

오늘 긴은 뭘 할까?

왜 자꾸 물어?

그냥. 걱정돼서.

걱정은 무슨 걱정이야. 믿음이라는 건 언제나 변하는 법이야. 아이돌에서 뮤지컬 배우로 옮겨가듯이!

그렇게 말하며 갱은 낮은 굽의 구두로 씩씩하게 눈을 밟았다.

회사 가는 것도 열받는데, 오늘은 종일 긴이나 놀려야지!

갱은 몇 번이나 다짐하듯 이 말을 하더니 지하철 입구로 사라졌다. 눈 위로 갱의 구두가 성큼성큼 걸어간 자국이 남았다. 발이 시렸지만 곧장 집에 돌아가고 싶지는 않아서 나는 동네를 한 바퀴 돌았다. 긴의 집에서 가지고 나온 쓰레기를 버릴 장소를 물색하면서. 그러다 어떤 집 앞에 나와 있는 테이블을 보았다. 테이블은 눈과 쓰레기에 뒤덮여 있었다. 나는 그곳에 쓰레기봉투를 던졌다. 그러자 테이블 아래에 있던 고양이가 후다닥 도망갔다. 그 순간 나는 큰아빠에게 무슨 일이 있었는지 얼핏 알 것도 같았다. 고개를 숙여 테이블 아래쪽에서 위를 바라보려고 하다가 상판에 머리를 부딪쳤다. 아팠다. 무척 아픈데도 웃음은 계속 삐져나왔다. 참아보려고 하다가 그냥 나오도록 두었다.

아주 작은 커튼이 닫혔다 열린 기분이었다.

소설가의 말

ver.1 파리에서의 삶이라고 별다른 것은 없습니다. 에펠탑이 보이는 방에 묵으면서 이 글을 적고 있습니다. 주식으로는 매일 라타투유를 먹고 있습니다. 지겹네요. 지겨우면 자전거를 타고 바게트를 사러 갑니다. 세 블록 옆 건물에 무슈 알랭이 하는 카페의 바게트가 맛있거든요. 이곳도 많이 춥습니다. 서울은 어떤가요?

ver.2 돈도 없고 건강도 안 좋고 진짜 죽겠다. 통장 잔고는 늘 세 자리고 카드 연체와 학자금 대출은 끝날 기미가 보이지 않는다. 도대체 나는 어떤 가치를 위해 이 고생인가. 파리는커녕 서울도 나가기 힘든 삶. 남들은 사지선다형 선택의 세계에서 사는 것 같은데 나는 내가 문제를 출제하는 주제에 심지어는 이 과목 전공도 아닌 것 같다. 이번 겨울은 진짜 추웠다. 겨울과 여름의 평균온도가 30도는 차이 나는 게 말이 되나.

ver.3 작가의 말을 쓰는 것이 오랜만이라 무슨 말을 적어야 할지 모르겠다. 드라마도 보고 게임도 하고 그렇게 노는 것도 지겨워지면 글도 쓰고 책도 읽고 하면서 살고 있다. 누구와도 다를 바 없는 삶이다. 그래서 작가의 말 세 가지 버전을 준비 했다. 로망 버전, 징징 버전, 마지막 이것이 무난 버전이다. 아이 돌로 치면 1은 센터, 2는 래퍼, 3은 메인보컬이랄까. 마음에 드는 버전을 픽하시면 감사하겠다.

안녕, 이별

양 동 혁

양동혁은 1983년 부산에서 태어났다.

2014년 구상문학상 젊은작가상에 「무적 여포」가 당선되어 등단했다.

나는 백만 번의 삶을 살았다. 백만 번 태어났고 백만 번 죽었다. 구십구만 번째 삶을 살 때는 모든 사람이 나와 같을 거라고 생각했다. 구십구만 번 태어났고 구십구만 번 죽었으며 구십구만 번이나 외로워했을 거라고 생각했다. 하지만 아무도 지난 삶을 기억하지 못했다. 단 한 번 지난 삶에 관해 이야기할 기회가 있었는데, 바로 오늘이었다.

　—이런 미친놈. 무슨 소리를 하는 거야.

　—정말이야. 넌 선인장이었어.

언젠가 L은 내가 물을 제때 주지 못해 말라죽은 선인장이었다. 그래서 온몸에 가시가 돋아 있었다.

　—그때는 미안했어. 내가 물을 제대로 주지 못했어. 사막에서 길을 잃었거든.

L은 아무 말 없이 그저 이상하다는 눈으로 날 쳐다봤다. 그리고 미간을 살짝 찌푸렸다. 가시에 찔린 것처럼 따끔했다.

　—난 전생의 기억을 가지고 있어. 모든 삶의 기억을 가지고…….

　—알겠으니까 그만 좀 말해. 헛소리 좀 하지 말라고.

L은 나를 좋아하지 않았다. L의 잘못이 아니었다. 아무도 나를 좋아하지 않았고 아무도 내 이야기를 들어주려 하지 않았다.

오늘 L을 만났다. L은 아무도 없는 해변에서 기타를 북 치듯 두들기며 노래 불렀다. 끔찍한 소음에 잠에서 깬 나는 노래를 부르는 게 L이라는 걸 바로 알 수 있었다. L은 이번 생에 싱어

송라이터인 모양이었다. 기타를 메고 괴성을 지르며 목을 가다 듬었다. 그러고는 차마 말릴 새 없이 다시 기타를 북 치듯 두 들기며 노래했다. 나는 말리려고 들었던 손으로 자연스레 손뼉을 치며 박자를 맞추어야 했다. 괜찮다, 괜찮다, 모든 게 다 괜찮다는 내용의 노래였지만 L의 노래는 정말이지 괜찮지 않았다. 그게 L의 문제 같았다. 우리에게는 문제가 있다는 공통점이 있었다. L의 노래만큼은 아니지만 내게도 괜찮은 게 아무것도 없었다. 노래가 끝나자 절로 박수가 나왔다. 끝날 때까지 참은 나를 위한 박수였다.

—넌 세상에서 가장 아름다운 공주였어. 그리고 난 너의 앵무새였고.

—난 네게 관심 없어. 이미 남자 친구가 있거든.

—그런 뜻이 아니라, 정말 넌 세상에서 가장 아름다운 공주님이었어.

L이 툭 튀어나온 입을 우물거렸다. 나는 어깨를 으쓱하고는 술을 한 모금 들이켰다.

언젠가 L은 세상에서 가장 아름다운 공주님이었다. 특히 눈이 크고 아름다웠다. 그 아름다운 눈으로 하늘을 쳐다보며 자신의 앵무새와 이야기를 나누었다.

—세상에서 가장 아름답다는 건, 가장 고귀하다는 건 너무 재미없는 일인 것 같아.

L이 그렇게 말할 때마다 앵무새는 깔깔거리며 웃었다.

—눈만 커다란 뚱뚱이, 눈만 커다란 뚱뚱이.

앵무새는 그렇게 외쳤다. 그래야 L이 피식 웃기 때문이었다. 뚱뚱이라고 외칠수록 L은 자신의 뚱뚱한 몸매를 뽐냈다. 그때는 다산과 풍요를 상징할 수 있게 풍만한 몸매의 여성을 아름답다고 여겼다. 하지만 앵무새는 L이 비쩍 말랐어도 세상에서 가장 아름답다고 느꼈을 것이다.

L은 가장 아름다울 때 비만에 의한 합병증으로 숨을 거두었다. 잠시 숨을 거두었다가 화장하는 것을 깜박했는지 다시 눈을 뜨고 정성스레 아이라인을 그렸다. 그리고 눈을 감은 뒤 다시는 뜨지 않았다. 앵무새도 다음 생을 기약하며 혀를 깨물고 죽었다.

—진짜 죽고 싶냐? 넌 내가 어떻게 여기까지 왔는지 모르지? 세상에 힘들지 않은 사람은 아무도 없겠지만, 나도 만만치 않아. 세상이 끝장나길 바란 적도 있다니까. 여기까지 와서 그런 농담이나 듣고 있을 수는 없어.

L이 말했다. 나는 대답 대신 파르르 떨리는 손으로 가방에서 소주를 세 병 꺼내 L에게도 한 병 주었다. 나머지는 내 몫이었다. 술이 깨면 머리가 아프고 우울해져 계속 마셔야 했다.

—세상의 끝에 가면, 세상의 비밀을 알 수 있다고 하던데…….개뿔, 여긴 아무것도 없잖아.

—맞아. 아무것도 없어. 그런데 여기는 세상의 끝이 아니

라 시작이야. 모두 떠났지만 난 한 발자국도 벗어나지 못했어.

이번 생에 난 계속 이곳을 맴돌며 술을 마셨다. 너무 지쳐 어딘가로 떠날 엄두가 나지 않았다. 술을 한 모금 더 마셔야 했다.

—아주 오랫동안 오늘이 오기를 기다렸어.

—오랫동안 혼자 있었으니, 누구라도 기다렸겠지.

—이번 생은 어쩔 수 없었어. 미안해.

혼잣말처럼 작게 말했다. L은 나를 힐끔 쳐다보더니 소주를 한 모금 마시고 다시 기타를 북처럼 두들기며 노래를 부르기 시작했다. 굳이 무언가를 이루지 못해도 모든 게 가치 있다는 내용의 노래였다. 자신의 길을 가는 모든 이를 응원해야 한다고 했다. 나는 세상이 끝날 때까지 L을 응원하고 싶었다. 하지만 두 번째 노래는 첫 번째 노래보다 더 끔찍했다.

노래가 끝나자 나는 두 손이 발갛게 익어 떨어질 정도로 손뼉을 쳤다.

—정말 멋진 곡이야. 바흐, 모차르트, 베토벤, 슈베르트, 밥 딜런, 비틀스, 마이클 잭슨이 같이 음악을 만든다면 분명 이런 느낌일 거야.

그들의 음악을 전부 동시에 틀어놓은 것처럼 정신없었다.

—음악은 좀 들을 줄 아네. 뭘 좀 아는 거 같아.

—그럼, 잠깐 여기 좀 봐. 기분이 좀 풀릴 거야.

나는 재주를 넘어보았다. 이내 넘어졌다. 불행히도 이번 생에 난 어릿광대가 아니었다. 한심한 주정뱅이였다. 하지만 L은

184

그때처럼 까르륵 웃었다.

　언젠가 L이 까르르 웃었을 때, 나는 어릿광대였다. 키가 작고 머리가 크고 아주 우스꽝스럽게 생겨 분장할 필요도 없었다.

　―저런 광대 같은 녀석.

　어렸을 때부터 사람들은 날 보며 놀렸고 광대가 되기 전에도 광대 취급했다. 별로 웃기지는 않았지만 사람들은 날 보며 즐거워했다.

　―저런 병신 같은 자식.

　날 보며 안도하고 위로받았다.

　―그래, 저런 새끼도 사는데…… 나야 뭐.

　그래도 그들이 웃고 즐거워하는 게 좋았다.

　어느 날 L이 서커스장을 찾아왔다. 시끄러운 친구들 사이에서 깔깔거리며 웃고 있었다. L은 원숭이 우리에서 원숭이에게 조련받는 날 보며 말했다.

　―어머, 저 머리 큰 원숭이 좀 봐. 진짜 사람처럼 웃기게 생겼어.

　난 원숭이 흉내를 내며 더욱 힘내서 재주넘기를 했다. 원숭이가 던져주는 바나나를 받아먹을 때도 재주를 넘으면서 먹었다. 폴짝폴짝. L이 날 손가락질하며 까르륵 웃었다. 그날을 위해 난 어릿광대로 태어난 것이었다.

　―아까는 화내서 미안해. 그래도 여기 너라도 있어서 다행

이야. 힘들게 왔는데 아무도 없었다면…… 생각만 해도 정말 끔찍해. 그리고 넌 오늘 처음 봤는데, 이상하게 예전부터 알던 사람 같아.

—사실 우리는 오늘 처음 만난 게 아니야.

—응? 처음이 아니라고? 언제? 어디서?

—어차피 기억하지 못할 거야.

—언젠가 어쩌고저쩌고 말고. 말해봐, 우리가 언제 만난 적 있는지.

—아주 오래전 우연히 네 공연을 본 적 있어.

—내 공연? 너 여기서 한 발자국도 나간 적 없다며?

—한 발자국까지는 아니고.

—잠깐, 솔직히 말해봐. 난 제대로 된 공연 같은 건 한 적 없어. 버스킹은 몇 번 했지만, 관객은 아무도 없었어.

—사람들은 음악을 들을 줄 몰라. 음악은 귀가 아니라 마음으로 들어야 하거든. 난 네 노래가 좋아. 너만 부를 수 있는 노래니까. 오랫동안 네 노래가 듣고 싶었어.

—맞아. 사람들은 음악을 몰라. 아, 그래서 베토벤이 귀가 먹어도 그렇게 음악을 만들 수 있었구나. 역시 넌 뭐 좀 아는 거 같아.

나는 어깨를 으쓱하고는 술을 한 모금 더 마셨다. L이 기타 케이스 앞주머니에서 초콜릿을 꺼내 내밀었다.

—내가 제일 좋아하는 거야. 대신…….

그리고 손가락으로 소주를 가리켰다. L의 술병은 어느새 비어 있었다. 다행히 술은 가방에 얼마든지 들어 있었다. L은 소주로 목을 축이더니 다시 기타를 메고 걸걸한 목소리를 가다듬었다.

—날 오랫동안 기다려온 팬을 위한 노래야.

L이 또 노래를 불렀다. 짝사랑하는 상대에게 내 사랑을 받아주지 않으면 세상 끝까지 쫓아다니며 괴롭혀줄 거라는 내용의 댄스 음악이었다. 역시나 이번에 부른 노래도 이전에 불렀던 노래보다 더 끔찍했다. 그래도 L과 마주 보는 대가로 노래를 들어야 한다면 얼마든지 들어줄 수 있었다. L에게서 나는 소리라면 어떤 끔찍한 소음이라도 상관없었다.

—앙코르.

나도 모르게 외쳤다. L이 그때처럼 미소 지었다. L을 두 번째로 만났을 때 본 미소였다.

L을 처음 만난 건 첫 번째 삶에서였다. 나는 세상에 마지막으로 남은 마법사였고 L은 그때도 거리에서 노래를 부르던 싱어송라이터였다. 세상의 비밀을 알기 위해 세상의 끝까지 걸어왔을 때, L이 그곳에서 노래하고 있었다. 그때는 기타가 만들어지기 전이라 하프를 북처럼 두들기며 노래했고 이번 생에서와는 달리 신비롭고 아름다운 마법의 주문을 외는 것 같았다. 그때 난 무채색의 세상에 색이 입혀지는 걸 보았다. 내가 경험한 첫 번째 기적이었고 그 기적 같은 감정 때문에 나는 바위가 모래가 되어 흘러내릴 때까지 L을 찾아 헤매야 했다. 헤엄

칠 수 없는 강을 건넜고 구름보다 높은 산을 넘어서 해가 뜨지 않는 밤의 나라와 해가 지지 않는 낮의 나라를 지났다. 세상의 모든 흙을 밟으며 신에게 기도했다. 너무 간절했던 탓인지 어느 날은 신이 나타나 그만 좀 귀찮게 하라며 다그쳤다. 머리가 벗어지고 배가 볼록 나온 신이었다.

—아, 좀. 너는 잠도 안 자니. 여기 다크서클 안 보여? 나도 좀 쉬자.

—L을 다시 만나게 해주십시오. 그러지 않으면 하루에 백 번은 더 기도할 겁니다.

—그건 좀 힘들어. 이번 생에는 인연이 없어. 너에게 주어진 행운이 턱없이 모자라. 사람은 평생 주어진 양만큼의 행운만 쓸 수 있거든.

신은 길게 한숨을 내쉬며 난처한 표정으로 고개를 가로저었다. 그러면서 양팔을 양옆으로 벌리고 하늘로 사라졌다. 그래도 나는 기도를 멈추지 않았다. 더 간절히 기도했다. 어느 날은 리젠트 스타일의 수염을 멋지게 기른 남자가 나타났다. 남자는 한동안 주변을 서성거리며 머뭇거리다 말을 걸었다.

—제게 당신을 도울 방법이 있습니다만⋯⋯.

—그만하십시오. 사기죄는 형법 347조에 의해 처벌받을 수 있습니다.

남자는 차용증 하나를 꺼내 내밀었다. 행운을 빌려 쓸 수 있는 마법의 차용증이었다. 이자는 비쌌지만 모자란 행운을 빌린다면 L을 만날 수 있을 것이었다.

—그게 아니라 저는 당신이 애타게 찾아서……. 저, 당신이 그 여자를 만날 수 있는 방법을 알고 있습니다. 다만 결과는 책임질 수 없습니다. 다시 만나지 않는 게 더 나을지 모릅니다. 지금은 고마워해도 앞으로 저를 원망하게 될 겁니다.

—누구시죠? 당신도 신인가요?

—사람들은 저를 악마라고도 부르더군요. 신경 쓰지 마세요. 저는 그저 돕고 싶을 뿐입니다. 혹시 문제가 생기면 다른 사람들처럼 전부 제 탓으로 여기고 절 미워하시면 됩니다. 그래도 그녀를 잊는 게 가장 좋은 방법이에요.

전부 헛소리라고 생각했다. L을 다시 만났을 때, 그녀가 날 보며 미소 지었다. 그 미소 때문이었을까. 부족한 행운은 다음 생에 갚으면 된다고 생각했다. 만약 다음 생에서 다 갚지 못하면 그다음 생에서, 그래도 부족하다면 다음다음 생에서라도 갚으면 된다. L의 미소를 계속 볼 수 있다면 어떤 대가를 치러야 해도 상관없었다.

—오랜만입니다. 꼭 다시 만나고 싶었습니다.

—누구시죠? 저를 아시나요? 아, 제 노래를 좋아하는 팬이시군요.

—네. 저 팬 맞습니다.

L은 날 기억하지 못했다. 날 보며 미소 지은 게 아니었다. 항상 모두에게 미소 짓고 있었다. 그 환한 미소는 뽀얀 가죽으로

만들어진 가면이었다. 가면 아래 슬픈 표정과 따분한 표정 그리고 화난 표정을 감추고 있었다. 신은 공평했고 L은 세상 모든 사람에게 사랑받는 대신 아무도 사랑할 수 없는 저주에 걸려 있었다. 내가 마법을 쓸 수 있는 대신 머물지 않고 방랑해야 하는 것과 같은 이치였다. 나는 그걸 알면서도 L의 미소를 사랑했다.

다행인 건 매일 밤 왕자들과 귀족들이 L을 찾아와 구애해도 아랑곳하지 않는다는 것이었고 불행인 건 L이 키 작고 등이 굽은 마법사에게 사랑을 느끼기란 불가능하다는 것이었다. L의 마음을 얻기 위해서는 마법의 차용증을 다시 쓰는 수밖에 없었다. 악마가 나타났다. "분명 후회하게 될 거예요. 운 좋게 결과를 먼저 얻게 되면 그 원인과 과정을 더 혹독하게 갚아나가야 하거든요." 알고 있었다. "그건 사랑이 아니라 이기적인 욕심이에요." 어차피 사랑은 그런 것이라고 생각했다. "이런, 나쁜 자식." 악마가 말했다.

—무채색인 세상에 색이 입혀졌어.

그리고 L이 말했다. 파스텔 톤의 하늘과 옅게 퍼진 구름을 한참이나 올려다보더니 천천히 고개를 내려 나를 바라보았다. 나는 처음으로 머물 곳을 찾아 방랑을 멈추었다. 마법 따위는 쓰지 못해도 상관없었다. 주어진 일상의 모든 순간이 그 어떤 마법보다 더 마법 같았다.

하지만 내게 주어진 행운의 양은 너무나 적었다. 더는 빌려 쓸 행운조차 없었다. L은 점점 불행해졌다. 내 탓이었다. 모든 행운이 사라진 나는 누구에게도 사랑받을 수 없는 저주에 걸렸고 L은 아무도 사랑할 수 없는 남자를 혼자 사랑해야 했다.

내게는 L밖에 없었다. 그래서 L이 완전히 내 것이어야 한다고 생각했다. 완전히 소유하고 싶었고 구속하고 싶었다. 그게 사랑이라고 생각했다. 혀는 날카로운 흉기가 되어 L을 찔렀고 두 손은 올가미가 되어 L을 옥죄었다. 그런 내 모습이 끔찍해서 견딜 수 없었다. 하지만 그보다 더 끔찍한 건 무슨 말을 하고 어떤 짓을 해도 나를 향해 환하게 웃는 L의 모습이었다.

떠나야 했다. 그래야 살 수 있을 것 같았다. 난 마법의 힘을 쥐어짜 L에게서 나의 흔적을 지웠다. 방랑을 멈춘 탓에 더는 마법을 쓸 수 없었다. 마지막 마법이었다. 마법을 쓸 수 없게 된 나는 키 작고 등이 굽은 초라한 남자에 불과했다.

—그럼 안녕히. 부디 행복하기를.

—누구시죠? 저를 아세요?

한때 내 것이었던, 아니 내 것이라 착각했던 아름다움이 새장을 벗어난 새처럼 날갯짓했다. 눈을 뗄 수 없었다. 반짝이는 입술과 촉촉한 눈, 머리카락 한 올까지 전부 세심히 관찰했다. L을 볼 때마다 한 번도 지어본 적 없던 표정들이 지어졌다.

—그만 좀 쳐다봐요. 미안하지만 전 당신에게 관심 없어요.

L의 얼굴은 잔뜩 찌푸려져 있었다.

—앙코르 요청을 받은 건 처음이야. 특별히 신곡을 들려줄게.

L이 말했다. 그러고는 기타를 눕히더니 거문고처럼 퉁겼다. 어린 시절 유일한 친구가 되어준 곰 인형에 관한 내용의 판소리 였다. 쉬지 않고 두 곡을 또 연달아 불렀다. 한 곡은 기르던 강아지의 죽음을 애도하는 내용의 레게 음악이었고 다른 한 곡은 나쁜 놈들은 전부 죗값을 치러야 한다는, 하늘에서 지옥의 사자가 내려올 거라는 내용의 과격한 록 음악이었다.

노래가 전부 끝나자 석양이 물에 빠져 붉게 허우적거리고 있었다. 우리는 술을 마시며 파도가 애타게 손 내미는 소리를 들었다.

—그거 알아? 이 넓은 해변에 우리 둘밖에 없어. 어느 한 사람이 어느 한 사람을 만나는 건 기적 같은 일이라고 하잖아. 누군가 하늘에서 떨어뜨린 씨앗이 또 다른 누군가가 어딘가 꽂아둔 바늘에 꽂힐 확률이라고. 만약 세상에 비밀이 있다면 이런 마법 같은 일이 아닐까? 내 음악을 알아주는 사람을 만난 건 처음이거든.

—아니. 그건 분명 드문 일이겠지만, 세상에 마법과 기적은 없어. 전부 사라졌거든. 수많은 사람 중에 그 한 사람을 만나는 게 아니라, 수많은 사람 중에 누구라도 만난 사람이 그 한 사람이 되는 거니까.

—아니. 마법과 기적은 있어. 우리가 보지 못할 뿐이야. 간절히 바라면 마법이건 기적이건 이루어진다고.

L이 모래를 한 움큼 쥐어 위로 흩뿌렸다. 의도한 건지 모르지만 모래 알갱이들이 마법의 가루처럼 빛났다.

—그럼, 아무도 간절히 바라지 않았던 거구나.

나는 세상의 마지막 마법사였고 마법은 내 손끝에서 사라졌다. 마법이 사라진 세상에서 신은 기적이 아닌 상징에 지나지 않았고 종교는 희생과 사랑이 아닌 박해와 분쟁의 수단이 되었다. 사람들은 더는 기적을 믿지 않았고, 그러자 기적 또한 사라졌다. 몇 번의 문명이 이루어졌다가 허물어져도 마찬가지였다. 어떤 문명이 생겨도 사람들은 마법이 아닌 과학을 믿었고 신이 아닌 돈을 믿었다. 아무리 간절히 기도해도 소용없었다. 기적이 사라진 세상에서는 단 한 번의 삶도 견디기 힘들었다. 시간이 지날수록 과거의 짐은 점점 무거워졌고 눈도 점점 흐려졌다. 매번 삶을 반복할 때마다 L과 있었던 일이 어제 일처럼 떠올랐다. L을 생각하고 또 찾아 헤맸다. L이 좋아하던 음식을 먹었고 L이 좋아하던 음악을 들었고 L이 좋아하던 책을 읽었다. 책의 한 페이지를 반복해서 보듯, 매 생애 기억 속 L을 반복해서 읽었다. 그렇게 백만 번 삶을 반복했다. L과 함께 있었을 때, 백만 번을 다시 태어나도 갚을 수 없을 정도로 행복했기 때문이다.

—재미없어. 아니, 재수 없어.

L이 말했다. 그리고 자리에서 일어나 해변을 걸었다. 나도 자리에서 일어나 L의 뒤를 따라 걸었다. 술병은 어느새 비었고 L도 나도 휘청거렸다. L이 무어라 중얼대며 투덜거렸다. 나도 무어라 중얼대며 투덜거리는 척했다. L은 발에 모래가 들어간 모

양인지 신발을 벗어 바다로 던졌다. 나도 L을 따라 신발을 벗어 바다로 던졌다.

—누군가를 만나는 건 기적 같은 일이야. 무한한 시공간 속에서 지금 이곳에 함께 있는 거라고.

L이 뒤돌아보며 말했다. 그리고 천천히 다가와 마주 섰다. 한번은 노인이 되어서야 꼬마인 채 뛰어노는 L을 찾았고 한번은 너무 늦어 L의 아들, 손녀들과 함께 L의 임종을 지켜보았다. 단 한 번도 L 앞에 마주 서지 못했다. 행여나 기회가 생겨도 L을 또 불행하게 만들까 봐 혼자 지켜보았다. 때로는 큐피드가 되어주었고 때로는 수호천사가 되어주었고 때로는 드래곤볼이 되어주었다. 나의 이기적인 욕심으로 망친 첫 번째 삶과 L이 나를 찾아온 마지막 삶을 제외하면, L은 누구보다도 사랑받았고 누구보다도 많은 사랑을 베풀었다. 내가 더 추하게 느껴질 만큼 눈부시게 아름다웠다.

—난 네가 좋아. 그게 내 비밀이야.

L이 힐끔 나를 쳐다보았다.

—그래도 난 너에게 관심 없어. 그리고 그게 무슨 비밀이야. 처음부터 그렇게 말하고 있던걸.

—그래, 이건 비밀이 아니야. 절대로 비밀이 되어선 안 돼.

—그래도 엄마가 남자는 함부로 믿으면 안 된다고 했어. 거짓말을 밥 먹듯이 한다고.

모든 어머니는 현명하다. 하지만 모든 남자가 그렇지는 않다고,

그렇다고 하더라도 얼마든지 달라질 수 있다고 말하고 싶었다.

—거짓말이 아냐. 내가 많이 못난 건 알아. 난 우스꽝스럽게 생긴 데다 키도 작고 어깨도 좁고 또 가난하거든.

—네가 거울을 보고 못생겼다고 생각하는 건 어쩔 수 없지만 나도 너와 다르지 않아. 그래도 난 내 삶을 즐기고 있고 이런 내가 좋아.

—그래서 너무 아름다워.

—무슨 소리를 하는 거야. 웃기지 좀 마.

L이 깔깔거리며 웃었다. 나도 모르게 튀어나온 말이었다. 남들이 보기에는 아름답지 않을 수도 있겠지만, 내게는 너무나 완벽했다.

—그래도 가난은 싫어. 그것 때문에 얼마나 힘들었는데.

—언젠가 세상 모든 걸 네게 주려고 했어.

진심이었다. 백만 번의 삶을 반복하며 L을 위한 세상을 만들려 노력했다.

—그래도 난 너에게 관심 없어.

L이 피식 웃으며 말했다.

—하지만 남자 친구가 있다고 한 건 거짓말이었어. 난 혼자가 편해.

바닷바람이 L의 머리카락을 쓸어 넘기며 뺨을 가볍게 어루만졌다.

—사실, 우린 전생에 몇 번이고 만났어.

나는 그렇게 말하고 L의 눈치를 살폈다. 이런 미친놈, 하고 또 말할 것 같았다.

—전생 같은 건 없어. 삶이라는 건 한 번뿐이니까 가치 있는 거야. 여러 번 반복해야 한다면 분명 지루해서 죽어버릴 거야.

맞는 말이었다. 그래서 사람들이 전생을 기억하지 못하는 건지도 모른다.

—아니, 삶은 항상 반복됐어. 불행히도.

—한 번뿐이니까 그나마 겨우 버틸 수 있는 거야.

잔잔하던 파도 소리가 시끄럽게 느껴졌다. 나는 잠시 망설이다 다시 말을 꺼냈다.

—나는 백만 번의 삶을 살았어.

그렇게 단 한 번 지난 삶을 털어놓을 수 있었다. 백만 번의 삶을 전부 얘기할 수는 없었지만, 그래도 아주 긴 이야기였다. L은 잠자코 내 이야기를 들어주었다. 그저 들어주는 것만으로도 모든 문제가 사소한 것처럼 느껴지게 하는 마법을 부렸다. 하지만 내 문제는 누구도 이해해주지 못할 것이었다. 가진 행운이 너무 없어 주변 사람을 늘 불행하게 만들었다. 모두가 불행하길 바랐던 적도 있다. 아무렇지 않은 타인의 일상이 내게는 폭력으로 느껴졌다. 그들이 지루하고 갑갑해하는 일상이 너무 따뜻하고 평온해 보여서 시기하고 질투하고 또 아팠다. 항상 혼자였고 항상 외로웠다. L밖에 없었다. 나는 소심한 스토커였다. 매번 삶이 주어질 때마다 L을 찾아 지켜보았다.

언젠가 나는 농부였다. L을 위해 사막에 나무를 심어 오아시스를 만들었다.

또 언젠가는 새 조련사였고 L을 위해 앵무새가 말을 할 수 있도록 조련시켰다.

또 언젠가는 광대였고 L을 위해 서커스를 만들었다.

또 언젠가는 요리사였고 L을 위해 초콜릿과 티라미수 케이크를 만들었다.

또 언젠가는 사냥꾼이었고 L을 위해 강아지와 고양이를 길들였다.

또 언젠가는 재봉사였고 어린 L이 밤마다 무섭지 않게 꼭 끌어안고 잘 수 있는 곰 인형을 만들었다.

L이 힘겨워했던 이 세상은 L을 위한 선물로 이루어진 세상이었다. 하지만 나는 바보 머저리라 끝까지 L을 만족시키지 못했다. 매 생에 L을 위해 흘린 땀과 눈물이 한 알의 소금이 되어 바다를 짜게 만들었을 뿐이다. L이 미웠던 적도 있다. 하지만 그 순간에도 L이 좋았다. 잠시 L을 잊은 적도 있다. 하지만 곧 다시 생각났다. 너무 쉽게, 너무 사소한 일로 다시 생각났다. 단 한 번 L의 사랑을 얻은 대가로 백만 번의 고독을 느꼈던 게 아니다. 사랑의 대가는 저주가 아니라 축복이었다. 단 한 번 사랑받았던 그 기억 때문에 백만 번의 삶을 견딜 수 있었다. L을 향한 마음으로 지겨운 삶을 견딘 게 아니라, 지겨운 삶을 견디

기 위해 L을 향한 마음을 붙잡고 있었던 것이다.

모든 이야기가 끝났다. L은 내게 미친놈이라고 말하지 않았다. 하품은 했지만 졸지도 않았다. 그저 길게 한숨을 내쉬며 하늘을 보았다. L을 위해 검게 눌러쓴 이야기가 밤마다 하늘을 검게 물들인다는 걸 L은 모른다. 쏟아질 것 같은 별들이 수많은 이야기의 마침표를 찍어주었다.

—한 사람이 다른 한 사람을 만나는 건 기적 같은 일이야. 우리는 수많은 기적 속에서 살고 있지만, 그럴수록 간절히 바라는 기적은 쉽게 이루어지지 않아. 그건 정말 기적 같은 일이거든.

L이 작은 소리로 세상의 비밀을 속삭였다. 나는 내가 아는 세상의 비밀을 털어놓아야 했다.

—삶은 반복되지만 끝은 있어. 그리고 난 그 끝이 언제인지 알아.

—언젠데?

—바로 오늘. 오늘이 이 별의 마지막 날이야. 저기 조그만 별 하나가 곧 폭발하거든. 우리가 태양이라고 부르던 별이지. 그 폭발이 여기 닿기까지 8분이 걸려. 모든 게 흔적도 없이 사라질 거야. 바로 지금이야. 하나, 둘, 셋······.

아무 일도 일어나지 않았다.

L이 키득키득 웃었다.

그리고 세상이 끝나기 전 마지막으로 해야 할 일이 떠올랐다.

—난 네가 좋아. 끝이니까 말하는 거야. 꼭 한 번 제대로 말하고 싶었어.

L은 아무 대답이 없었다. 그래도 나는 발바닥에 밟히는 모래 한 알 한 알의 감촉이 좋았다. L의 굽은 발가락이 좋았다. L의 두꺼운 발목이 좋았다. L의 종잡을 수 없는 감정 기복이 좋았다. L의 살짝 나온 배가 좋았고 L의 작은 가슴이 좋았다. L의 끔찍한 노래가 좋았고 L의 까칠함이 좋았고 L의 삐뚤삐뚤한 이가 좋았고 L의 낮은 코와 작은 눈이 좋았고 L의 어깨 위로 찰랑거리는 머리카락이 좋았다. 순간 L의 왼손이 내 오른손에 닿았다. 모든 감각이 오른손에 집중됐다. 소음이 사라졌다. 소름이 돋았다. 그렇게 닿았다 떨어지기를 몇 번 반복하다가 우리는 손을 잡았다. 백만 번의 삶을 견디며 모아둔 행운이었다.

무언가 더 이야기하고 싶었지만 무슨 이야기를 어떻게 해야 할지 알 수 없었다. 더 이야기할 것도, 듣고 싶은 것도 없었다. 그저 하늘을 향해 일시 정지 버튼을 누르고 싶었다. L은 별보다도 더 반짝이는 눈으로 밤하늘을 올려다보았다.

—난 우주가 좋아.

L이 말했다. 나는 밤하늘 대신 L의 눈을 보았다. L의 눈동자에는 별도 달도 하늘도, 우주 모든 게 다 담겨 있었다. 나도 우주가 좋아졌다. 수없이 많은 별이 저마다 외로운 이야기를 간

직한 채 수억 광년씩 떨어진 광활한 우주가 아니라, 그 눈동자 속 작은 우주가 좋았다.

─난 네가 좋아. 네가 남자로 환생했을 때도 좋았어. 무엇으로 환생하든 항상 네가 좋았어.

─난 너에게 관심 없어.

L은 그렇게 말하면서 하얗고 가녀린 몸을 한 발자국 움직여 더 가까이 다가왔다. 난 두 팔을 벌려 L을 살며시 끌어안았다. 와락 끌어안거나 입을 맞추고 싶었지만 그럴 수 없었다.

─난 네가 좋아. 그동안 고마웠어. 네 덕분에 지겨운 삶을 겨우 견딜 수 있었어.

L은 아무 대답이 없었다.

─난 네가 좋아.

L은 여전히 대답이 없었다. 대신 내 눈을 노려보며 양손으로 내 얼굴을 잡았다.

─그래도 난 너에게 관심 없어.

L이 말했다. 그리고 한참을 바라보더니 내게 입을 맞추었다. 조그만 별 하나가 폭발했다.

세계가 사라진다고 해도 이걸로 충분하다. 이 순간을 설명하기 위해 새는 밤낮으로 지저귀었고, 이 감정을 표현하기 위해 수없이 많은 꽃이 피고 졌다. 이 순간을 위해 수많은 언어가 만들어졌지만 그 어떤 말로도 표현할 수 없었다. 그 앞에서 백만 번의 삶은 아주 짧은 이야기에 불과했다. 우리는 8분 동안 입을 맞추었다. L이 내게 입을 맞춘 이 시간과 공간이 존재하기 위해 이 별이 있고 태양이 있고 은하계가 있고 우주가 있었다. 만약 뜬금없이 신이나 악마가 나타나 모든 소원을 들어준다고 해도 방해하지 말고 저리 꺼지라고 말할 것이다.

　—이걸로 끝이야.

　L이 입술을 떼면서 말했다. 그러고는 배시시 웃었다. 8분이 지났을 때였다. 이 순간을 위해 지금껏 살아왔던 것이다. 다시는 눈을 뜨지도, 삶을 반복하지도 않을 것이다. 너무 오랜 시간을 견뎌왔다. 모든 삶이 힘들었다.

　—난 네가 좋아.

　—나도 네가 좋아.

　모든 시간과 공간이 사라지는 순간이었다.

 아카데미에서 우주에 대한 강의를 들은 날, 작품집 주제가
'이별'로 정해졌다. 주제를 정하고 다른 작가들과 술을 마셨다.
나는 편집자가 산다는 말에 누구보다 열정적으로 마셨다. 술
을 마시면서 작품집 이야기가 나왔다. 우주에 대한 강의를 들
었던 탓일까. 난 이별이 아닌 이 별을 생각했고 우주에 대한
이야기가 쓰고 싶었다. 그리고 이별보다는 동화 같은 사랑 이
야기가 쓰고 싶었다.

 술을 마시다 보니 옛 생각이 났고 이 이야기가 떠올랐다. 오래
전 썼다가 버려둔 이야기였다. 그걸 이제야 겨우 다시 고쳐 쓴다.
더께가 쌓인 탓인지 익숙하지만 낯선 이야기가 되어버렸다. 그
래서인지 어디서 읽었거나 들었거나 봤던 이야기처럼 느껴진다.

 오래전 이 이야기를 생각했을 때 『백만 번 산 고양이』라는

동화에서 모티브를 얻었다. 인터넷 서점에서 부록 책자로 만들어 보내준 「세계의 끝, 여자 친구」라는 단편소설을 읽었고 『강철의 연금술사』라는 만화를 읽었다. 그리고 〈번지점프를 하다〉라는 영화를 보았다. 그 외에도 기억나지는 않지만 지독한 오마주로 이루어진 글이라는 걸 고백한다.

그때 누군가를 몹시 좋아했다. 그때의 내가 이 이야기 속에 있다. 다시 돌아가고 싶지는 않지만, 지금은 마냥 그때가 애틋하다

**밤의 징조와
연인들**

우다영

우다영은 1990년 여름, 서울에서 태어났다.

2014년 《세계의 문학》 신인상에 「셋」이 당선되어 등단했다.

1

여름이 왔다고 느낄 때 석이가 영화를 보자고 했다.

석이와는 2년 전 신인 큐레이터들을 소개하는 릴레이 전시에서 알게 되었다. 그때 만난 작가들, 큐레이터들과 꾸준히 어울리며 그들의 전시나 행사장에서 종종 얼굴을 봤다. 그런 밤에는 좁고 어두운 술집에서 가까운 거리에 앉아 술을 먹기도 했는데 석이가 안주를 먹으려고 손을 뻗으면 몸에 닿지 않아도 그의 팔과 어깨에서 따뜻한 체온이 느껴졌다. 그것을 기억하고 있었지만 특별하게 생각해본 적은 없었다.

석이는 그해 가을 나에게 〈방, 우주〉 전시에 갈 거냐고 물었다. 전시 공간에는 인공 채광이 드는 작은 창과 평범한 침대, 책상, 책장, 옷장이 있는 똑같은 방 수십 개가 이어졌는데, 어떤 방의 가구는 좀 더 낡았고 어떤 방의 침대맡에는 빈 찻잔 하나가 놓여 있는 식이었다. 찻잔 속에는 방 안 물건들의 위치와 채광의 기울기가 만들어낸 작은 무지개가 영원히 박제된 순간처럼, 누군가 흘리고 간 꿈결처럼 고여 있었다. 찻잔이 없는 방에서 그 자리는 눈에 보이는 것이라곤 아무것도 없는 텅 빈 공간이었다. 석이와 나는 거기서 아는 작가와 기자들을 몇 명 만나서 그들과 함께 저녁을 먹었다.

지난겨울에는 내가 처음으로 단독 큐레이팅한 전시 오프닝에 석이가 왔다. 지인과 관계자들만 어슬렁거리던 전시관이 폐관하고 간소한 축하 파티까지 마무리될 즈음 꽃과 선물들이 상하지 않도록 쇼핑백에 담고 있는 내게 석이가 다가와 물었다.

"나가서 한잔 더 할래?"

석이는 살짝 몸을 숙인 채 나와 널브러진 내 짐들을 내려다보고 있었고, 그렇게 잠시 내가 대답하길 기다렸다. 그건 다른 사람들과 함께 술자리를 옮겨서 이어가자는 부드러운 권유처럼 들렸다.

"나는 먼저 갈게. 너무 피곤해."

"그래, 그렇겠다."

석이는 웃으며 고개를 끄덕이고는 내가 짐을 정리하고 그것들을 들고 나갈 수 있도록 도와주었다.

이런 일들은 나중에 석이와 이야기를 나누면서 떠올린 기억이었고 어쩌면 영영 중요하게 인식하지 못했을 순간들이었다. 곰곰 나는 상상해본 적이 있다. 석이도 나도 우리에게 일어난 일들을 기억하지 못하고 그날들이 영원히 존재하지 않게 된 세계. 그곳에서 석이와 내가 아무 관계 없는 각자의 미래를 향해 웃으며 흔들리며 느릿느릿 살아가는 상상. 그건 아득한 크기의 우주를 떠오르게 했다. 언젠가 내가 깊은 잠에 빠진 적이 있고, 거기 어떤 것들을 그대로 남겨둔 채, 다른 우주의 똑같은 방에서 깨어나기라도 한 것처럼.

마침내 석이가 전화를 걸어와 영화를 보자고 한 이른 여름에도, 방 안으로 햇살이 쏟아지던 그 한낮에도 나는 그런 기

208

분을 느꼈다. 아주 지겨운 관계를 끝낸 참이었고 괴로운 마음은 아니었지만 단지 멍하니 누워 있는 시간이 필요했다. 천장과 창문과 가구들을 찬찬히 바라보며 그것들이 언제까지고 낯설게 느껴질 거라고 생각했다. 그때 걸려온 전화가 그 사람이 아니고 석이라서 나는 기분이 상했다.

"오늘은 안 될 것 같은데. 주말은 어때?"

"아니, 오늘 볼 거야." 석이가 말했다. "이수야, 네가 오지 않으면 혼자서 볼 거야."

나는 침대에서 천천히 몸을 일으키며 석이가 어떤 사람이었는지, 그와 내가 어떤 사이였는지 처음으로 생각하기 시작했다.

2

영화를 보고 밖으로 나왔을 때 이상하게도 가느다란 비가 내리고 있었다. 안개처럼 거리를 조금씩 적시는 비였고 길에 놓인 입간판, 주정차된 자동차들 위로 부드러운 물보라가 일었다.

석이와 나는 빗속을 걸으며 무엇을 먹을지 의논했다. 둘 다 배가 고팠고 따뜻한 음식이 먹고 싶었다. 하지만 느긋하게 걸었다. 큰 창을 열어두고 거리를 구경할 수 있는 만두 가게에 들어갔을 땐 석이의 등과 어깨가 까맣게 젖어 있었다. 머리카락에 맺힌 작은 물방울들이 보였다. 석이는 손으로 툭툭 물기를 털어냈다.

찐 갈비만두와 군만두, 청경채로 볶은 물만두를 주문했다. 작은 연태고량주 한 병을 조금씩 나눠 마셨다.

석이가 그날 본 〈시빌 워〉에 대해 설명해줬다.

"아이언맨의 아버지가 캡틴아메리카의 방패를 만들어줬어. 아이언맨과 캡틴은 원래 만날 수 없는 시대의 사람들이지만 캡틴이 70년 동안 단단한 빙하 속에서 얼어붙어 있었기 때문에 둘은 친구로 만나게 돼."

그날 영화에서는 아이언맨의 부모를 죽인 사람이 윈터솔져라는 것이 밝혀지고 그를 보호하려는 캡틴과 아이언맨이 영영 회복할 수 없는 갈등으로 치닫는다.

"윈터솔져는 캡틴이 아직 약골이었을 때, 그러니까 열등감과 복수심으로 가득 차 있을 때 정의를 알게 해준 영웅이야. 그런 동료가 없었다면 악인은 더 악하게, 선인은 더 선하게 만드는 혈청을 맞았을 때 캡틴은 분명 악인이 됐을 거야."

"캡틴아메리카를 만든 장본인이구나."

"맞아. 더 재밌는 건," 석이는 신이 나서 팔꿈치로 테이블을 짚고 앞으로 몸을 기울였다. "부모님이 테러에 살해됐기 때문에 토니 스타크는 스스로 아이언맨이 되었어. 그러니까 캡틴아메리카와 아이언맨의 탄생에는 한사람이 있는 거야. 때론 마음속에 정의를 심어주는 동료로, 때론 복수심을 심어주는 원수로 삶의 길목에 나타나는 윈터솔져가."

"정말 그렇네." 나는 고개를 끄덕였다. "하지만 조종받은 채

살인을 저지르고 테러 누명까지 쓴 윈터솔져는 단순히 누군가의 사도나 사신이 아니라 그 자체도 인간이야. 히어로가 되지 못하고 악인이 되어야 했던 삶의 길목엔 무엇이 있었던 거지?"

"너는 캡틴처럼 생각하는구나." 석이가 웃었다. "단 한 명의 정의가 다수의 정의와 동등하게 중요해."

"그러는 너는 아이언맨인가 보네." 나는 손가락으로 석이를 콕콕 가리켰다. "사회정의를 위해 과감히 버리고 통제해야 할 것들이 있다는 거야, 그렇지?"

석이가 날 바라봤다. 문득 이런 식으로 석이와 이야기해본 건 처음이라는 걸 깨달았다. 갑자기 내가 말을 너무 많이 한 것 같아 민망해졌지만 한편으로는 석이도 나와 비슷한 기분일 거라는 묘한 안도감이 들었다. 석이는 혼자만 들떠서 내 기분을 상하게 한 건 아닌지 살피면서도 내가 그렇지 않다는 걸 느끼고 있었다. 서로의 얼굴을 들여다보며 그런 마음을 읽을 수 있었다.

석이의 얼굴. 그동안 무수히 봤을 그 얼굴에서 석이가 호감을 담아 바라보는 방식, 이따금 눈을 내리감는 모습, 표정을 바꿀 때 피부 아래서 도미노처럼 부드럽게 움직이는 얼굴 근육을 보았다.

"이런 얘기, 재미없어할 줄 알았는데." 석이가 입을 열었다.

"왜 그렇게 생각했어?"

"네가 사람들하고 있을 때 지겨워하는 것 같았어. 아, 오해는 하지 마. 냉담한 태도로 오만하게 군다는 말이 아니라, 어쩐지 사람들을 살피고 파악한 뒤에 그저 맞춰주고 있다는 느낌이 들었어.”

나는 팔짱을 끼고 웃었다. “날 관찰하고 있었던 거야?”

“처음엔 걱정이 돼서 지켜봤어. 네가 아무것도 모르고 웃고 있는 것 같아서 이 애는 어쩌려고 그러나, 세상에 이상하고 위험한 사람들이 얼마나 많은데, 상처받으면 어떡하지, 뭐 내가 신경 쓸 일은 아니니까, 근데 웃는 모습 예쁘네, 생각했지.” 석이가 이를 드러내고 하하 웃었다. “괜한 걱정이었어. 너는 모난 사람들 사이에서 스스로를 잘 지켜내더라. 사람을 좋아하는 마음이 보였어. 모르는 게 아니라 다 알고 있구나. 알고도 좋아하는구나. 그래서 저 사람들을 견디고 있구나. 그게 신기했어.”

나는 사람들을 견딘다는 말에 대해 생각해보았다. 내가 알기로 석이는 아는 사람도 많고 인기도 많아서 여러 가지 프로젝트에 자주 호명되는 사람이었다. 평판이 좋아서 누군가와 척을 졌다는 소문도 전혀 없었다.

“혹시 견디고 있는 사람들이 있어?” 내가 물었다.

“있지.”

“나는 네가 사람들하고 잘 지낸다고 생각했는데.”

“일이니까. 숨겨야 하니까. 진짜 나를 아는 사람은 거의 없어.”

석이는 비스듬히 창 너머 젖은 거리를 바라봤다. 실처럼 가는 빗줄기가 늘어선 가로수 잎사귀와 길 위의 작은 돌들을 때리는 소리가 들렸다.

나는 석이를 진심으로 좋아하는 사람들, 석이와 친하다고 공공연하게 말하는 사람들을 떠올렸다. 그 많은 얼굴들을 떠올리며 석이가 이토록 냉정하다는 사실에 놀랐다.

어느 순간 석이는 다시 나를 바라보고 있었다. 눈이 마주치자 천천히 미소 지으며 입을 열었다.

"우리 아버지는 덤프트럭을 몰았어."

덤프트럭은 신도시가 들어서는 공사장에 시멘트를 나르고 피서객들이 많이 찾는 해수욕장에 부족한 모래를 채워 넣으며 길고 적막한 고속도로를 무수히 달렸다. 그건 아름다운 건물을 짓거나 물거품에 사라져가는 해변을 지키는 일과 무관하게 느닷없이 작은 점처럼 생겨난 석이 때문이었다. 배 속에서 석이가 자라기 시작하자 어린 부부는 자신들의 생각이 틀렸음을 깨달았다. 그건 점이 아니라 깊이를 알 수 없는 미지의 구멍이었다.

아버지와 어머니는 겁에 질렸던 거 같다고, 석이는 말했다. 어쩌면 불길한 미래를 예감했을 거라고. 바로 그 예감이 그들을 정확한 미래로 이끌었다고. 석이는 여전히 궁금해했다. 그때 대학을 그만두고 트럭 몰아 돈을 벌겠다는 아버지의 충동은 어디에서 왔을까, 조급하게 굴지 않고 주어진 궤도를 지켰다면 아버지는 회계사가 되어 신도시 사무실이나 피서지 파라솔 아래 있었을까, 그 사이를 오가는 의미 없는 길 위에서 죽지 않을 수 있었을까.

사인은 졸음운전으로 인한 추돌 사고였다. 무거운 혼몽 속에서 점점 몸이 기울어지던 아버지는 한동안 그의 마음을 사로

잡고 있던 불안의 정체를 깨달았을지도 모른다. 그래, 바로 이거였구나. 이 순간이었어. 그는 달콤하고 미지근한 꿈속으로 들어가며 지그시 가속페달을 밟았다. 무섭게 돌진한 덤프트럭은 순식간에 앞서가던 세단을 터널 입구의 단단한 벽까지 밀어버렸다. 세단에는 휴가를 마치고 돌아오던 일가족 네 명이 타고 있었다. 그 사고에서 아무도 살아남지 못했고 어머니는 조용히 상을 치른 뒤 석이를 낳았다.

"내가 5학년 때 막내 고모가 말해줬어." 석이는 골똘한 표정을 지었다. "나를 안아주면서 괜찮아, 다 괜찮아, 속삭이는데 그땐 뭐가 괜찮다는 건지 몰랐어."

석이를 키운 건 고모들이었다. 아버지는 위로 터울 많은 다섯 누나가 있었고, 그러니까 장손 집안의 장남이었고, 연로한 부모는 그가 성인이 되기 전에 모두 병환으로 돌아가셨기 때문에, 또 어머니 쪽에는 아이를 맡아줄 일가친척이 전혀 없었기 때문에 그녀들이 석이를 키울 수밖에 없었다. 어머니는 아버지의 죽음이 남긴 빚을 어느 정도 갚고 석이를 데려갈 요량이었다. 하지만 불어나는 이자와 성의껏 보태는 석이의 양육비, 예기치 않게 지출되는 스스로의 생활비와 병원비 때문에 그 시간은 아주 길어졌고, 석이와 함께 살 여력이 생겼을 때는 석이가 그러길 원치 않았다. 감정적인 결정은 아니었고, 단순히 고등학교를 졸업할 때까지 적응하고 있던 환경을 바꾸고 싶지 않다는 것이 이유였다.

갓난아기였던 석이를 처음 맡아준 사람은 막 딸을 낳은 넷째 고모였다. 돌이 넘을 때까지 동갑내기 사촌 누나와 고모 젖을 나눠 먹었는데 석이는 기억나지 않는다고 했다. 세 살에 고모부가 해외로 파견을 가면서 과수원을 하는 둘째 고모 집으로 갔다. 당시 열세 살, 열두 살이던 그녀의 개구쟁이 아들들이 학교가 끝나면 집으로 달려와 석이를 돌봤다. 학교에 들어갈 무렵엔 학군을 염려한 큰 고모가 석이를 데려갔다. 그녀는 중학교 국어 선생으로, 한 해 전에 남편과 사별하고 장성한 세 남매와 살고 있었다. 석이는 그 조용한 지방 소도시를 특히 좋아했다. 큰 고모가 허리 수술을 받고 거동이 불편해지기 전까지 5년을 살았다. 꽉 찬 혼기에 결혼한 막내 고모는 무역 사업을 하는 남편과 해안 도시에서 살고 있었다. 그녀는 석이가 거기서 1년을 채우기도 전에 이혼했다. 그때쯤 배 속에서 8주 된 아이를 발견했지만 무언가가 바뀌진 않았다. 석이는 혼자 사는 셋째 고모와 과묵한 사춘기를 보내고, 철이 들 무렵엔 다시 한국으로 돌아온 넷째 고모에게 갔다. 고모들은 모두 인정 있는 사람들이었고 아버지를 사랑한 사람들이었다. 석이는 고모들 집에서 그 자식들과 똑같이 먹고 입으며 형제와 남매처럼 자랐다.

"아직도 그 집들이 다 기억나." 석이가 눈을 지그시 내리깔고 말했다. "집 안의 구조, 가구가 놓여 있던 자리, 은근하게 배어 있던 특유의 냄새 같은 거, 그 집만의 특색이 된 홈집이나 홈, 낙서 같은 거 말이야. 창밖으로 내다보이던 낯선 동네 풍경이 스냅사진으로 찍어둔 것처럼 눈을 감으면 천천히 떠오르는 거야."

석이는 여전히 별다른 용건 없이도 고모들과 통화하고 가끔 사촌들을 만나 식사를 한다고 했다. 어머니의 안부도 종종 챙겼다. 예전에 그녀를 원망했던 순간들이 있었지만 지금은 아니라고 했다.

나는 석이를 가만히 바라보며, 때때로 고개를 작게 끄덕이며 그런 얘기를 들었다. 그러다 마침내 석이가 내게 무언가를 암시하고 있다는 것을 깨달았다.

석이는 자신 안에 자리한 풍경의 일부를 펼쳐 보이며 이런 세계가 있어, 나는 이곳에 있어, 말하고 있었다. 그 풍경 속에 꼿꼿이 서서 조금도 움직이지 않은 채 나를 향해 손을 내밀고 있었다. 그건 관계를 망칠까 봐 걱정하는 조심스러움이나 상대의 응답과 상관없이 지속되는 상냥한 마음과는 거리가 멀었다. 그 태도는 너무 분명하고 단호해서 완강하게 느껴졌다. 같이 춤추자고 내미는 손이 아니라 물에 빠진 사람이 물속에서 뻗는 손 같았다.

제일 먼저 머릿속에 떠오른 생각은 우선 거리를 두고 망설여야 한다는 것이었지만, 어쩐지 불가능한 일처럼 느껴졌다. 나는 이미 석이가 단출한 짐을 들고 새로운 방 앞에 서 있던 기억, 방으로 들어가기 전에 잠시 문가에 서서 차갑게 식어 있는 방 안을 멍하니 훑어보던 기억을 떠올릴 수 있었다.

마치, 내가 진짜로 겪은 어떤 시간처럼.

3

석이는 강 위에, 나는 강 아래 살았다. 우리는 그 강을 건너 만났다.

햇살이 좋으면 함께 산책을 했다. 주로 대학가와 번화가를 걸었다. 평일 낮의 한산한 거리를 걸으며 빛이 내리쬐는 카페 테라스와 아직 열지 않은 술집들을 구경했다. 마음에 드는 곳을 발견하면 다음에 한번 가보자고 약속하고 기억해두었다. 배가 고프면 근처 가게로 들어가 밥을 먹었다. 점심도 저녁도 아닌 시간에 느긋하게 밥을 먹고 나오면 거리는 어디선가 흘러온 사람들로 붐볐다. 그들은 우리와 다른 방향으로 걷거나 나란히 걸어가다가도 어딘가로 사라졌다.

해가 지면 조용한 술집에 마주 앉아 서로의 눈을 바라보며 이야기를 나눴다. 나는 학부에서 회화를 전공하고 대학원에서 예술학을 공부했던 과정에 대해, 여태까지 작게나마 참여했던 전시와 거기서 만난 사람들에 대해, 특히 생각지도 못한 관점으로 전시를 기획해 나를 놀라게 했던 선배 큐레이터들에 대해 이야기했다. 석이는 어릴 때 물인 줄 알고 잘못 먹은 부동액 때문에 응급실에서 위세척을 했던 일에 대해, 고등학교 때 스쿠터를 타다가 교통사고가 난 일에 대해, 군대에서 탱크와 벽 사이에 손이 껴서 세 손가락뼈가 부서진 일에 대해 이야기했다. 나는 세 살 무렵 갑자기 생긴 천식에 대해, 부모님이 주말마다 데리고 다녔던 공기 좋은 여행지들에 대해, 뒤늦게 태어난 두 동생들에 대해 이야기했다. 석이는 미학과에 가기 전에 조소과를 준비했던 기간에 대해, 큐레이터 일 이외의 다양한 아르바이트에서 겪었던 경험에 대해, 1년 전 독립해서 혼자 살기 시작한 생활에 대해 이야기했다.

"신기해." 석이는 정말 믿기지 않는다는 듯이 고개를 흔들었다. "전혀 상관없는 궤적을 그리다가 이렇게 만나다니."

나도 속으로 생각했다. 맞아, 이건 신비로운 일이야.

"이상하지? 처음 봤을 때부터 너랑 이야기해보고 싶었어." 석이는 턱을 괴고 물끄러미 나를 바라봤다. "누구한테도 이렇게 내 이야기를 한 적 없어."

한참 대화에 빠져 있다가 조명이 어두워져서 주위를 둘러보면 가게 안은 텅 비고 석이와 나만 남아 있었다. 석이는 내가 사는 아파트 앞까지 함께 왔다가 다시 컴컴한 강을 건너 집으로 돌아갔다.

한번은 내가 신이 나서 잔뜩 취했다. 석이는 나를 공원 벤치에 앉혀두고 편의점에서 물을 사왔다. 석이가 달려와서 내 옆에 앉았을 때 나는 팔을 뻗어 석이의 목을 끌어안았다. 석이의 목덜미에 뺨과 코를 대고 가만히 숨을 몰아쉬었다. 석이는 땀을 조금 흘리고 있었고 술에 취한 나보다 체온이 뜨거웠다. 처음에는 잠시 딱딱하게 굳었지만 이내 팔을 들어 나를 안아주었다. 등과 허리를 조심스럽게 감싸고 한 손으로 천천히 머리를 쓰다듬었다. 석이가 내 머리카락 위에 여러 번 입을 맞추고 이내 고개 숙여 키스했을 때 나는 피하지 않았다.

다음 날 석이는 내게 전화를 걸어 우리가 무슨 사이냐고 물었다. 마치 화가 난 사람처럼 수화기 너머로 냉정한 침묵이 흘렀다. 나는 웃음을 참으며 우리는 사귀는 사이가 아니냐고 했다. 그제야 석이는 당장 나를 보러 오겠다고 말했다.

석이의 방에는 천변 쪽으로 난 작은 창과 조그만 테라스로 이어지는 큰 창이 있었다. 한낮이면 방 안은 온통 햇살로 가득 찼다. 석이와 나란히 침대에 누워 천의 물결이 반사되어 일렁이는 천장을 바라보면 밝고 몽롱한 물속에 잠긴 기분이 들었다. 석이 팔과 내 팔이 닿는 감촉, 서로가 따뜻하게 들이쉬고 내쉬는 숨결을 제외하면 아무것도 실재한다고 믿을 수 없었다. 석이의 팔 안으로 파고들어 가슴 위에 귀를 얹으면 세상은 잠시 분명한 박동의 형태로 존재했다. 그런 세상에서 말은 언어가 아니었다.

모르는 사이에 함께 잠들었다가 한밤까지 잔 적도 있었다. 석이와 나는 거의 동시에 깨어나 느리게 눈꺼풀을 깜빡이며 서로를 바라봤다. 이제 방 안은 심해처럼 푸르고 신비로운 어둠 속에 가라앉아 있었다. 내가 천천히 몸을 일으켜 벽에 등을 기대자 석이도 일어나 마주 앉았다. 석이는 한 손으로 내 어깨를 잡고 다른 손을 내 무릎에 올려놓은 뒤 숨을 내쉬었다.

"뭐라고 말해야 할지 모르겠어." 기묘한 음영 속에서 석이가 말했다. "누굴 만나는 게 처음이 아닌데…… 우리가 어딘가로 가고 있는 거 같아."

나는 그 표현이 엉터리라고 생각하면서도 석이가 하려는 말을 정확히 이해할 수 있었다.

슬슬 더위가 시작되면서 우리는 그 방에서 대부분의 시간을 보냈다. 유난히 더위를 많이 타는 석이는 그때쯤 길을 걸으면 땀을 너무 많이 흘렸고 금세 체력이 떨어졌다. "그러니까 여름이 지나갈 때까지 여기서 이렇게 피서를 즐기자." 내가 제안했을 때 석이는 미안하고 감동한 표정으로 한동안 내게서 눈을 떼지 못했다. 석이는 내가 진심인지 걱정하면서도, 스스로도 깨닫지 못한 채 그 순간을 결정적인 장면으로 각인했다. 나는 그걸 알 수 있었고 그게 좋았다.

우리는 에어컨과 선풍기를 켜두고 작은 책장과 연결된 접이식 테이블에서 차가운 기네스를 마셨다. 어떨 때는 큰 얼음을 넣어 차게 식힌 달콤한 버번을 마셨다. 정작 나는 좀처럼 더위를 타지 않고 대신 추위를 몹시 타서 얇은 담요를 어깨에 두르고 있거나 이따금 테라스에서 따뜻한 바람을 쐬고 돌아왔다.

계속 대화를 나눴기 때문에 서로에 대해 많은 것을 알게 되었다. 나는 석이가 두 번의 긴 연애를 했지만 처음엔 석이의 군 복무 기간이 포함되고 그다음엔 여자 친구의 유학 기간이 포함되어서 실상 함께 지낸 시간은 얼마 안 된다는 걸 알았다.

석이는 내가 네 명의 남자를 만났고 그중 한 명은 석이도 얼굴을 아는 설치미술가라는 걸 알았다.

"왜 헤어졌어?" 석이는 진지하게 물었다. "이건 아주 중요한 문제야."

"글쎄. 다 다른 경우야." 나는 잠시 생각해보았다. "그렇기는 한데 결국엔 다 비슷했어. 그냥 더 이상 만나고 싶지 않았어."

"그 사람들이랑 나는 달라?"

"물론."

"나랑 계속 만나고 싶을까?"

"그럼."

석이는 내 품으로 파고들어 투정 부리듯 속삭였다. "너는 나를 버릴 거야. 나를 완전히 부숴버릴 거야."

나는 웃으며 석이의 뺨과 턱을 쓰다듬었다. 그리고 이미 여러 번 말했지만 여전히 석이가 원하고 있는 대답을 들려주었다.

"아냐, 널 떠나지 않을게."

나도 석이가 이전 연인들과 어떻게 헤어졌는지 들었다. 단편적인 상황들을 두서없이 들은 게 다지만, 또 석이는 자신의 과거를 다르게 해석하고 있었지만, 나는 석이가 늘 연인이 떠날까 봐 두려워지면 먼저 그 관계를 버렸다고 생각했다. 어쩌면 그 여자들은 석이를 떠날 마음이 없었고, 단지 석이가 좀 더 가까이 다가와주길 바라며 한발 물러났던 것일 수도 있겠다는 생각이 들었다. 겁에 질린 석이가 그 여자들과 스스로에게 모두 상처를 준 거라고.

함께 지내면서 알게 된 석이는 언제나 가장 안 좋은 경우부터 떠올리는 사람이었다. 이를테면 주머니에 지갑이 없다는 걸 깨달았을 때 나는 대수롭지 않게 방에 두고 나왔을 거라고 우선 생각했지만, 석이는 그 지갑이 천변 징검다리 사이에 떨어져 이미 먼 곳까지 떠내려갔을 거라고 거의 확신했다. 지갑 속에 든 것들을 이미 잃은 것처럼 행동했고 그 때문에 생기는 온갖 불이익을 미리 감수했다. 지갑은 책상 모퉁이에 얌전히 놓여 있었다.

"그렇게 나쁜 쪽으로 생각하지 말고 마음을 좀 놓으면 어때? 네가 너무 힘들잖아."

내가 타이르면 석이는 걱정시켜서 미안하다고 사과한 뒤, 아무래도 어쩔 수 없다고 말했다.

"그게 내가 나를 지켜온 방식인걸. 한순간 잠들면 늑대는 양을 물어가." 석이는 부드럽게 나를 안았다. "네가 살아온 세상은 대체로 좋은 방향으로 흐른 거야. 좋은 예감을 배신하지 않는 형태로."

아니면 양 한 마리쯤 잃는 일이 대수롭지 않았을 거야. 이미 많은 양을 잃은 누군가에겐 마지막 양을 지키는 일이었을 텐데.

시간이 흐른 뒤 석이가 그렇게 말한 적이 있다. 하지만 그때는 그냥 나를 품에 안고 바로 그런 점이 좋다고 속삭였다. 밝고 행복하게 자란 점이. 축복의 영역 바깥을 잘 떠올리지 못한다는 점이. 그 말은 어느 정도 진심이었던 것 같지만 얼마 지나지 않아 바로 그런 점 때문에 화를 냈다.

현대미술 워크숍이 있던 날이었고, 나는 워크숍을 주관하는 지도교수님을 도와 행사를 진행하고 있었다. 석이는 참석자로 와서 강연을 들었다. 그 자리에는 석이와 내 관계를 모르는 사람들이 대부분이어서 우리는 먼 거리에서만 가끔씩 다정하게 눈을 마주쳤다.

행사는 무난하게 흘러갔고 마지막 순서인 다과 시간에 나는 눈치를 살피다가 석이가 있는 자리로 다가갔다. 석이 옆에 앉아 있던 나도 잘 아는 사진작가가 나를 보고 인사했을 때 석이는 너무 빠르지도 느리지도 않은 속도로 자리에서 일어나 자연스럽게 다른 무리 쪽으로 가버렸다. 황당했지만 그 자리를 벗어나지 않고 잠시 사람들과 이야기를 나눴다. 석이는 내내 나와 멀찍이 떨어진 곳에 머무르며 내 쪽을 한 번도 쳐다보지 않았다.

나는 일이나 대화에 전혀 집중하지 못하고 허둥지둥 그날 일정을 마무리했다. 몸이 안 좋다고 둘러대고 행사장을 빠져나와 한참 떨어진 도로변에서 석이를 만났다. 마주 선 석이와 내 곁으로 자동차들이 속도를 줄이지 않고 쌩쌩 지나갔다.

"석아, 왜 그러는 거야?"

"왜 그러는 거야? 그러는 너는 뭐 하는 거야?" 정말 화를 참기 어렵다는 듯이 석이의 목소리가 떨리고 있었다. "넌 나를 철저히 무시하고 나 같은 건 눈에 보이지 않는다는 듯이 행동했어. 너도 그걸 알겠지."

나도 덩달아 몸이 떨렸다. "아니, 난 그런 적 없어. 나를 계속 피했던 건 너지." 무엇보다 석이가 나를 그런 식으로 대할 수 있다는 사실에 충격을 받았다. "왜 그런 생각을 한 거야?"

처음에 석이는 이유를 말해주려 하지 않고 내가 자신을 아주 우습게 만들었으며 그런 나한테 실망했다는 말만 반복했다. 내가 인내심을 갖고 좀 더 추궁하자 결국 참지 못하고 소리쳤다.

"그 사람이 내내 주위를 맴돈 걸 몰랐다고?"

나는 석이가 말하는 그 사람을 한 번에 떠올리지 못했다. 그는 순수 회화를 다루는 대형 에이전시의 큐레이터로, 나랑 같은 회화과 선배였다. 원래도 안면이 있었고 그날 더 정식으로 인사를 하긴 했지만 그 선배에게서 어떤 특별한 인상도 받지 못했다.

"네가 사람들을 인솔할 때, 다음 프로그램을 준비할 때 호시탐탐 기회를 엿보면서 계속 네 곁을 얼쩡거렸어. 괜히 다가가서 쓸데없는 걸 묻고 의자를 가져다주면서 너한테 말을 걸었다고. 나는 계속 너를 신경 쓰고 있었으니까 당연히 알 수 있었어. 우리한테 생긴 위험을 감지하고 너에게 사인을 보냈는데 그걸 무시한 거야. 왜냐하면 애초에 너는 네 일이 가장 중요하고 일에 빠지면 나한테서 완전히 신경을 꺼버리니까."

그런 말을 듣고 나자 오히려 흥분이 싹 가라앉았다. 나는 헛소리를 하는 걸 보니 지금 제정신이 아닌 것 같다고 말해준 뒤 택시를 잡아타고 집으로 가버렸다.

다음 날 석이는 전화를 걸어 내게 사과했다. "미안해. 내가 많이 미울까? 괜찮으면 집 앞으로 갈게." 만나서 얼굴을 보자 화가 거의 풀려버렸지만 한 가지만은 분명하게 짚고 넘어갔다.

"어떤 경우에도 나한테 그런 식으로 굴면 안 돼. 나는 네가 그렇게 해도 되는 사람이 아니야. 석아, 알겠어?"

석이는 다시는 그러지 않겠다고 대답했다. 정말 그 후로 일체 공격성을 보이지 않았다. 나랑 다투게 되어도 대화가 험악해지지 않도록 말을 골랐고 화가 나더라도 함부로 대하지 않으려고 노력했다. 감정적이지 않을 때 석이는 진짜 상대에게 잘못이 있는지, 스스로에게 화낼 권리가 있는지 논리적으로 생각할 줄 알았다.

나를 적처럼 간주하고 쏘아붙인 일이 석이에게도 큰 충격을 주었다. 석이는 자신이 살아오는 과정에서 세상은 대체로 적이었고 그 적들과 싸우는 방식이 몸에 배어버린 거 같다고 털어놓았다. 폭력으로 맞서지 않으면 폭력을 당했다고.

"네가 날 좀 도와줘." 석이는 풀 죽은 목소리로 말했다. "너를 울게 할까 봐, 나를 미워하게 할까 봐 겁이 나."

석이는 최악을 상상하고 다가올 피해의 최대치가 감당할 수 있는 크기인지 미리 가늠해야 하는 사람이었다. 불운을 극복 가능한 형태로 재단해놓지 않으면 한순간도 견디지 못했다. 상처에 대비하는 과정에서 마음을 다 소진했다. 그건 비효율적인 감정 소비였지만 어쩐지 비난받을 일도, 고쳐야 할 기질도 아니라는 생각이 들었다. 불안은 목소리나 체온같이 석이의 일부였다. 과정을 설명할 순 없지만 결과적으로 내가 석이를 이해하게 되었다는 것은 분명했다.

"너를 불안하게 하고 싶지 않아." 나는 석이의 머리를 끌어안고 약속했다. "네가 통증으로 감각한다면 좋아, 그걸 더 먼 곳에 둘게. 나는 하나도 아프지 않고 뜨겁지 않지만 네가 그걸 상상하고 있잖아? 좋아. 석아, 난 다 좋다고. 네 마음이 놓일 만큼 멀리 떨어질게. 위험이 내 발끝에서 시작된 희미한 그림자에도 닿지 못하도록 할게."

4

방에 단둘이 남으면 다툼 같은 건 일어나지 않았다.

침대나 모래주머니처럼 바스락거리는 빈백, 부드러운 바닐라색 러그 위 어디든 몸을 늘어트리고 함께 시간을 보냈다. 하고 싶은 얘기는 뭐든 하고, 먹고 싶은 것은 뭐든 먹었다. 석이는 나를 끌어안는 일에 몰두했다. 귀 아래 맥박이 뛰는 얇은 살갗에 코를 박고 냄새를 맡았다. 내 팔과 다리의 맨살이 자기 팔과 다리에 닿는 감촉을 매번 놀라워했다. 석이와 살을 대고 있으면 나도 내 몸의 매끄러움과 차가움, 피부 아래 깔린 탄성과 터무니없는 연약함을 발견했다. 전혀 모르던 나를 돌연 감각하게 되었다.

"너랑 같이 있고 싶어." 석이가 말했다.

"나도 그래."

"너랑만 나누고 싶어. 너를 웃게 해주고 싶어. 왜 너인지 모르겠지만, 왜 네가 있다는 사실만으로도 내가 나를 견디고 능가할 용기가 생기는지 정말 모르겠지만, 나도 너에게 그런 사람이면 좋겠어. 지금 나는 너에게 그런 사람이 되고 싶다는 마음만으로도 즐겁고 편안해."

"나도야. 나도 그래, 석아."

그러면 석이는 잠시 망설이다가 조그맣게 속삭였다. "나를 많이 안아줘서 고마워."

함께 옛날 영화를 보거나 각자 읽고 싶은 책을 골라 읽기도 했다. 내용에 대해 나눌 이야기가 계속 떠올랐기 때문에, 그리고 그 이야기는 또 다른 이야기를 자꾸 불러왔기 때문에 관람이나 독서는 자주 중단됐다. 누군가 말을 시작하면 언제라도 읽고 있던 책을 무릎 위에 내려놓고 서로의 눈을 바라봤다. 눈동자 속에서 우리는 무수한 잔상으로 복제되었다. 점점 작아져서 사라지는 것처럼 보였지만 실은 끝없이 팽창하며 과거의 우리를 영원히 지속했다.

시간과 여력이 허락하는 만큼 외부와 단절된 채 둘만의 일과에 집중했다. 단조로운 시간의 반복은 조금도 지루하지 않았고, 이 무한한 루프를 멈춰야 할 아무런 근거도 찾을 수 없었다.

대화 주제는 미학과 종교, 우주와 점성술, 윤리와 물리학, 정치와 스포츠를 넘나들었다. 서로가 알고 있는 것과 서로가 생각하는 방식을 남김없이 들려줬다. 어떤 마음을 품고 있다면 그 마음을 갖게 된 이유와 경험이 중요했다. 지금의 우리를 형성한 내적이고 외적인 모든 과정을 조밀한 인과의 그물로 짜내는 데 긴 시간을 들였다. 서로의 유사함을 발견하고 차이를 비교하는 것이 놀라울 만큼 도움이 되었다. 함께 찾아낸 맥락은 우리의 존재를 한 우주의 크기로 부풀렸다.

한번은 내가 테드 창의 「이해」를 읽고 석이에게 줬다. 석이도 그 소설을 재밌게 읽어서 우리는 얇은 이불을 다리에 휘감고 긴 대화를 나눴다. 손상된 뇌를 치료하는 과정에서 지능이 고도로 발달한 두 명의 인간이 생기는데, 한 명은 사회와 종의 번영을 도모하기 위해 지능을 발달시킨 레이놀즈이고, 다른 한 명은 개인의 궁극적인 이해에 도달하기 위해 지능을 발달시킨 리언이었다. 이야기 도중에 알게 된 사실이 하나 있는데, 나는 소설을 읽는 내내 리언을 여자라고 오독했다. 석이가 그는 남자라고 바로잡아줬다.

"리언을 나 같다고 생각했나 봐." 석이 눈동자에 비친 내 얼굴을 들여다봤다. "난 항상 내가 누구인지가 궁금했거든."

나는 어떤 대상이나 현상을 바라볼 때 마음속에 품게 되는 독립적인 분리에 대해 이야기했다. 언제나 내 안에서 일어나는 몽상과 의문에 관심이 있고, 타인은 그 세계에서 완전히 분리된 개별자였다. 어릴 때는 다른 사람에게 아무런 관심이 없어서 물론 그들에게 공감하려는 시도도 해본 적 없다고 털어놓았다. 부모님은 꺼내어 말하지 않았지만, 어딘가 다른 나를 걱정스러운 눈길로 지켜봤다고. 우려와 달리 내가 밝고 원만한 성격으로 자라자 그런 생각은 자연히 사그라들다가 애초에 없던 마음이 되었다.

아이러니하게도 내 기질은 자라면서 인간에 대한 관심과 관조로 기울어졌다. 나에 대한 이해가 숙달될수록 대상을 파악하는 일도 자연스러워졌다고, 나는 분석했다. 자신의 신체를 탐구한 리언이 타인의 신체에 바이오피드백을 가할 수 있게 된 것처럼, 내부를 연구할수록 외부에 대한 관점을 동시에 획득했다고. 타인에게 관심이 생기자 그 사람의 마음을 생각하게 되고 그건 내 마음에 대한 관심으로 이어졌다. 내 안에서 일어나는 생각을 아는 것과 다르게 정작 마음과 감정에 대해서는 모르는 것투성이였다. 내 마음을 탐구하는 일은 사람의 마음을 탐구하는 일과 다르지 않았다. 나를 알수록 타인을 알게 되고, 타인을 이해해버리면 결국 공감하게 되었다.

반대로 석이는 스스로가 레이놀즈에 가깝다고 생각했다. 나는 바로 동의했다. 석이는 옳은 일을 옳다고 하고 그른 일을 그르다고 했다. 확고한 정의로움이 있었다. 석이를 만나고 가벼운 부도덕함을 유머처럼 사용하는 사람들 사이에서 내가 얼마나 피로했는지 깨닫게 되었다. 무심히 저지르는 부정한 행동과 도

취적인 유흥을 석이는 경멸했다. 어릴 때는 그것이 저항하고 맞서는 반골 기질로 발휘되었지만, 나이를 먹으면서 튼튼한 울타리를 설치하고 그 안에서 스스로를 방어하는 형태로 바뀌었다. 아마도 자신의 분노는 처음부터 방어에서 비롯되었고 자신과 그 주변이 망가질까 봐 겁에 질렸던 것 같다고, 석이는 분석했다.

석이는 관계망 안에서 자신을 파악했고 그렇기 때문에 외로움을 느꼈다. 입버릇처럼 늘 스스로를 혼자라고 말했는데 그건 고독하다는 말과 같다고 생각했다. 나와 마찬가지로 타인을 자기 몸 밖의 존재로 인식했지만, 관계 속에서 필연적으로 그들과의 사이에 간격이 생겼다. 간격은 석이의 의지와 상관없이 단단하게 주어져 있기도 하고, 석이가 자신의 정의에 맞게 조정하기도 했다. 나는 석이가 그런 식으로 은밀하고 단호하게 밀어낸 사람들을 알고 있었다. 석이는 거리가 먼 사람들에게는 놀라울 정도로 차가운 마음을 품고, 거리가 가까운 소수의 사람, 이를테면 가족이나 연인에 대해서는 자꾸 자기 자신과 혼동했다. 나를 자신의 신체 일부처럼 여기다가 내가 내 몸을 가진 타인이라는 걸 깨달으면 깜짝 놀라곤 했다.

간격은 나에겐 낯선 개념이었다. 타인은 공간 속에 존재한다기보다 순간 속에 존재했다. 완전하게 나타났다가 완전하게 사라졌다.

이런 내 생각을 모두 말하지는 않았다. 그저 레이놀즈가 세계를 번영시킬 것은 명백하고 궁극적으로 옳은 방향이 분명하지만, 그 과정에서 무수한 사람이 희생될 수 있다고 꼬집었다. 의미 있는 가치들을 탈락시킬 거라고. 세계와 역사를 휘젓고 변형시킬 거라고. 반면 적어도 리언은 누구의 생명도 빼앗지 않을 거라고 말했다. 석이는 고개를 끄덕이며 동의했다. 하지만 불가피한 일이라고 말했다. 아무것도 포기하지 않고, 아무것도 변형시키지 않고, 아무것도 죽이지 않는 무결함을 의심했다. 홀로 완전하면서 누구도 해치지 않는 존재의 냉담함을 공포스럽게 여겼다. 그건 모순이었다. 개입과 훼손을 극도로 거부하는 석이가 개입받고 훼손되는 삶을 이야기하고 있었다. 그 괴리를 알아챘지만 모르는 척했다.

이런 대화는 결국 치열한 공방으로 이어졌다. 정신을 차리고 보면 어느새 잔뜩 화가 난 사람들처럼 상기된 얼굴로 서로를 마주 보고 있었다. 격렬한 말다툼을 벌인 것 같은 어지러움과 기분 좋은 허기가 밀려왔다. 석이는 좁은 주방에 서서 마늘을 기름에 볶고 매운 아라비아타 소스를 끓였다. 잘게 썬 감자와 버섯을 넣어 간단한 리소토를 만들었다. 나는 속살이 하얀 무화과를 반으로 찢어서 작은 접시에 담았다. 석이의 둘째 고모가 보내준 것이었다. 조금 남은 시라까지 한 잔씩 따르고 그것들을 천천히 먹으면서 다시 이야기를 시작했다. 양립할 수 없는 리언과 레이놀즈가 필연적으로 서로를 공격하는 부분에 대해, 레이놀즈가 리언에게 '이해해'라고 말한 것이 파괴적인 공격이 된 이유에 대해, 이해를 시작한 리언이 결국 사라지는 결말에 대해 이야기했다. 서로 묻거나 표현하지 않았지만 어디서도 느끼지 못한 충만한 기분에 휩싸여 있었다. 그 시간 속에서 잔잔한 감동을 받았다. 누가 주고 누가 받는지 알 수 없는 행복이었다.

5

가을에는 유수의 기관과 갤러리에서 주최하는 기획 공모를 준비했다. 기획안이 선정되면 지원금과 전시 공간을 제공받았다. 운이 좋으면 돌아오는 봄에 나란히 전시를 올리게 될지도 모른다고, 우리는 은근한 기대를 품었다.

석이는 의욕적으로 컬렉팅에 달려들었다. 석이의 마음을 단단히 사로잡은 건 익숙한 물건들이 주는 낯선 물성이었다. 나와 함께 본 영화에서 어린 귀부인이 버터나이프로 버터를 자르고 마멀레이드를 떠내는 장면을 보고 영감을 얻었다고 했다. 감각을 조형화하고 물체를 언어화하는 작업을 하고 싶어했고, 기억과 신성을 땅에 불러일으키는 일에 관심이 있었다.

석이는 나를 데리고 공예가와 장인들의 작품을 모아놓은 셀렉트숍을 찾아다녔다. 옻칠한 색 접시와 음식을 담을 수 있는 피크닉 상자는 체리나무와 참죽나무를 사용해서 선이 부드럽고 따뜻한 색을 냈다. 자개로 만든 브로치와 코스터, 작은 보석함도 있었다. 찻상이나 술상에 적합한 자개소반은 크리스털 레진과 스테인리스 스틸을 더해 시각적 질감이 독특했다. 여러 가지 형태로 오려낸 자개를 기물 표면에 감입시켜 꾸미는 방식이었다. 펠트 기법을 이용한 섬유 코르사주는 재밌는 촉감을 냈다. 대나무와 한지, 물푸레나무로 만든 종이우산은 색과 선이 너무 아름다워서 한동안 그 앞을 떠나지 못했다. 그래도 석이와 내 마음에 가장 강렬한 인상을 남긴 작품은 불균형하고 부드러운 육각형 컵 시리즈였다. 순백의 투박한 백자로 만들어진 티 컵과 머그 컵, 볼과 카푸치노 컵은 단순하고 정적인 형태에서 빛과 그림자에 의해 유연하게 변하는 선으로 감동을 주었다.

작품을 보고 나서는 낯선 거리를 이리저리 걸어 다녔다. 좋은 날씨와 그림 같은 하늘이 연일 이어졌다. 대개 처음 가보는 가게에 들어가서 저녁을 먹었는데 실패할 때도 있었지만 기억에 남는 집도 있었다. 산과 고궁이 내다보이는 한옥에서 먹은 메밀온면이 특히 맛있었다. 놋그릇에 담긴 맑은 육수와 찰기 없이 툭툭 끊기는 두꺼운 메밀면을 남기지 않고 다 먹었다. 식사 후에는 야외 테이블이 있는 카페에서 커피와 요구르트를 먹었다. 솔트 캐러멜이 덮인 따뜻한 크루아상과 마들렌 두 개도 곁들였다. 저녁에는 슬슬 찬바람이 불어왔지만 완전한 겨울이 오면 한동안 테라스에 앉을 수 없었기 때문에 우리는 가까이 몸을 기대고 앉아 계절이 지나가는 모습을 구경했다.

석이는 새롭게 찾은 작품들의 전시 스케치를 들려줬다. 석이에게는 적합한 작품들을 적재적소에 배치하는 것이 가장 주요한 과제처럼 보였다. 작품에서 작가가 의도하지 않은 의미를 끌어내는 데 골몰했고, 반은 작품이지만 반은 상품인 물건의 용도를 전복시키거나 무용하게 만든 상태에 매력을 느꼈다. 기획자와 작가 사이의 모호한 영역에서 각양각색의 작품들이 자신의 언어로 번역되는 것을 기쁘게 여겼다.

그와 달리 나는 퍼즐 같은 작품들이 저마다 뚜렷한 의미를 표출하는 게 좋았다. 아무 상관없는 작품과 작품 사이에서 일어나는 우연적인 감흥에 슬며시 일렁이는 희열을 느꼈다.

석이를 따라 함께 작품을 보러 다녔지만 정작 내 기획에 필요한 작품들은 머릿속으로 떠올리고 있었다. 내가 구상하고 있는 전시를 석이에게 들려줬다. 우연으로 가득한 화면과 순간적인 색, 비선형적인 움직임을 생각하고 있다고. 어느 작품에나 존재하는 과거의 기억과 선택의 기로를 포착하는 데 집중하고 싶고, 적합한 작품들을 떠올리고 있다고 말했다.

석이는 도움이 될 만한 조각과 다양한 오브제를 추천해줬다. 순간적인 온도 차 때문에 비정형적인 형태로 휘어진 그물 모양의 구리 요람, 양모와 실크가 엉킬 때 두께, 밀도, 성분에 따라 즉흥적으로 만들어지는 주름을 이용한 섬유 부케, 거친 자갈이 박힌 콘크리트를 사용해 깎이지 않는 부분을 그대로 노출시킨 채 조각한 노인상을 알려줬다. 모두 내가 모르는 작가들의 작품이었다.

이제 나는 석이가 조각에 열정을 품었지만 사정이 여의치 않아 조소과 진학을 포기했다는 것을 알고 있었다. 또 예술과 상관없는 종류의 아르바이트로 매달 월세와 공과금, 식비와 생활비를 충당하고 있다는 것을 알았다. 나도 석이처럼 독립 큐레이터로 활동하며 기금과 지원금으로 근근이 전시를 올리고 생활을 이어갔지만 가족과 함께 사는 것이 도움이 되었다. 부모님이 지원해주고 있는 아주 기본적이고 눈에 잘 띄지 않는 비용들이 있다는 걸 석이와 함께 지내면서 알게 되었다.

어느 날은 석이가 5학년 때 마신 부동액이 사실 물이 아닌 것을 알고 있었다고 털어놓았다.

"정말이야?"

"그렇대도." 석이는 대수롭지 않게 말했다. "막내 고모부는 차고에 자동차 세 대를 넣어놓고 매일 애지중지 관리했어. 물에 희석한 부동액은 거의 투명하고 달콤한 맛이 나지만 먹으면 죽는다고 알려줬지. 그게 정말 달콤할까, 궁금했던 거야."

"석아, 어떻게 그럴 수 있어?" 내가 웃었다.

"단맛이 나긴 나더라고." 고개를 저으며 석이도 웃었다. "어쩌면 진짜 죽을지도 모른다는 생각을 하긴 했던 거 같아. 그땐 어려서 죽음이 그렇게 달고 차갑고 부드럽게 찾아올 수도 있다고 생각했나 봐."

석이 등 뒤로 붉은 해가 저물고 있었다. 석이는 그 당시 막내 고모의 서서히 무너지던 결혼 생활과 그럼에도 어떤 징표처럼 부풀어 오르던 둥근 배를 기억하고 있었다. 이듬해 아빠 없이 태어난 띠동갑 여동생에게 남다른 애착을 느꼈다. 석이는 그런 이야기를, 자기가 살고 고모가 이혼하고 동생이 태어난 이야기를 조용히 들려주었다.

나는 손을 뻗어 석이의 손가락 사이로 깍지를 꼈다. "그때 죽었다면 이런 일은 영영 없겠지."

석이는 맞잡은 손을 가만히 바라봤다. "맞아, 다 없어지겠지."

따뜻하게 타오르는 석양 속에 오래도록 앉아 우리를 우리로 만나게 한 인생의 묘한 지점들에 대해 이야기했다.

석이는 처음 나를 봤을 때 끌렸지만 내게 남자 친구가 있다는 걸 알고 단념했던 이야기를 들려줬다. 그 직후 예기치 못한 힘든 시기를 겪었는데, 아마도 그때 우리가 연인으로 발전했다면 자신의 사납고 조급한 마음이 관계를 망쳤을 거라고 말했다. 나는 이전 연인들에게 함부로 대했던 일을 고백했다. 연애를 할 때마다 뭔가를 잃고 뭔가를 배우면서 좋은 쪽으로든 나쁜 쪽으로든 이전과는 다른 사람으로 변해온 이야기를 들려줬다. 그런 과정을 겪지 않았다면, 혹여 순서가 뒤바뀌어 다른 결과의 내가 됐다면 우리는 시작도 해보지 못하고 엇갈렸을 거라고 말했다.

석이는 어머니 이야기를 했다. 어머니 얘기를 꺼내는 건 드문 일이어서 나는 살짝 긴장한 채로 들었다. 사실 어머니에게는 만나는 남자가 있고, 그의 존재가 없었다면 석이는 난생처음 어머니와 같은 집에서 살고 있었을지도 모른다는 이야기였다. 그러면 우리가 자기 방에서 함께 보냈던 시간들도 없었을 거라고. 또 어머니는 이따금 석이에게 불안정한 일을 그만두고 남자가 경영하는 작은 가구 회사에 들어오라고 말했는데, 참다못한 석이가 불같이 화를 낸 적도 있다고 했다. 가슴속에 어둡고 광폭한 감정이 요동치던 이른 여름날에.

"그리고 그날, 나는 너한테 영화를 보자고 했어."

그해 겨울에 우리는 어떤 지원 사업에도 선정되지 않았다. 꼼짝없이 내년 상반기까지는 아무런 전시도 올리지 못할 것이 분명해졌고, 그 기간은 더 길어질 수도 있었다. 둘 다 기획 의도는 거창했지만 밀도 있게 집중하지 못했고 구체적으로 윤곽을 잡는 데 실패했다. 독창적인 지점 없이 이미 누군가가 시도한 것들을 뻔하게 답습했다는 것을 알고 있었다. 내심 결과를 납득했지만 분개하는 척하는 게 서로에게 위로가 되었다.

석이는 아르바이트를 늘렸다. 역사적 사건이나 생활 모습을 아이들이 이해하기 쉽도록 교육적으로 꾸며놓은 박물관에서 디자인 작업을 했다. 디자인이랄 것도 없이 전시 주제가 바뀌면 기존 조형물을 철거하고 새로운 것을 설치하는 일이었다. 폐관한 박물관의 불 꺼진 전시실과 복도를 걸어 다니면 자신이 유령인 줄 모르는 병사의 영혼이 된 것 같다고, 석이는 표현했다.

주기적으로는 외주 에디터로 일하며 여러 회사의 사보를 만들었다. 업무 현장 사진이나 사원 인터뷰를 흔하고 튀지 않는 구도로 배치하는 작업이었는데, 이따금 사보에 실린 내용을 내게 들려줬다. 거기서는 다양한 직종의 사람들을 매번 놀라울 만큼 동일한 패턴으로 소개했다.

나는 몇몇 지인들의 졸업 전시회에 참석했다. 막연한 찬사와 축복이 넘치는 그곳에서, 그 애들 중 대부분은 상품, 소품, 무대 등을 디자인하는 상업 디자이너나 미술 학원 강사로 진로를 잡을 것이고 아주 적은 수가 남아 예술적 야심을 불태우게 되리라는 생각을, 약간은 지겨운 기분으로 떠올렸다. 3년 전에 나도 그런 졸업 전시를 했던 것이다. 한없이 다정한 사람들 앞에서 들뜬 얼굴로 떠들고 있는 저 애들과 그때의 내가 까마득히 어리게 느껴졌다.

그때쯤 작가들을 만나면 가까운 시기 해외의 국제아트페스티벌에 대해 이야기했다. 갈 거냐고 묻는 사람들에게 나는 말없이 웃으며 고개를 저었다. 조금 무리를 해서라도 다녀오고 싶은 마음이 있었지만 아마도 석이는 함께 갈 수 없을 테고, 그런 생각을 하면 마음이 아팠다.

그즈음에는 석이와 미술에 관한 얘기를 잘 하지 않았다. 석이는 진행되고 있는 전시와 그에 대한 반응에 아예 무관심했다. 또 함께 책을 읽을 때 따분해하는 기색이 역력해서 결국 눈치를 살피다가 책을 한쪽에 내려놓아야 했다. 영화를 고를 때는 매번 나와 다른 걸 골랐다. "아무 생각 없이 편하게 보고 싶어." 석이는 꽤 강경하게 고집했다. "좋아. 다 때려 부수는 영화를 보자고." 나는 신난 목소리로 말했지만 그걸 다 보고 나면 조금 속상한 기분이 되었다.

사실 석이가 일하는 날이 많아서 함께 여가를 보낼 틈도 별로 없었다. 박물관 근처에서 석이를 기다렸다가 같이 밥을 먹는 정도가 데이트의 전부였다. 늦은 시간에 문을 연 가게가 많지 않아서 달고 짠 안주로 요기를 했다. 둘 다 먹을 때는 맛있게 먹었지만 다음 날 몸이 붓고 피부에 문제가 생겼다. 체중도 점점 불어서 4킬로그램 정도씩 살이 쪘다. 마지막으로 함께 산책을 한 게 언제인지 떠올리기 힘들었고, 모든 데이트는 동선이 멀지 않은 곳에서 이루어졌다.

만날 수 없는 날엔 새벽까지 통화를 했다. 석이는 해야 할 일이 있어도 전화를 끊으려 하지 않았다. 수화기 너머에서 석이는 이런 힘든 시기에도 기쁨을 느끼는 자신이 정말 놀랍고, 내가 있어서 그런 일이 가능하다고 속삭였다. 졸음이 쏟아지면 나직이 노래를 불러주었다. 햇살 따뜻한 날처럼…… 비가 오는 날처럼…… 나는 보이지 않을 것을 알면서도 끄덕끄덕 고개를 끄덕였다. 그래, 모든 날 모든 날씨에. 그러면 우리 가운데 둥글고 견고하며 따뜻한 무언가가 생겨났다. 석이는 내가 잠이 들면 그제야 부랴부랴 업무를 보고 해가 뜰 즈음 곯아떨어졌다. 만성적인 피로에 시달리고 있었고, 머릿속은 온통 원 없이 나를 볼 수 없다는 슬픔과 짜증으로 가득 차 있었다. 당시에 석이가 가장 많이 한 말은 '보고 싶어'였는데, 거기에는 언제나 잔잔한 책망이 깔려 있었다. 나는 아무것도 잘못하지 않았다는 걸 알면서도 자꾸 움츠러들었다.

그래도 크리스마스이브에는 분위기 좋은 식당에서 산과 타워를 내다보며 저녁을 먹었다. 울퉁불퉁한 목조 테이블 구석에 붉은색과 주황색 양초가 여러 개 켜져 있었고 가게 한편에 마련된 칵테일 바의 턴테이블에서는 재즈풍의 캐럴이 조그맣게 흘러나왔다. 석이는 깨끗한 울 스웨터와 청바지를 입었고 나는 소매가 긴 군청색 레이스 원피스를 입었다. 우리는 서로의 모습을 사진으로 몇 장 찍었다. 나중에 둘이 함께 찍지 않은 것을 후회했다.

석이는 눈이 조금 붉고 지쳐 보였지만 기분이 좋았다. 샐러드에서 내가 좋아하는 검은 올리브와 아보카도를 골라 접시에 덜어주었다.

"바로 이런 순간을 위해 열심히 돈을 번 거야." 석이는 빙긋 웃었다. "비밀을 하나 알려줄까?"

"뭔데?"

"웃으면 안 돼."

"웃지 않을게."

"내 꿈은 사실 예술가가 아니야."

"그럼?"

"아내를 갖는 거야. 집에 아내가 있었으면 좋겠어. 아보카도를 잘 먹는 아내가."

우리가 동시에 웃음을 터뜨리자 다른 테이블의 커플이 잠시 우리 쪽을 건너보며 미소 지었다. 마음속에서 부드러운 온기가 너울거렸다. 석이와 내 주위만 축복처럼 환하게 빛이 나는 것 같았고, 어쩐지 모든 일이 좋은 방향으로 흘러가리라는 예감이 들었다.

그날 석이는 우리가 겪고 있는 문제들, 그리움이나 그리움에서 비롯된 초조하고 피로한 마음들이 모두 일시적인 문제이며, 결혼을 하면 자연스럽게 해결될 거라고 얘기했다. 나와 결혼하기 위해서 정기적인 수입을 얻고 싶고, 갤러리 코디네이터에 지원하는 것을 고민하고 있다고 말했다. 우선은 돌아오는 가을에 방의 계약이 끝나면 내가 사는 곳과 가까운 곳으로 이사하고 싶은데 내 생각은 어떤지 물었다. 나는 꼭 그렇게 되면 좋겠다고 말했다. 우리는 그 겨울의 특별한 날들을 모두 함께 보내기로 약속했다. 이브와 크리스마스, 한 해의 마지막 날과 새해의 첫 번째 날에 무엇을 함께할지 즐겁게 이야기했다.

하지만 집으로 돌아오는 택시 안에서는 이유 없이 복잡한 생각에 잠겼다. 연말의 혼잡한 도로 위에서 택시는 조금씩 앞으로 가고 있었다. 거리는 행복한 표정의 사람들로 가득했다. 나는 왼편 창가에 앉아 노란 조명이 반짝이는 호텔과 균일한 가로수와 매끈하게 솟은 고층 건물들을 바라보았다. 건물 전광판은 소리 없이 현란한 영상으로 번쩍였다. 문득 내가 너무 오랫동안 말을 하지 않은 것을 깨닫고 고개를 돌렸을 때, 석이는 오른편 창밖으로 낙후한 가게들을 내다보고 있었다. 그곳이 너무 어두워서 나는 깜짝 놀랐다. 석이는 내 쪽을 돌아보지 않았다. 그때 석이의 고요한 옆얼굴을 바라보며 석이가 내 이름을 몇 번 불렀고 내가 듣지 못한 게 아닐까 하는 걱정이 들었다. 나와 전혀 다른 풍경을 바라보며 석이가 무슨 생각을 하고 있는지 조금도 짐작할 수 없었다.

한편으로는 오직 석이만이 나와 같은 생각을 하고 있다고 느꼈다. 우리는 거대한 망망대해를 이리저리 표류하는 작은 뗏목에 고립된 채 서로 다른 방향의 파도를 바라보고 있었다.

6

봄이 올 즈음엔 석이 몸에서 감기와 몸살이 떨어지지 않았다. 푸근하게 풀린 날씨가 오히려 석이에게는 독이 되었다. 나는 직접 조리한 깨끗한 음식과 과일을 먹어야 한다고 화를 냈다. 석이가 일을 마치고 돌아오기 전 방에서 닭고기 카레나 버섯 찌개를 끓여놓고 석이를 기다렸다. 석이의 불면증에 대해 알게 된 후로는 방에서 자주 잤다. 나와 함께 있으면 석이는 오히려 잠을 잘 이기지 못하고 픽픽 쓰러져 오랫동안 잤다. 석이는 그것을 신기하게 여겼고, 내가 곁에 있으면 밤이 괴롭지도 아침이 힘들지도 않다고 했다. 졸려도 자지 못하는 감각에 대해 나는 잘 몰랐다.

같이 잠이 들어도 나는 이른 아침에 눈을 떴고 석이는 나보다 짧으면 한두 시간, 길면 대여섯 시간을 더 잤다. 나는 석이를 깨우지 않고 책을 들춰보거나 가만히 생각에 잠겨 시간을 보냈다. 잠든 모습을 빤히 구경하다가 살살 만져보아도 석이는 잠에서 깨지 않았다. 그럴 때면 닫힌 눈꺼풀 너머의 세계와 내 세계의 시차는 얼마나 벌어진 걸까 가늠해보았다. 방은 이미 익숙하고 편안했지만 홀로 깨어나 찬찬히 바라보면 내가 어디에 있는지 잘 실감이 나지 않았다.

그즈음 엄마는 집에 잘 들어오지 않는 나를 무섭게 추궁했다. 내가 끝까지 얼버무리자 믿을 수 없다는 표정으로 바라보며 꼭 정신을 다른 곳에 두고 온 사람 같다고 했다. 딸에게 놀라고 실망한 기색이 역력했지만 그것이 내 마음을 움직이지는 못했다. 친구들도 마찬가지였다. 연락을 뒤늦게 확인하거나 약속을 취소하기 일쑤인 나에게 차가운 목소리로 쏘아붙였다. "네가 네 삶을 지키지 못하게 될까 봐 걱정이야." 만남을 피하는 이유로 한 번도 석이를 입에 올리지 않았지만 친구들은 이미 모든 것을 꿰뚫어보고 있었다.

잠에서 깬 석이는 가끔 그날 꾼 꿈에 대해 이야기했다. 악몽도 있었고 정체를 알 수 없는 이상한 꿈도 있었다. 나는 석이 머리를 다리 위에 올려놓고 고뇌와 근심이 고여 움푹 들어간 이마와 단단한 눈썹을 손가락으로 쓰다듬으며 그 꿈들을 하나씩 해몽해주었다.

어느 날 아침에 한 통의 전화를 받았다. 석이는 아직 잠이 덜 깬 눈으로 멍하게 누워 있었고 나는 침대 가장자리에 걸터앉아 전화를 받았다. 전화를 건 남자는 자신을 어느 큐레이팅 프로젝트의 팀장이라고 소개했다. 다양한 목적의 연대들이 시도했던 예술의 형태를 큐레이팅해서 책으로 만드는 작업을 하고 있고, 최근에 팀원 중 누군가가 추천해서 내가 해온 작업들을 검토했다고 했다. 그리고 나와 남은 과정들을 함께하면 좋겠다고 말했다.

나는 더 생각해볼 것도 없이 좋다고 대답했다. 책상 앞으로 가서 메모지에 다음 회의 날짜와 장소를 받아 적고 전화를 끊었다. 문자로 미리 자료를 받아볼 메일 주소를 적어 보낸 뒤 돌아봤다. 석이는 잠에서 완전히 깨어나 침대 헤드에 등을 대고 앉은 채 스마트폰 화면을 골똘히 보고 있었다.

"들었어?" 나는 석이 품으로 쓰러지듯 파고들었다. "집단이나 기관이 아니라 연대의 예술이라니 멋지지 않아?"

그제야 석이는 시선을 옮겨 나를 봤다.

"그 사람들 믿을 만한 거야?"

"그럼. 내가 아는 사람들도 몇 명 참여하고 있던걸."

석이는 거칠게 고개를 저었다. "나머지 사람들에 대해서는 아무것도 모르잖아. 아니, 대체 뭘 믿고 그런 일을 덥석 수락한 거야?"

나는 그 프로젝트에 대한 정보를 이미 전해 들은 바가 있고 그들을 지원하고 있는 기관도 확실하기 때문에 걱정할 필요 없다고 안심시켰다. 하지만 석이는 입을 꾹 다물고 가타부타 말이 없었다. 시리얼과 사과로 아침을 먹고 차를 마실 때까지 축하한다는 말을 하지 않았다.

석이는 내가 회의에 갈 때나 취재를 나갈 때 그 장소까지 나를 데려다주었다. 번거롭고 힘드니 괜찮다고 사양해도 꿈쩍 않고 따라왔다. 내가 일하면서 만난 사람들에 대해 얘기를 꺼내면 그 사람의 말과 행동에서 느껴지는 낌새를 꼬투리 잡아 좋은 사람이 아닌 것 같다고 의심했다. 때론 맹렬한 비난부터 퍼부었다. 나는 석이의 화를 가라앉히기 위해 그들이 왜 위험한 사람들이 아닌지 여러 근거를 대며 논리적으로 설명하려 애썼다. 하지만 그런 일이 너무 잦아지자 불현듯 왜 이렇게 의미 없는 변명을 늘어놓고 있어야 하는지 분한 기분이 들었다.

나중에 알게 된 사실이지만 내 변명은 오히려 역효과를 냈다. 석이는 내가 자신이 하는 말을 다 부정하고 그들 편을 든다고 생각했다. 석이의 생각을 까맣게 몰랐던 나는 늘 조마조마한 마음으로 석이가 그들을 좋아하게 될 만한 이야기를 골라서 들려줬다. 나와 함께 일하는 사람들에게 상냥한 마음을 가져주길 내심 바라고 있었다. 하지만 석이는 그런 얘기는 듣는 둥 마는 둥 아무런 반응도 하지 않았다.

프로젝트가 모두 마무리되고 책이 출간된 날 관계자들이 모여 출판기념회를 가졌다. 석이는 내가 더 이상 그들을 만나지 않아도 된다는 생각에 기분 좋게 나를 보내주었다. 나는 그래도 석이가 안심할 수 있도록 행사 일정을 자세히 설명해줬다. 중간중간 문자를 주고받을 때도 분위기가 좋아서 편안한 기분으로 사람들과 이야기를 나누며 달콤한 샴페인을 마셨다.

프로젝트를 진행하면서 겪었던 고질적인 행정적 고충에 대해 저마다 한마디씩 이야기하고 있을 때였다. 석이가 소리 없이 문을 열고 들어와 내가 앉은 의자 뒤에 서 있었다. 나는 사람들의 시선이 쏠리는 곳을 향해 돌아보았다가 석이를 발견했다. 내가 어리둥절하게 웃으며 자리에서 일어나자 석이는 내 카디건과 가방을 챙겨 밖으로 나갔다. 그래도 친근하게 몇 마디 말을 건네는 사람들을 향해 말없이 한번 고개만 까닥하는 석이의 모습을 나는 차가운 마음으로 지켜봤다.

"이게 무슨 짓이야?" 나는 해괴한 물체를 보듯 석이를 쳐다봤다.

"전화기를 좀 봐. 몇 통이나 했는 줄 알아?"

"대체 왜 그렇게 전화한 건데?"

"몇 시간 동안 연락이 안 됐잖아. 이 늦은 시간에 내가 걱정할 거란 생각은 안 들어? 문자 한 통이면 되는데 그게 어려워?"

"몇 시간이라고?" 지나가는 사람들이 보든 말든 소리를 질렀다. "겨우 한두 시간이야. 너는 사람들을 만날 때 내 허락 없이도 아침까지 술을 먹고 집에 가는 택시를 타고 나서야 나한테 전화하잖아."

석이는 손을 뻗어 내 팔꿈치를 움켜잡았다. "나랑은 달라. 나

는 네가 위험한 상황에 처하는 끔찍한 상상을 하루에도 수십
번 해. 너를 잃을까 봐 두려워서……."

"언제부터 나를 가졌어?" 석이의 손을 밀치고 앞으로 성큼
성큼 다가갔다. "나는 한 번도 네 것인 적 없었고 앞으로도 네
것이 될 일이 없는데 누가 누굴 잃어?"

석이는 입을 다물고 상처받은 눈으로 나를 쳐다봤다. 하지
만 그런 석이야말로 불과 10분 전에 서로의 공로를 치하하며
순수하게 기뻐하던 사람들을 함부로 대하고 그들의 마음을 불
편하게 만들었다.

"나는 여자라서 위험하고 너는 남자라서 괜찮다는 말이야?
피해자가 될 수 있는 사람이 피해를 당하지 않도록 조심해야
한다는 거야? 지금 그런 멍청한 말을 한 거야?"

석이는 여전히 입을 열지 않았다. 슬픈 것 같기도 하고 화
가 치민 것 같기도 한 표정으로 끝끝내 한마디도 하지 않았
다. 아무 말 없이 택시를 잡아 나를 집 앞까지 데려다주고 인
사도 없이 뒤돌아 가버렸다. 어두운 밤하늘에서 추적추적 봄
비가 떨어졌다.

빗줄기가 굵어지더니 때아닌 차가운 폭우로 이어졌다. 다음
날 내내 석이에게서는 연락이 없었다. 거실의 큰 창 앞에 앉아
난폭한 회색빛 물속으로 가라앉고 있는 세상을 내려다보며, 그
동안 드문드문 드러났지만 애써 모른 척해왔던 석이의 사나운
성향들을 떠올렸다. 내가 혼자 카페에 가거나 영화를 보러 가

는 것을 극도로 싫어하며 비난했던 일도, 친구와 짧은 여행을 가려 했을 때 격렬하게 반대해서 결국 무산시켰던 일도 기억하고 있었다. 내가 사람들을 만나고 온 날엔 꼭 다퉜는데, 대개 사소한 이유가 불씨가 되어 감정이 상했지만, 실은 내가 누군가와 시간을 보내고 있을 때 억눌렀던 감정이 다른 방향으로 분출된 것을 알고 있었다. 석이가 바쁜 시간에 맞춰 사람들을 만나고 그 외의 시간을 온전히 함께 보내겠다는 내 생각은 석이에게 합리적인 제안이 아니었다.

"결국엔 나랑 떨어지려는 거잖아." 석이는 혼란스러운 눈으로 나를 바라봤다. "나는 왜 네가 나랑 보내는 시간을 처리해야 하는 일처럼 해내고 있는 것 같지?"

불가피한 개인 생활이 있다는 것을 침착하고 논리적으로 설명할수록 상황은 더 나빠졌다. 타이르기도 하고 화도 내봤지만, 때로는 기운 없는 사과를 받아내기도 했지만, 이 문제에 있어서 대화는 늘 원점으로 돌아갔다. 석이는 내가 곁에 없을 때 불안을 느꼈고, 오직 그 감각만이 분명한 진실이었다.

처음에는 석이의 불안을 달래주고 싶었다. 다정한 태도로 안심하지 못하는 석이에게 끝없는 안정감과 신뢰를 주고 싶었다. 약속과 일정을 거의 없애고 언제든 석이가 있는 곳으로 달려갔다. 석이가 감동하고 행복해하는 모습을 보면서 큰 기쁨을 느꼈다. 그런데 이제는 내 처우가 석이를 혼동하게 했다는 생각이 들었다. 이해와 배려에서 비롯된 행동들이 석이에게는 자신이 옳아서 내가 동의했다는 의미로 받아들여진 것 같았다. 내가 석이의 세계 속으로 들어가는 것을 완전무결한 상태로 여겼고, 그런 온전한 세계를 위협하는 적들을 향해 점점 더 사나워졌다. 내가 선의로 들어주던 요구를 거절하면 곧 부도덕한 일을 저지른 것처럼 화를 냈다. 나에게 배신감을 느꼈다.

나는 참담하게 실수를 되짚었다. 석이의 불안은 맑은 물을 더하면 희석되고 중화되는 종류의 성질이 아니었다. 자극 요소를 줄인다고 해도 불처럼 전소되지 않았다. 불안이 사라진 자리엔 잠시 기쁨과 만족이 차올랐지만 언제까지고 속이 컴컴하고 텅 빈 구멍으로 남아 있었다. 석이를 이해하려던 내 노력들이 결국엔 쓸모없는 일이 되었다는 생각을 하면 슬프고 무기력해졌다. 반면에 오직 자신의 기분에만 집중하는 석이의 이기심을 생각하면 너무나 놀라웠다. 지금까지 연락하지 않는 행동도 실망스러웠고 하루가 저물어갈수록 냉담한 마음이 커졌다. 전화가 와도 어떤 식으로 대해야 할지 알 수 없었다. 그런 마음은 처음 드는 것이었다.

밤 9시가 될 무렵 전화가 걸려왔다. 석이는 아침부터 열이 올라서 근처에 사는 사촌 동생의 도움을 받아 응급실에 갔고 몇 가지 검사를 받은 후 의료 침대에 누워서 계속 잠을 잤다고 했다. 체온이 40도까지 올라서 열을 잡기 힘들었지만 이제 1도 정도 떨어진 상태고 의사가 주사와 약을 처방해줬다고 했다. 전염성 독감이었다. 지금은 집으로 돌아가고 있고 잠을 좀

잔 뒤 연락하겠다고, 석이는 가쁜 숨을 몰아쉬며 말했다.

나는 외투를 걸치고 밖으로 뛰쳐나왔다. 우산은 무용지물이었다. 아파트 단지를 가로질러 뛸 때 바닥의 빗물이 무릎까지 튀었다. 너무 많은 양의 비가 떨어져서 흐르는 물에 발목이 잠겼다. 길에서 가까스로 택시를 잡아타고 석이의 집으로 가는데 차가 밀렸다. 나는 숨을 고르며 창밖을 내다봤다. 꽉 막힌 길도 문제였지만 눈앞에서 차들이 아찔하게 미끄러지다가 균형을 잡곤 했다. 라디오에서는 연신 사고 소식이 흘러나왔다. 재앙처럼 온 세상이 물에 잠기고 있었다. 하지만 어쩐지 창밖의 세상은 나와 무관하게 먼 곳에서 소란스러운 풍경처럼 보였고, 내가 위험하다는 생각은 조금도 들지 않았다.

방에 도착했을 때 석이는 끙끙 신음하며 정신을 차리려 했지만 몸도 제대로 가누지 못했다. 나는 달걀죽을 끓여서 석이에게 먹이고 꼼꼼하게 약을 챙겼다. 석이는 내가 독감에 옮을까 봐 계속 고개를 모로 돌리고 이제 그만 가라고 했지만 나는 가지 않았다. 석이는 급한 대로 마스크를 꺼내 쓴 뒤에도 내 반대쪽을 향해 숨을 쉬었다. 여기서 자면 절대 안 된다고 말하며 한 손으로는 내 손을 꽉 움켜쥐고 있었다. 손은 깜짝 놀랄 만큼 뜨거웠다. 석이는 두꺼운 옷을 겹겹이 겹쳐 입고도 추워서 몸을 덜덜 떨었다. 나를 똑바로 바라보려고 애쓰며 눈꺼풀을 몇 번 깜박이다가 그대로 잠들어버렸다.

나는 땀으로 젖은 이마와 머리카락을 손으로 쓸어 넘겨주었다. 정말 세상이 석이를 괴롭히는 걸까. 마스크 속에서 그르 렁그르렁 숨 쉬는 얼굴을 가만히 바라보며 생각했다. 몸을 둥 글게 말고 석이 곁에 눕자 펄펄 끓는 체온이 따뜻하게 전해졌 다. 마치 화로에 얼굴을 가까이 댄 것처럼 부드러운 화기가 피 부에 닿았다.

그날 밤 모든 것이 희미한 어둠 속을 뒤척이며 석이와 내가 같은 병으로 죽어가는 상상을 했다. 뺨과 목과 등허리에 화상 같은 회갈색 반점이 뒤덮인 채 뱀처럼 똬리를 틀고 부둥켜안 은 모습이었다. 반점이 서서히 온몸으로 퍼지면서 우리는 서 로의 몸을 구별할 수 없게 되었고 마침내 두 개의 몸은 하나 의 재가 되었다.

다음 날 나는 독감에 옮지 않았고, 석이는 나흘 동안 앓다 가 회복했다. 나쁜 기미는 오로지 석이 몸에만 잠시 머물다가 흔적도 없이 사라졌다.

7

다시 여름이 돌아왔을 때 석이가 여행을 가자고 했다. 새로 운 곳에서 특별하게 일주년을 기념하고 싶다는 말로 나를 기쁘 게 했다. 우리는 비행기로 네 시간 정도 떨어진 적도 부근의 따 뜻한 휴양지를 선택했다. 떠나기 전까지 매일 밤 그곳의 날씨와 음식이 담긴 사진들을 검색해서 서로에게 보여주었다. 여행에 필요한 물건들을 빠트리지 않도록 일러주며 부족한 것들은 함께 사러 갔다. 석이는 활동성 좋은 긴팔 래시가드와 면 반바지 두 개를 샀고, 나는 자잘한 반다나 문양이 있는 맥시 원피스를 샀다. 등이 깊게 파였지만 낯선 나라에서라면 괜찮을 것 같았다. 또 같은 디자인의 굽 낮은 샌들을 하나씩 샀다. 환전은 환율을 살피다가 좋은 시기에 했다. 여행을 위해서 각자 많은 일들을 미리 처리하고 있었기 때문에 무척 피로했지만 어느 때보다 사이가 좋았다. 석이는 몇몇 급여가 정해진 날짜에 들어오지 않아 고생했다. 나중에 알게 된 사실이지만 그래도 부족한 돈은 어머니에게 조금 빌렸다. 석이가 고모나 사촌들이 아니라 어머니에게 부탁했다는 것이 나에게는 중요한 사건으로 남았다.

아침 비행기를 타고 날아 다시 땅으로 내려왔을 땐 시차 때문에 여전히 아침이었다. 비행기에서 내리며 맞닥뜨린 뜨거운 공기에 석이와 나는 동시에 감탄했다. 진한 초록색 택시를 타고 한산한 아스팔트 도로를 지나 단층 시멘트 건물들이 늘어선 골목으로 들어갔다. 이따금 쨍한 연두색이나 오렌지색 페인트로 벽을 칠한 건물들이 있었고, 물과 담배를 파는 환전소와 작은 식료품 가게가 보였다. 간판에 적힌 동글동글한 노란색 알파벳은 영어가 아니라서 읽을 수 없었다. 인도에는 자전거와 스쿠터들이 빽빽하게 자리를 차지하고 있었다. 헐렁한 셔츠를 입은 남자들이 차도로 밀려 나와 담배를 피웠다. 돌조각으로 장식된 천변 다리를 건널 땐 여자 둘이 나란히 앉은 스쿠터가 우리를 추월했다. 똑같이 하나로 머리를 땋고 빨간 헬멧을 쓴 여자들이었다. 그 뒤로 한 무리의 스쿠터들이 물고기 떼처럼 우리가 탄 택시를 비껴 지나갔다. 석이와 나는 앞다투어 창밖을 가리키며 저걸 좀 보라고 말했다. 스쿠터 앞자리엔 때로 얼굴이 동그란 아이들이 얌전하게 앉아 있었다.

번잡한 시내에서 벗어나 30분 정도 더 들어갔다. 구시가지와 해변 사이에 위치한 조용한 마을에서 일주일간 머물 예정이었다. 호텔은 강 위의 작은 섬 안에 있었다. 로비에 도착하자 웰컴 드링크와 차가운 물수건이 나왔다. 미소가 아름다운 휴양지 호텔의 직원들이 짐을 받아주고 편안한 의자로 안내해줬다. 그들은 낯선 억양으로 우리를 석과 이수라고 부르며 어린 부부라고 생각했다.

방에는 폭신하게 부푼 하얀 침대와 지역 전통 문양으로 짠 우아한 나무 덧창이 있었다. 해의 방향이 바뀔 때마다 그림자 무늬가 조금씩 옆으로 옮겨갔다. 바닥에는 차갑지 않고 부드러운 질감의 연분홍색 타일이 깔려 있었다. 맨발로 밟으면 희미한 자국이 남았다가 금세 사라졌다. 커다란 창에 드리워진 얇은 리넨 커튼에는 향긋한 아로마 향이 배어 있었다.

그날은 방에서 쉬다가 저녁을 먹기로 했다. 티테이블이 놓인 넓은 테라스에서 땅콩으로 볶은 국수와 피시소스에 절인 돼지고기를 주문해서 먹었다. 깨끗한 야외 수영장과 호텔 주변을 감싸고 흐르는 잔잔한 강의 수면을 내려다보며 해가 지는 하늘을 구경했다. 피부에 감기는 끈적끈적한 촉감을 나른하게 즐겼다.

"이 도시 이름이 큰 강의 입구라는 뜻이래." 석이가 말했다. "기나긴 1년을 흘러온 것 같은데 이제야 강의 입구라니, 이상하지?"

"정말 이상하네."

석이는 테이블 위에 놓인 내 손등을 잠시 바라보다가 그 위에 손을 포갰다. 나는 손을 뒤집어 석이의 손을 잡았다.

"우리는 서로 다른 사람이고, 알고 보니 전혀 다른 사람들이었는데, 심지어 체온마저 이렇게 다른데 한 물결 속에 섞여 있다는 게 놀라워. 또 우리가 한 번도 만난 적 없는 거대한 물속으로 함께 나아가고 있다는 사실이 신비로워."

나는 고개를 끄덕였다. "이유가 있겠지. 너이고 나인 이유가."

석이는 아리송한 눈빛으로 나를 쳐다보다가 천천히 고개를 돌려 눈앞에 펼쳐진 물을 바라봤다. 그대로 오래도록 말이 없다가 불현듯 조그맣게 속삭였다.

"나랑 이곳에 와줘서 고마워."

다음 날 아침 6시에 조식을 먹었다. 따뜻하게 구운 빵과 얇은 햄과 달걀과 요구르트를 먹었다. 톱니 모양으로 썰어놓은 수박과 밍밍한 리치를 먹은 뒤 커피를 마셨다.

우리는 자전거를 빌려서 해변까지 가보기로 했다. 호텔을 나오자마자 사람이 사는 집과 채소를 기르는 작은 텃밭이 이어졌다. 갈색 닭들이 흙이 깔린 골목을 자유롭게 돌아다녔다. 가끔 나이 든 여자들이 바닥에 앉아 볶은 고기와 바게트로 만든 샌드위치를 팔았다. 강줄기를 따라 똑바로 내려가자 평평한 논이 펼쳐졌다. 논과 논 사이의 좁은 길을 달리다가 잠시 자전거에서 내려 쉬었다. 그늘이 하나도 보이지 않았다. 석이는 옷을 걷어 올려 얼굴의 땀을 닦았다. 내가 괜찮으냐고 묻자 더워서 그런다고 대답했다. 목이 몹시 말랐지만 미처 물을 사오지 않았다. 가까운 거리라고 짐작했는데 해변까지는 아직도 온 만큼 더 가야 했다. 다시 자전거를 타려 했을 땐 안장이 너무 뜨겁게 달궈져서 올라갈 수 없었다. 석이는 갑자기 왔던 길을 돌아가자고 말했다. 나는 놀라서 그럴 수 없다고 했다. 어차피 자전거를 끌고 걸어야 한다면 해변 쪽으로 걷다가 택시가 보이면 타자고 말했다.

"지금까지 이 길로 택시가 한 대라도 지나가는 걸 봤어?"

날카로운 목소리가 날아와서 순간 말문이 막혔다. 석이는 드넓은 논 끝자락에 듬성듬성 자리한 잡목림을 잠시 쳐다보다가 그럼 느긋하게 한번 가보자고 말을 바꿨다. 괜찮다고 해도 내 자전거까지 가져가서 두 대를 양팔에 끼고 걸었다. 네 개의 바퀴가 자꾸 균형을 잃고 이리저리 비틀거렸다. 나는 석이 뒤에서 걸으며 이따금 조심하라고 소리쳤다.

5분 정도 걷다가 다행히 택시를 탔다. 희미하게 나오는 에어컨 바람에 석이와 나는 금세 기운을 차리고 웃었다. 택시는 허무할 정도로 빠르게 우리를 해변으로 데려다주었다. 모래사장이 시작되는 지점에 해변의 이름이 새겨진 납작한 돌이 있었다. 높은 곳에서 바다를 내려다볼 수 있는 노천 식당에 앉아 코코넛 주스와 연유 커피를 마셨다. 반짝이는 파도 속에서 헤엄치거나 서핑을 하는 사람들이 보였다. 멀리 왼편으로는 툭 튀어나온 절벽이 자리하고 있었고 그 위에는 새하얗게 빛나는 거대한 불상이 있었다. 야자나무 잎으로 만든 파라솔 그늘 아래에서 짭짤한 바닷바람을 쐬니 상쾌하고 더위도 견딜 만했다. 하지만 석이는 여전히 땀을 너무 많이 흘리고 있었다. 거기서 점심을 먹을 계획이었지만 나는 씻고 싶다고 둘러대며 이제 그만 호텔로 돌아가자고 말했다. 호텔에 연락해서 셔틀을 부탁했다. 우리를 실어갈 차를 기다리며 석이가 내게 물었다.

"그런데 해변을 한번 걷지 않아도 괜찮겠어?"

찬물로 샤워를 하고 침대에 누워 에어컨 바람을 쐴 때 손가락만 한 도마뱀이 나왔다. 천장과 벽이 만나는 모퉁이 주변에서 도마뱀이 이리저리 움직일 때마다 석이와 나는 소리를 질렀다. 그게 너무 우스워서 서로를 껴안고 침대 위를 뒹굴었다.

올드타운으로 나가 밥을 먹기로 했다. 시간은 2시가 넘어가고 있었다. 새 옷으로 갈아입은 석이는 기운을 많이 차린 것 같았고 기분도 좋아 보였다. 섬에서 짧은 다리를 하나 건너면 바로 올드타운이었다. 지도상으로는 걸어서 15분 정도의 거리였지만 생각보다 더 길어질 수 있다는 걸 염두에 두기로 했다.

강을 따라, 야시장을 준비하는 가판대들이 죽 늘어서 있었다. 아직 이른 시간이었지만 고리가 달린 가죽 지갑과 나무 빗, 색색의 유리 팔찌를 팔았다. 꼬챙이에 꽂힌 과일과 바나나를 넣고 기름에 지진 먹음직스러운 떡이 보였다. 다리를 건널 때는 클랙슨을 울리며 밀려오는 스쿠터들 때문에 겁을 먹었다. 나중에야 그것이 비키라는 말이 아니라 자신이 뒤에 있다고 알리는 의미라는 것을 알았다. 차가 들어올 수 없는 타운 안쪽은 사람과 인력 자전거로 붐볐다. 신경을 곤두세우고 자주 길을 비켜줘야 하는 건 마찬가지였다. 우리는 길을 좀 헤맸다. 나는 거리와 사람들을 구경하는 것이 좋았지만 석이는 일단 어디 앉아서 밥을 먹자고 했다. 지도에서 우리가 서 있는 위치를 다시 가늠하는데 석이가 혼자 인파 속으로 휘적휘적 걸어갔다. 어디로 가는 거냐고 물었다.

"나한테 방향을 알려주지 않았잖아."

나는 멍하니 석이를 보다가 다시 지도를 살폈다. 석이는 바로 화를 낸 게 아니라고 덧붙였다.

"힘드니까 이 집은 포기하고 적당한 곳에 들어가자." 내가 말했다.

아침을 먹고 처음 하는 식사라서 요리를 네 개나 주문했다. 석이는 게 요리의 고소한 소스를 길쭉한 쌀밥에 비벼서 내 앞에 놓아주었다. 그런 다음 자기도 맛있게 먹었다. 나는 석이가

게 등껍질을 벗기고 쪼개서 입안에 넣고 씹는 모습을 지켜보았다. 식사가 끝난 후에도 한동안 자리에 앉아 차가운 맥주를 마셨다. 석이가 금방 지칠까 봐 밖으로 나갈 엄두가 나지 않았다. 해가 지고 기온이 떨어지길 기다렸다.

어둠이 내리기 시작한 거리엔 아름다운 비단 등이 켜졌다. 하늘과 혼탁한 강이 만나는 지점은 푸르스름하다가 보랏빛을 띠다가 윤곽을 구분할 수 없을 만큼 진한 감색으로 변했다. 낮보다는 확실히 시원해져서 옷과 먹거리를 파는 재래시장으로 걸어 들어갔다. 갓 짜낸 코코넛 오일과 비누, 향신료가 있었고 무게를 달아 파는 콩과 옥수수가 보였다. 물고기가 담긴 바구니는 상온에 함부로 놓여 있었다. 과일 가게에서 신선한 망고 한 접시를 샀다. 과일을 파는 여자가 뭉뚝한 칼로 쓱쓱 껍질을 까주었다. 나는 그 모습과 거리 풍경을 사진으로 찍었다. 석이는 예쁜 길이 나오면 나를 세워두고 사진을 찍어주려 했다. 내가 괜찮다고 해도 쾌활하게 포즈를 주문하며 자꾸 웃었다.

하지만 석이의 걸음은 곧 느려졌다. 나는 전혀 덥지 않은데 옷과 머리가 다 젖을 정도로 땀을 흘리고 있었다. 주위를 둘러봐도 다들 괜찮아 보였다. 그제야 단순히 더위 때문이 아니라 어디가 아픈 게 아닐까, 하는 생각이 들었다. 물을 사서 먹었지만 미묘하게 이질적인 맛 때문에 갈증이 가시지 않았다. 석이는 물을 입에 머금었다가 자꾸 바닥에 뱉었다.

원래는 야시장을 구경할 작정이었지만 곧장 호텔로 가기로 했다. 어두운 골목에 스쿠터를 세워둔 남자들이 태워주겠다며 다가왔다. 석이는 고개를 저으며 지나갔다. 남자들이 택시를 탈 수 있는 곳을 손가락으로 알려주는데 무시하고서 나를 자꾸 다른 쪽으로 잡아당겼다. 큰길로 나가려 해도 사람이 너무 많아서 나아가는 속도가 더뎠다. 배를 타고 검은 강물에 종이 등을 띄우는 연인들이 보였다. 그걸 하라고 팔을 붙잡는 할머니들이 줄줄이 나타났다. 나는 웃으며 고개를 저어주었지만 석이는 딱딱한 표정으로 앞만 보고 갔다. 입으로는 노 땡스, 노 땡스, 화가 난 사람처럼 크게 말했다. 석이가 그녀들을 밀칠까 봐 겁이 났다.

나는 복잡한 인파 속을 벗어나려 석이의 손을 잡은 채 앞서 걸었다. 앞을 막고 있는 사람들에게 미안하다고 말하며 길을 터보려 했다.

"좀 천천히!" 따라오던 석이가 손을 뿌리쳤다. "그렇게 빨리 가면 또 더워지잖아."

"나는 빨리 여길 빠져나가서 쉬는 게 좋을 것 같아서……."

"천천히 가는 게 나아."

나는 고개를 끄덕이며 알겠다고 했다. 석이가 인상을 찡그렸다. 이해할 수 없다는 눈빛으로 나를 바라봤다.

"왜 울어?"

손으로 눈물을 닦으면서 나도 모르겠다고 대답했다. 눈물은 뺨과 턱을 타고 계속 흘러내렸다. 석이는 무릎을 잡고 몸을 땅

쪽으로 수그렸다. 눈을 감고 후드득 땀을 흘리면서 숨을 내쉬었다. 길 한복판에 서버린 석이와 나를 피해서 수많은 사람들이 유선형으로 갈라져 지나갔다. 그것이 흐르는 물결 같다고 생각했다. 잠시 멈췄지만 다시 그 단조롭고 알록달록한 물결 속으로 들어가야 한다는 것을 알고 있었다.

돌아가는 택시 안에서도 눈물은 그치질 않았다. 호텔 로비에 들어설 때도, 씻기 위해 욕실에 들어가서도 계속 울었다. 모든 것이 끝장났다는 생각이 들었다. 석이와 나 사이에 존재하던 무언가가 산산이 부서진 것 같았다. 아마도 회복할 수는 없을 테고, 아직도 5일이나 남아 있는 여행이 끔찍하게 여겨졌다.

욕실 문을 열고 나왔을 때 석이는 침대에 앉아 등을 보이고 있었다. 나는 그쪽을 쳐다보지 않고 화장대에 앉아 얼굴에 스킨과 로션을 차례로 발랐다. 바디크림을 손으로 떠서 종아리와 발목에 문질렀다. 석이가 내 이름을 불렀다. 잠시만 이야기를 하자고 했다. 나는 다시 눈물이 나서 티슈로 닦았다. 석이는 내 어깨를 잡고 이끌어 침대에 앉혔다. 나는 석이를 쳐다보지 않고 바닥에 열어놓은 캐리어와 흘러나온 짐들을 바라봤다. 그런 무질서를 우리 앞에 놓인 점괘처럼 받아들였다.

석이는 사과하지 않았다. 무언가를 묻거나 화를 내지도 않고 구슬리거나 사정하지도 않았다. 아마 그런 말들은 소용없었을 것이다. 나는 석이에게 화가 나지도 실망하지도 않았으니까. 문제는 좀 더 본질적인 곳에 있었다. 그곳은 지나온 과거와

다가오는 미래 사이에서 진동하는 공간이었고, 지금 여기에서 손을 뻗어 만질 수 있는 건 아무것도 없었다. 우리는 서로에게 줄 수 있는 것을 하나도 가지고 있지 않았다.

석이는 내 무릎 위에 편지 하나를 올려놓고 말없이 방 밖으로 나갔다. 여행이 시작되기 전에 쓴 편지였다. 그때의 석이는 여행을 기대하고 있었고, 지난 1년을 되돌아보고 있었다. 앞으로 우리가 함께할 1년과 10년과 100년을 기도하고 있었다. 원래대로라면 일주년이 되는, 여행의 마지막 날 받았어야 하는 편지였다. 잘못된 시간에 도착한 편지가 무언가를 바꿔주길 기대한 석이를 생각하면 마음이 아팠지만 소용없는 일이었다. 나는 어떤 세계에서 빠져나왔다고 느꼈다. 놀랍고 서글펐지만, 이제 그건 꿈이고 여기가 현실이라고 생각했다.

그런데 석이가 방에 돌아왔을 때, 침대에 걸터앉아서 내가 앞으로 하려는 말을 들으려고 나를 바라볼 때 마음이 바뀌었다. 나는 까맣게 망각했던 감정을 생각해냈고 그걸 잠시 잊었다는 사실에 경악했다. 아주 혼란스러운 꿈에서 막 깨어난 것처럼 서서히 내가 누군지 기억해냈다. 나는 석이 앞으로 다가가서 석이가 두 팔로 내 허리를 감싸 안도록 내버려두었다. 내 몸에 얼굴을 묻고 잠시 쉬도록, 두려워하지 않도록, 안도하도록 내버려두었다.

이튿날부터는 대부분의 시간을 호텔에서 보냈다. 종일 호텔 수영장에서 수영을 하고 비치베드에서 맛있는 과일 주스를 먹으며 책을 읽었다. 최대한 느긋하게 휴식을 취하기로 했다. 산책을 포기해야 하는 것이 좀 아쉬웠다. 석이는 시원한 곳에서 쉬면 아무렇지 않았지만 조금만 걸어도 금세 지쳐버렸다. 호텔이 있는 작은 섬을 천천히 걸어서 한 바퀴 돌고 싶은 마음이 있었지만 더는 생각하지 않았다. 해가 지면 택시를 타고 저녁을 먹으러 타운에 나갔다가 다시 택시를 불러서 돌아왔다.

조식을 먹은 후에 죽 수영을 하고 저녁을 먹고 돌아와서 밤 수영을 했다. 어제와 오늘을 구분할 수 없는 비슷한 날들이 이어졌다. 똑같은 일과를 되풀이하는 일은 어디로 들어가서 어디로 나오는지 알 수 없는 몽롱한 꿈결 같았다. 석이와 나는 아침에 눈을 떠서 여전히 남아 있는 날짜를 확인하며 행복해했다. 오직 머무르는 일과 반복하는 일에 열중했다.

나는 수영을 할 줄 몰라서 튜브를 타고 미지근한 물속을 이리저리 유영했다. 석이는 이따금 헤엄을 치다가 몸의 힘을 빼고 누워서 부드럽게 발장구를 쳤다. 물은 맑고 아무런 냄새도 나지 않았다. 호텔에는 커다란 메인 풀과 작은 히든 풀이 있었다. 우리는 내키는 대로 풀을 바꿨다. 하루는 메인 풀로 향하다가 뒤쪽에서 윙윙거리는 바람 소리를 들었다. "히든 풀이 더 시원할 것 같아." 내가 말하자 석이는 흔쾌히 그러자고 했다. 담장에 붙어 자란 키 큰 대나무와 건물 사이의 좁은 그늘을 통과하면 히든 풀이 나왔다.

그날 우리는 히든 풀에서 수영을 하던 한국인 커플과 친해졌다. 한 시간쯤 물 위를 떠다니다가 피자를 주문해서 먹고 있는데, 그 커플이 내려와 건너편 비치베드에 자리를 잡았다. 남자와 여자가 번갈아 물에 들어갔다. 수영장과 복도에서 그들을 몇 번 본 적이 있었다. 둘 다 균형 잡힌 몸으로 수영을 잘해서 감탄하며 지켜봤었다. 갑자기 남자가 짧은 비명을 질렀다. 여자가 무슨 일인지 물어도 무릎까지 오는 물 속에 서서 얼굴만 부여잡고 있었다. 잠시 후 남자가 손을 치웠을 때 새빨간 피가 물 위로 뚝뚝 떨어졌다. 코뼈가 부러졌을 거야. 석이가 속삭였다. 남자가 수심이 낮은 곳에서 다이빙을 했다고 알려주었다. 나는 석이가 언제부터 그들을 지켜보고 있었는지 의아해하면서도 황당한 상황에 웃음이 났다. 물 밖으로 나온 남자 곁에서 여자는 어쩔 줄 몰라 했다. 석이는 선뜻 일어나 그들에게 다가갔다. 남자의 고개를 앞으로 기울이게 하고 피가 기도를 막지 않도록 도와주었다.

다음 날 그 커플과 호텔 식당에서 저녁을 먹었다. 남자는 우리에게 몰트위스키를 샀다. 그는 제약 회사를 운영하는 사업가였고 여자는 플로리스트였다. 둘 다 나이는 우리보다 서너 살 많았고 멀지 않은 도시에 살고 있었다. 여자와 나는 이름이 아주 비슷해서 대화 중에 남자가 여자를 부르거나 석이가 나를 부르면 동시에 그쪽을 바라봤다. 그들은 내일 아침에 호텔을 떠난다고 했다.

대화는 유난했던 그날의 더위로 시작해서 맛있게 먹었던 음식과 가볼 만한 관광지로 주제를 옮겨갔다. 그들은 우리가 바니안나무 숲을 가보았는지 궁금해했다. 가지에서 뿌리가 내려다시 땅으로 파고드는 신비로운 나무 한 그루가 수백 년을 살면서 큰 숲을 이루었다고 설명해줬다. 또 내부에 산과 강이 있는 거대한 동굴이나 해발이 높은 지대에 동화처럼 형성해놓은 공중 도시에 가보았는지 물었다. 석이와 내가 계속 고개를 젓자 더 이상 묻지 않고 자연스럽게 다른 이야기로 넘어갔다.

취기가 오르자 남자가 대담하게 대화를 주도했다. 약간 공격적이고 경솔한 성격이 보였지만 분위기를 해치진 않았다. 반면 여자는 매사에 무심한 듯 보였다. 그래도 이따금 남자가 너무 들뜨면 다정한 손길로 그의 팔을 한번 잡았다가 놓았다. 우리는 남자에게 따로 아내가 있고 그들이 부정한 관계라는 것을 알게 되었다. 처음에는 대화 중에 암시되었지만 나중에는 드러내놓고 이야기했다. 그런 얘기를 들으며 위스키를 몇 잔 더 마셨다.

그들은 방으로 올라가기 전에 내일 함께 조식을 먹자고 제안했다. 6시에 식당으로 내려오면 자기들이 있을 거라고 알려줬다. 여자가 남자에게 했듯이, 테이블 위에 놓인 내 손등을 친근하게 한번 잡았다가 놓았다. 나는 알겠다고 대답했지만 그걸로 끝이라고 생각했다. 석이가 다시는 그들과 이야기하지 않으리라는 것을 알고 있었다. 석이와 나는 그들과 잔을 부딪히며 남은 술을 입안에 털어 넣었다. 그들이 간 뒤에는 오래도록 밤 수영을 했다.

다음 날 아침엔 늦잠을 자고 일어나 테라스에서 차를 마셨다. 강을 따라 물보라 같은 안개가 덮여 있었다. 늘 그 시간에 조식을 먹었기 때문에 그런 아침 풍경은 처음 보는 것이었다. 불이 났었나 봐. 석이가 손을 뻗어 한쪽을 가리켰다. 인가 한 구석이 까맣게 불타 있었다.

"내가 배 속에 있을 때 집에 불이 났었대." 석이가 말했다. "부모님이 애써 마련한 가구와 소중하게 간직해왔던 물건들을 많이 잃었대. 더 작고 어두운 집으로 이사를 가야 했대."

나는 물끄러미 석이를 바라봤다. 석이는 더 이상 말하지 않았다. 그 뒤의 이야기를 우리는 이미 알고 있었다.

불에 타서 텅 비어버린 강낭콩 모양의 폐허와 그을린 주변 집들을 찬찬히 구경했다. 납작하고 조그만 콘크리트 집들이 몰려 있었다. 하나같이 창살 없는 큰 창이 앞을 향해 뻥 뚫려 있었고 경사가 완만한 살구색, 레몬색, 라임색 지붕을 이고 있었다. 철판으로 만든 울타리나 나무 한두 그루를 심은 자그마한 땅을 가진 집도 보였다. 거기에 그렇게 생긴 집들이 있다는 걸 처음 알았다.

"뭐가 보여?" 석이가 물었다.

나는 고개를 끄덕였다. 완전히 타고 재가 되고 나서야 알게 되는 것들이 있었다.

마지막 날 아침에는 조식을 먹고 두 시간 정도 수영을 했다. 이런 시간이 다 끝났다는 게 믿기지 않았다. 우리가 떠나왔던 곳이 어떤 곳이었는지 잘 떠오르지 않았다. 이런 아침 시간에 무얼 했는지, 무슨 이야기를 나눴는지, 꼭 붙어서 잤던 좁은 침대가 어떤 촉감이었는지 기억나지 않았다. 이곳의 밤은 늘 일찍 찾아왔고, 우리는 이상한 피로에 휩싸여 커다란 침대의 끝에서 아무 말도 나누지 않은 채 잠들었다.

하늘은 구름 한 점 없었다. 한 번쯤 비가 와주길 바랐지만 여행 내내 비 소식은 없었다. 공항으로 가기 전에 기념품 가게에 들러서 가족들에게 가져다줄 건과일과 커피, 치약, 해바라기씨를 샀다. 석이가 고모들에게 어울릴 만한 라탄 손가방을 고를 때는 내가 도와줬다. 석이는 내게도 작은 유리 오르골을 사주었다. 태엽을 끝까지 감으면 아름다운 멜로디가 빠르게 흘러나오다가 태엽이 느슨해질수록 점점 느려졌다. 끝이 아닌 것 같은 지점에서 갑자기 툭 끊겼다.

공항에서 예상치 못한 문제가 생겼다. 석이가 수화물을 맡기려고 캐리어를 드는데 잠금장치가 열려버렸다. 안에 들어 있던 옷가지와 세면도구, 각종 상비약과 슬리퍼가 튀어나왔다. 차곡차곡 넣어두었던 기념품들도 바닥으로 쏟아졌다. 나는 석이를 도와서 그것들을 다시 주워 담았다. 뒤로 길게 줄을 선 외국인들이 무표정하게 우리가 움직이는 모습을 지켜봤다.

캐리어는 다시 잘 닫혔지만 석이는 그것을 벨트컨베이어에 실어놓고도 안심하지 못했다. 화물칸에서 어떤 충격으로 캐리어가 다시 열리고 안에 든 물건들이 쏟아질 거라고 생각했다. 기념품들을 나누지 않고 몽땅 자기 캐리어에 실은 것을 후회했다. 도톰한 면바지로 꽁꽁 싸놓았던 유리 오르골이 산산조각 날 거라고 두려워했다. 석이는 다시 땀을 뻘뻘 흘렸다. 허공을 향해 팔을 휘저으며 다시는 여행을 하지 않겠다고 이를 갈았다. 씩씩 숨을 몰아쉬다가 공항 건물 밖으로 나가버렸다. 나는 유리창에 기대서 석이가 작열하는 태양의 열기 속으로 걸어가는 모습을 지켜봤다. 석이는 쉴 만한 자리를 찾지 못하고 그냥 길 위에 우뚝 멈춰 섰다. 고개를 푹 숙이고 땅을 바라봤다. 타오르는 길 위에서 석이가 보이지 않는 무언가와 싸우고 있다고 생각했다.

여행에서 돌아왔을 땐 미지근한 여름이 시작되어 있었다. 캐리어는 무사히 돌아왔고 유리 오르골도 멀쩡했다. 우리는 그것이 멋진 일의 조짐이라도 되는 것처럼 환호했지만 사실 그다지 기쁘지 않았다. 석이는 어두운 비행기 안에서 캐리어가 열릴까봐 불안에 떨던 시간을 끔찍하게 기억했고, 나는 다시는 여행을 하지 않겠다는 석이의 말을 오래도록 기억했다.

8

여행에서 돌아오고 얼마 지나지 않아 석이는 대안 공간의 게릴라 전시를 제안받았다. 주말에 둘이서 뜻밖의 행운을 축하하기로 했다. 석이는 밀린 업무를 처리하느라 정신없이 바빴고, 나는 아직 몸 안에 남아 있는 나른한 리듬에서 서서히 벗어나는 중이었다.

친구의 연락을 받은 건 금요일 저녁이었다. 같은 고등학교를 나온 친구로 만나지 않은 지 꽤 오래됐지만 가끔 안부 정도는 주고받는 사이였다. 석이에게 전화를 걸어 친구를 만나러 간다고 하자 예상대로 미적지근한 반응이 돌아왔다. 순간 지겨운 기분이 들었지만 내색하진 않았다. 달라질 게 없는 다툼에 힘과 시간을 낭비하고 싶지 않았다. 그래도 석이의 태도와 그 태도에 깔린 요구가 온당하지 않다고 생각했다.

나무 칸막이로 가려진 조용한 자리에서 친구와 차를 마셨다. 오랜만에 만났지만 금세 다정하게 얘기를 나눴다. 나는 친구의 말에 귀 기울였다. 자신의 삶을 흔드는 위기와 사람에 대한 환멸로 어찌해야 할지 모르겠다는 고백을 들어주었다. 너무 힘든 순간에 갑자기 내가 떠올랐다고 말하는 친구에게 불러줘서 기쁘다고, 언제든 내게 연락해도 된다고, 앞으로 다 괜찮아질 거라고 얘기해주었다.

친구와 헤어지고 돌아왔을 때 석이가 집 앞에서 기다리고 있었다. 내 방 창문을 올려다볼 수 있는, 가끔 석이가 앉아서 내가 준비를 마치고 나오길 기다리는 키 작은 벤치에 앉아 있었다. 어둠이 내리기도 전에 켜진 창백한 가로등 불빛 아래서, 몸을 깊게 수그리고 무릎에 팔꿈치를 대고 쭉 뻗은 손가락을 엇갈려 잡은 채 까맣고 긴 그림자를 다리 사이로 늘어트리고 있었다. 내가 이름을 부르자 눈과 뺨에 웃음기가 번지기 시작한 얼굴을 들고 나를 바라봤다. 장난스럽게 폴짝 몸을 일으킨 뒤 나를 향해 걸어왔다.

"방금까지 꼬리가 있었는데." 석이가 벤치 한구석을 가리켰다. 꼬리는 꼿꼿하게 등을 세우고 앉아 꼬리로 몸과 앞발을 둘러 감길 좋아하는 동네 고양이였다. 석이가 나를 데려다주며 산책로를 걸을 때 종종 험상궂은 눈빛으로 침입자를 향해 불편한 심사를 드러냈다. "얌전히 옆에 앉아서 등을 쓰다듬어도 도망가지 않았어."

네가 봤어야 하는데, 하고 말하는 석이의 얼굴이 순간 이상하게 일그러졌다. 흘러내리는 밀랍처럼. 우는 얼굴처럼. 하지만 다시 보니 웃는 것 같아서 나는 곧 그 표정을 잊어버렸다.

그날 우리는 조금 다퉜다. 벤치에 앉아서 기분 좋게 이야기를 나누다가 갑자기 신경이 날카로워졌다. 내일 만나서 함께 와인을 한 병 고르고 치즈와 크래커랑 먹자는 이야기를 하고 있었는데 어떻게 대화가 흘러갔는지 알 수 없지만 석이는 이런 말을 했다.

"사람들한테 그렇게 애정을 쏟을 필요 없어. 자기들이 원하는 것만 가져가고 너를 피로하게 하잖아."

아마도 그 지점부터 나는 기분이 상했다. 나를 걱정해서 하는 말이 아니라 내가 누군가를 만나서 시간과 관심을 기울이는 게 싫은 것 같았다. 내가 자신의 소유이기 때문에 다른 사람과 공유하기 싫다는 말로 들렸다. 나한테 애정과 인내심이 없었다면 가장 먼저 정리될 관계는 바로 우리 관계라고 말해주고 싶었다.

대신 케케묵은 지나간 일들이 소환됐다. "예전에도 여러 번 이런 태도 때문에 싸운 적이 있어." "난 잘 모르겠는데." 석이는 딱딱하게 굳은 얼굴로 부인했다. 내가 석이를 용서했다고 생각한 일들을 석이는 자신이 나를 용서했다고 기억했다. 내가 자신을 걱정시키고 불안하게 할 때마다 그렇게 참아주었는데도 나는 달라질 듯, 달라진 듯 굴다가 결국 오늘처럼 원점으로 돌아가버린다고 말했다.

나는 순간 막막하고 두려워졌다. 석이가 억지를 부리고 있는 건지, 정말 그런 식으로 생각하고 있는 건지 알 수 없었다.

"나는 노력하고 있어." 내가 가까스로 말했다. "너에게 다가가려고 나를 바꾸고 내 삶을 변형시키고 있다고."

"나는 내가 너를 위해 변했다고 생각하는데." 석이도 지지 않고 말했다.

"변해?"

"나는 이런 불안을 조금도 못 견디는 사람이야. 그런데도 참고 티 내지 않으려고 안간힘을 쓰고 있잖아."

석이가 빈정거리고 있다고 생각했다.

"석아." 나는 소리를 지르지 않으려고 노력했다. "난 잘못을 저지른 적 없어. 네가 죄책감 없이 사람을 만나듯, 나도 사람을 만날 수 있어. 네가 힘들어하니까, 네가 너무 불안해하니까 만나지 않은 거야. 내가 원래 가지고 있던 것들을 선심 쓰듯 주지 마."

그렇게 말하고 숨을 크게 들이키며 석이를 바라봤다. 어떤 동요가 일길 기다렸지만 석이는 똑바로 내 눈을 마주 봤다. 벽처럼 단단한 고집과 뾰족한 노여움을 담아서. 나는 석이의 분노가 어디서 기인하는지 몰라 어리둥절해졌다.

그때 석이가 선선히 내 말에 동의해줬으면 어땠을까. 미안하다고, 노력해보겠다고 말해줬다면. 아니면 끝끝내 타협하지 않는 석이가 평소와 좀 다른 것을 내가 눈치챘다면 어땠을까. 기민한 직감으로 대화를 다른 방향으로 끌어갔다면. 하지만 그런 일은 일어나지 않았고, 우리는 잘 자라는 인사도 없이 등을 돌려 헤어졌다.

다음 날 석이는 연락이 없었다. 원래대로라면 만나서 와인을 사기로 한 시간이 되었을 때, 나는 시계 위에 보이지 않는 선을 하나 그었다. 오늘을 넘기면 다신 석이를 보지 않겠다고 마음속으로 다짐했다. 석이는 어째서 사과하지 않을까. 무언가를 잘못하면 도리어 더 크게 화를 내거나 자신의 고통을 꺼내 보이며 슬픔에 잠기고, 그런 다음 내게 위로를 받고 감동할 뿐

그 어디에도 사과와 약속은 없었다.

사흘째 연락이 없자, 아마도 석이에게 다른 일이 있었을 거라고 짐작했다. 석이를 힘들게 하는 어떤 일. 석이는 세상을 미워하고 있을 테고, 자신이 가여워서 못 견디게 괴로운 상태겠지. 하지만 나라면 슬픔에 빠져서 너를 잊지 않았을 텐데. 내고통을 우리 문제의 대답으로 내세우지 않고, 그저 네가 곁에서 함께해준다면 고맙게 여겼을 텐데. 그토록 냉정한 마음이 든다는 게 놀라웠지만 모든 것이 명확히 정리되는 기분이었다. 답이 아닌 것들을 하나씩 제거하는 방식으로 답을 찾았다.

전화해서 이유를 묻거나 따지고 싶지는 않았다. 묻고 싶은 것과 따지고 싶은 것이 아무것도 없었다. 이대로 인사 없이 헤어져도 좋겠지. 석이가 우리 관계를 함부로 대하고 있었기 때문에 나도 함부로 대하고 싶었다. 만약 연락이 온다면 헤어지자고 말하면 그만이었다.

하지만 다음 날이 되자 급격히 우울해졌다. 혼자서 마음속에 형틀을 재단하고 상대는 까맣게 모르는 징벌을 내리는 것이 얼마나 우스운 일인지 깨달았다. 석이가 잔인한 방식으로 나를 비참하게 만들고 있다는 것을 인정했다. 나는 아무 데도 나가지 않고 누구와도 연락하지 않으며 휴대폰을 주시했다. 전화가 울리면 달려가서 이름을 확인하고 석이가 아닌 이름이 오래도록 깜빡이다가 결국 끊어지도록 내버려두었다.

석이는 일주일 만에 연락했다. 세미나에 참석하기 위해 막

집을 나서던 참이라서 혹시 석이가 나를 보러 온 것이 아닐까, 주위를 둘러봤다. 하지만 우리가 다퉜던 벤치나 단지 길목의 장미 화단 앞에도 석이의 모습은 보이지 않았다.

"언제까지 기다려야 하는지 몰라서 전화했어." 잠긴 목소리로 석이가 말했다.

"왜 기다렸는데?"

"나한테 기다리라는 의미인 줄 알았어."

나는 석이의 변명을 믿지 않았다. 아마도 화가 났겠지. 그러다 초조해졌을 테고 내가 필요해졌겠지.

"세미나에 가는 중이야. 끝나고 얘기하자."

충분히 통화할 여유가 있었지만 전화를 끊었다. 괘씸한 마음에 화가 치솟으면서도 마음속의 돌덩이가 내려간 듯 긴장이 풀렸다. 멍하니 익숙한 정류장을 향해 걸어가서 때마침 도착한 텅 빈 버스에 탔을 땐 슬며시 헛웃음이 새어 나왔다. 창가에 앉아 지나가는 풍경을 구경하며 속으로는 석이에게 잊지 말고 따질 말들을 사납게 쏟아냈다. 언젠가부터 졸기 시작했지만 내려야 하는 역에서 저절로 눈이 떠졌다. 버스에는 나와 졸고 있는 남자뿐이었다. 내려서 떠나는 버스를 돌아보았을 때 남자는 눈을 뜨고 누군가의 전화를 받고 있었다. 어 그래, 어 말해, 작은 입 모양으로 중얼거렸다. 그때 남자와 잠시 눈이 마주쳤는데 때마침 그의 얼굴 위로 강한 햇빛이 내리쬐었다. 남자는 부신 눈을 찡그리며 나를 아는 얼굴처럼, 할 말이 있는 사람처럼 바라봤다. 우스운 것 같기도 하고 무서운 것 같기도 한 얼굴로.

　오랜 시간이 흐르고 어째서 이런 장면일까 생각해보았다. 왜 이런 장면들이 잊히지 않고 남아서 계속 떠오를까. 정작 중요한 일들은 그다음에 일어나는데 어째서. 이렇게 아무 의미도 해독할 수 없는 장면들이…… 생각은 생명력 강한 나무줄기처럼 뻗어나가 이상한 잔상에 도달한다. 어떤 선택과 이후의 선택들이 만들어낸 도미노 같은 인과에 대해, 때론 바람 없이 그냥 넘어간 동떨어진 블록에 대해, 혹은 모든 것이 스러진 자리에서 최초의 블록을 손가락으로 밀던 순간을, 그때 찾아왔던 직감의 모양을 발견하는 일에 대해, 무엇이 앞이고 무엇이 뒤인지 영원히 알 수 없는 이상한 세계의 배열에 대해 생각했다.

　그날 우리는 아무 이야기도 나누지 못했다. 내가 통화하려 했을 땐 석이가 두통이 심해서 통화할 수 없다고 했고, 석이가 준비되었을 땐 내가 사람들과 식사를 해야 한다고 미뤘다. 나는 잔뜩 열이 받아서 식사가 언제 끝날지 장담할 수 없으니 내일 얘기하자고 무미건조하게 메시지를 보냈다. 사실 식사하는 내내 온통 석이 생각뿐이었다. 결국 집으로 가는 길에 충동적으로 석이 방으로 향했다. 가면서 전화했지만 받지 않았다. 잠들었을 거야. 잘 먹지도, 자지도 않았을 테니 편두통을 견디기 위해 아스피린을 먹었겠지. 나는 석이를 깨우지 않고도 그 방에 들어가 석이의 상태를 살펴볼 수 있었다. 만약 석이가 깨어난다면, 어둠 속에서 눈을 깜빡이며 나를 발견한다면 그 곁으로 다가가 우리가 한 번도 나눈 적 없는 이야기를 시작할 수 있었다. 하지만 도착할 즈음엔 내 안에서 즉흥적으로 작동하던 열기가 식어버렸고 한 뼘쯤 떠올랐던 몸이 단단한 땅 위로 내려왔다. 그대로 차를 돌려서 집으로 향했다.

기분은 자꾸 변했다. 딱히 분명한 연유도 없이.

다음 날 석이는 미팅을 마치고 나를 만나러 오기로 했다. 나는 미팅 장소와 가까운 카페에서 석이를 기다렸다. 그때까지도 우선 석이를 든든하게 먹이고 천천히 우리의 문제에 대해, 우리에게 필요한 약속들에 대해 이야기해야겠다고 생각했다.

약속한 시간보다 훨씬 늦게 도착한 석이의 입에서는 옅은 맥주 냄새가 났다.

"술 마셨어?" 내가 아연하게 물었다.

나랑 이야기하기로 한 시간에? 내가 그랬을 때 그토록 몰아세워놓고 아무런 죄책감 없이 사람들하고 어울렸어?

"별로 안 마셨어."

"미팅이 끝나고 술자리에 갔단 말이지?"

"졸면서 앉아 있었어. 몸이 너무 안 좋아서……."

"그러니까 아픈 몸으로 거길 갔단 말이지?"

"지금 그게 중요해?" 석이는 그새 야위고 때꾼해진 얼굴로 나를 쳐다봤다. "나는 돈을 벌어야 하잖아."

"그래, 나도 알아." 나는 고개를 세차게 위아래로 끄덕였다. "네가 계속 돈을 벌어야 한다는 거, 나도 잘 알아."

석이는 하얗게 부르튼 입술로 작게 한숨을 쉬었다. "지난주엔 사정이 있었어. 내가 얘기해도 될까?"

하지만 내 마음속에선 차갑고 뜨거운 것이 뒤섞였다. 무슨 이야길 하겠다는 거야? 내가 하는 말을 전혀 듣고 있질 않잖아.

석이는 아랑곳 않고 우리가 다툰 날 미처 말하지 못했던 일을 털어놓았다.

"어머니가 그 남자랑 재혼하기로 결정했어. 내가 그 남자 호적에 아들로 올라가길 바라서." 그렇게 말하고 석이는 몇 초간 침묵했다. 마치 그것이 이 모든 상황에 대한 답변이라는 듯이. "그런 얘기를 들었는데 마침 네가 친구를 보러 간 거야." 그러고는 조심스럽게 덧붙였다. "네가 정말 보고 싶었어."

내가 아무 말이 없자 석이는 초조하게 계속 말했다.

"그날 계속 고모들을 만나러 다녔어. 할 수 있는 게 없어서 놀라고 노여워하는 고모들을 찾아가서 그냥 이야기를 들었어. 두려워하면서 나에게 정말 그럴 거냐고 묻는 고모들한테 아니라고, 안 그러겠다고 했어. 우리와 남이 될 테냐, 묻는 고모들한테 아니요, 그럴 수 없다는 거 잘 아시잖아요, 라고 했어. 재차 확인하는 고모들한테 역시 아니라고 했어. 정말 그러지 않을 거냐고 묻는 고모들한테 정말 그러지 않을 거라고 했어. 어떤 경우에도 그러지 않을 수 있겠냐고 묻는 고모들한테…… 나를 아직도 어린애처럼 품에 안아보고 투닥투닥 쓰다듬는 고모들한테 아니라고 아니라고 아니라고 아니라고 계속 말했어."

석이는 여전히 한마디도 건네지 않는 나를 절망한 얼굴로 바라봤다.

"제발. 무슨 말이라도 해봐."

"너랑 헤어질 거야." 나는 단순한 기분으로 말하고 있었다. "내가 하고 싶은 말은 그거뿐이야."

석이의 눈이 놀라움에 커졌다가 서서히 빛을 잃었다. 허탈하게 웃으며 혼잣말처럼 중얼거렸다. "그렇구나."

어떻게 석이는 납득할까. 무엇을 납득하고 있는 거지?

"어쩌면 너를 놓아주어야 한다고 생각했어." 석이는 이제 나를 보지 않고 바닥을 내려다봤다. "내가 이런 사람이라서."

왜 노력하겠다고 말하지 않아? 왜 너는, 왜 항상, 날 사랑하는 걸 무기처럼 휘두르고 그 사랑을 받아달라고만……

"하고 싶은 말이 그게 다야?" 내가 물었다.

석이는 여전히 내 눈을 보지 않고 말했다. "네가 정말 좋은 사람이라는 거 알아. 나한테 과분한 걸 알아."

"그게 다야?"

"네가 밉지 않아. 나는 너를 미워할 수 없어." 석이의 목소리가 가늘게 떨리고 있었다.

나는 다시 물었다. "그게 다냐고?"

"너를 만나기 전엔 아무것도 없었어. 나한테 정말 아무것도 없었다는 걸 너를 만나고 알게 되었어."

"그게 다니?"

"그때로 돌아갈까 봐, 이런 날이 올까 봐 늘 두려웠어."

"그게 다라고?"

우리는 거의 속삭이듯 말하고 있었다. 아주 나쁜 짓을 하고 있다는 듯이.

석이는 숨을 헐떡이며 천천히 고개를 흔들었다. "한 번도 이 행복이 내 것이라고 생각한 적 없어. 나한테 없는 걸 잠시 빌려온 거니까 언제고 다시 빼앗길 수 있다고 생각했어."

나는 계속 물었다. "그게 다란 말이지?"

"나를 많이 봐준 거 알아. 고맙게 생각하고 있어."

나는 집요하게 물었다. "그러니까 그게 다란 말이야, 그렇지?"

석이는 한동안 아무런 미동도 하지 않았다. 어느새 소리 없이 울고 있었다. "내가 나인 게 너를 슬프게 해서 미안해."

나는 내가 지독하게 굴고 있다고 생각하면서도 다시 물었다. "그게 정말 다니, 석아?"

그제야 석이는 고개를 들고 나를 바라봤다. 턱과 어깨가 부서질 것처럼 흔들렸다.

"네가 행복했으면 좋겠어."

나는 뒤로 물러나서 의자에 몸을 파묻고 잠시 우는 석이를 바라봤다.

젖은 얼굴.

지치고 기울어진 얼굴.

거짓말하는 얼굴.

여전히 나를 사랑하는 얼굴.

도와달라고 말하는 얼굴.

울고 있는 석이의 얼굴을 바라봤다. 석이와 나 사이에 가로놓인 낯선 거리와 이제 그 안으로 손을 뻗어 석이를 만질 수 없다는 것을 서서히 깨달으면서. 우리가 막 시작하려는 일을 기운 없이 받아들이면서. 내가 조금도 울지 않고 그 일을 해치울 수 있다는 사실에 놀라면서.

"너처럼 비열한 인간은 처음 봐." 내 목소리는 오히려 부드럽게 들렸다. "한 가지 분명한 건 네가 해온 게 절대 사랑은 아니라는 거야. 이제 우리가 함께한 모든 순간이 끔찍한 시간으로 훼손됐다는 거야. 무엇 때문에 내가 없는 인생을 살게 됐는지 똑똑히 기억하면서 살아. 네 이기심과 자존심 때문이야."

9

잔잔한 바닷물이 아파트 단지 깊숙한 곳까지 들어왔다. 거실에서 내려다보면 작은 숲길처럼 조성된 산책로와 공원 바로 옆에 덮인 얕고 온순한 바다가 보였다. 해수는 햇살을 받아 물개의 매끄러운 피부처럼 반짝였다. "매시간마다 전혀 다른 색깔이 됩니다. 바다는 참 신비롭죠?" 중개인이 말했다.

그 집을 계약했다. 다음 달부터 이 도시에 살면서 8월에 결혼식을 올릴 예정이었다. 아주 무더운 여름일 테지만 나도 남편도 그 계절을 사랑했다. 우리는 이 해안 도시에 한 번도 살아본 적이 없고 아는 사람도 없었다. 내가 책임 큐레이터로 일하게 된 미술관이 있다는 것 말고는 여기서 살아야 할 이유가 하나도 없었다. 하지만 그는 나를 위해 기꺼이 이곳으로 와주었다. 오히려 낯선 땅에 대해 회의적인 마음을 가지고 있던 건 나였다. 다행히 어딜 가나 한쪽 방향을 차지하고 있는 해변과 집 앞까지 밀려드는 바닷물을 보자 단번에 이 도시가 좋아졌다.

그 집의 저녁 풍경을 보고 싶다고 말하자 중개인은 흔쾌히 나를 다시 그 집으로 데리고 가주었다. 빈 벽과 바닥 위로 부드러운 노을이 스며들고 있었다. 내가 발코니 난간을 잡고 나무 사이에 숨겨진 채 노란 불빛으로 빛나는 테니스장과 어두운 해수를 향해 조명을 쏘는 돌다리를 찬찬히 구경하고 있을 때, 갑자기 중개인 남자가 자길 기억하지 못하느냐고 물었다.

"네?" 나는 그를 돌아봤지만 기억나는 게 없었다. "우리가 어디서 만난 적이 있어요?"

남자는 몇 해 전 휴양지에서 코뼈가 부러진 적이 있다고 말했다. 나는 깜짝 놀라 다시 남자의 얼굴을 들여다봤다. 그는 살이 많이 찌고 가는 은색 테 안경까지 쓰고 있어서 딴사람 같았다. 신기하면서도 한편으로는 어떤 반응을 보여야 할지 난감했다.

"남편은 그때 그분인가요?" 그는 아닌 걸 아는 눈치로 물었다.

"전혀요." 나는 웃으며 고개를 저었다. "전혀 다른 사람이에요."

그도 웃으며 그렇군요, 작게 중얼거렸다. 나는 가까스로 내 이름과 아주 비슷했던 여자의 이름을 기억해냈다. 아직도 그녀를 만나느냐고 묻자 이제는 아니라고 대답했다. 그러고는 내게 제안했다.

"잠시 시간을 내주실 수 있나요? 잠깐이면 됩니다."

나는 순간 망설였지만 알겠다고 대답했다.

남자는 나를 다시 사무실로 데려가서 고객들과 상담하고 계약서를 쓰는 패브릭 소파에 앉혔다. 아까도 주었던 티백 홍차를 내주고 맞은편 소파에 앉았다. 조금 전에도 이렇게 마주 앉아 계약서에 서명을 했다. 그때 집과 동네 환경에 대해 이것저것 물으며 그를 친절하고 익살스러운 중개인으로 생각했던 걸 떠올리자 이상한 기분이 들었다. 그는 예전의 에너지와 날선 공격성이 다 사라진 것 같았다. 외모뿐 아니라 여러 면에서 완전히 다른 사람이 되어 있었다. 반년 전부터 친구 일을 도와 여기서 일하고 있다고 했다.

"제약 회사를 운영하시지 않았나요?" 내가 그것을 기억하고 있는 것이 신기하게 여겨졌다.

"이제는 아닙니다. 그동안 많은 일이 있었죠." 그러고는 예전 일을 사과했다. "우리 관계를 알고 불편하셨을 텐데 그때는 죄송했습니다."

나는 아니라고, 신경 쓰지 않았다고 말해주었다.

"믿으실지 모르겠지만 그런 관계를 솔직하게 밝힌 건 처음이었습니다. 애초에 우리가 편안하게 이야기를 나눌 만한 상대가 그전에는 없었죠. 당신들이 낯선 곳에서 만난, 다신 보지 않을 사람들이라고 생각해서 대담해졌던 것 같습니다."

"이해해요."

"그녀와는 어릴 적부터 알고 지내던 사이였습니다. 중학교 때 같이 수영을 하면서 도내 유소년 선수로 활동했죠."

야외 수영장에서 수영을 하던 그들의 모습이 떠올랐다. 남자는 두껍고 단단한 근육이 붙은 긴 팔다리로 물살을 갈랐고, 여자는 소리 없이 물에서 빠져나와 커다란 비치타월로 몸을 감싸곤 했는데 아름다운 몸의 굴곡이 타월 위로 그대로 드러났다. 초록색 비키니가 까무잡잡하고 탄력 있는 피부와 잘 어울렸다.

"처음 만났을 때는 그녀가 저를 좋아했습니다." 남자가 입을 열었다. "유난히도 저를 피해서 별로 대화를 나눠본 적이 없었는데 졸업식 날 초콜릿을 주면서 고백하더군요. 거절했습니다. 그때 푹 빠졌던 여자애가 있었거든요. 그 애 얼굴이 지금은 생각도 나지 않습니다. 아무튼 그 뒤로 우리는 좀 어색해졌지만 그럭저럭 잘 지냈던 걸로 기억합니다. 느슨한 유대감이 생겼달까. 그리고 고등학교 2학년 때 어깨 부상으로 수영을 그만둘 무렵에 갑자기 그녀가 좋아졌습니다. 정말 세상일은 알 수가 없더군요. 번개에 감전된 것처럼 불현듯 그녀를 좋아하고 있다는 걸 깨달은 겁니다. 한시라도 빨리 그녀도 나와 같은 마음인지 확인하고 싶어서 정신을 차릴 수가 없었습니다. 그녀를 가까이 두고 낭비한 시간들이 아까워 눈물이 날 지경이었죠. 성급하고 어리석게 굴었던 거 같아요. 이번에는 그녀가 절 피해버렸죠."

거기까지 말하고 남자는 홍차를 한 모금 마시며 "계속할까요?" 물었다. 나는 계속하라고 말했다.

"그런 엇갈림이 끈질기게 반복됐습니다. 그녀와 저는 이런 관계에 완전히 질려버렸다가도, 또 깨끗하게 단념했다가도 어느 순간 다시 어떤 열정에 휩싸여 서로를 찾았습니다. 돌이켜보면 인생의 모든 지점에 그녀가 있었던 거 같아요. 그녀의 인생에는 제가 있었고요. 그녀는 제가 좋아하는 가수를 따라 듣다가 그 가수 콘서트에서 첫 번째 남자 친구를 만났습니다. 진실한 남자가 아니었기 때문에 그 뒤의 연애들에서 연인을 믿지 못하는 사람이 됐죠. 그녀가 그런 문제로 울던 모습이 저한테 강렬한 잔상을 남겼던 거 같습니다. 저는 그때부터 밥을 먹을 때나 길을 걸을 때, 이따금 그녀의 우는 얼굴을 떠올렸어요. 그러다가 발밑을 보지 못하고 뚜껑 열린 맨홀 아래로 떨어졌죠. 어이없는 사고였지만 그 일 때문에 수영을 그만뒀습니다. 낙담한 제 곁에서 그녀가 위로해줬죠. 그리고 저는 사랑에 빠진 겁니다. 사랑에 빠졌다는 걸 깨달은 것일 수도 있고요. 그런 일의 순서를 가리는 것은 어려운 일이지 않습니까?"

나는 고개를 끄덕였다.

"이런 것들입니다. 이런 식의 맞물림이 끊임없이 반복되면서 그녀와 제 삶이 영향을 주고받았다는 생각이 드는 겁니다."

남자는 양손을 펼쳐 눈에 보이지 않는 두 세계를 내 앞에 내밀었다. 꼬리에 꼬리를 물고 서로를 잡아먹는 우주가 거기 있다는 듯이.

"딱 한 번," 남자가 말했다. "정말 그녀의 영혼 가까운 곳까지 다가간 적이 있습니다. 엇갈리기만 하던 각자의 상황과 마음의 속도가 맞아떨어졌죠. 늦은 밤 그녀의 집 앞으로 찾아가 모든 걸 고백하고 간청했습니다. 그녀도 마음 깊은 곳에 숨겨둔 이야기를 들려주기 시작했죠. 우리는 작은 벤치에 앉아 날이 밝도록 이야기를 나눴습니다. 그날 밤 창백하고 부드러운 달빛과 소곤거리는 목소리를 비밀스럽게 감싸주던 공기를 아직까지 기억하고 있습니다. 그때 저는 이제 우리를 갈라놓을 것은 아무것도 없다고 확신했죠. 하지만 그걸로 끝이었습니다. 그녀가 집으로 돌아갔을 때 할머니는 숨이 끊어진 상태였습니다. 급성 뇌졸중이었는데 방바닥에서 괴로워했던 흔적이 남아 있었다더군요. 그녀는 어릴 때부터 할머니와 둘이 살았습니다. 장례가 끝나고 그녀는 다른 도시에 있는 작은아버지 댁으로 가게 되었죠. 하지만 멀어진 몸의 거리보다 더 큰 문제는 그날 밤 우리 사이에 존재하던 어떤 것이 사라져버렸다는 것입니다. 그녀는 그날 자기가 집에 없어서 할머니가 돌아가신 거라고 생각했습니다. 쓰러진 할머니를 재빠르게 병원으로 옮긴 뒤 적절한 조처를 받도록 할 수 있었는데 그러지 못했다고요. 할머니가 그녀를 불렀을 텐데 혼자서 고통스럽게 죽도록 내버려두었다고 말입니다. 할머니가 죽어가던 밤에 함께 있었던 제 얼굴을 더 이상 볼 수가 없다더군요. 그녀와 완전히 하나가 되었다고 생각한 순간, 영영 멀어진 겁니다. 오랜 시간이 흐르고 깨닫게 되었지만, 애초에 누군가가 내 안에 온전히 들어오는 일은 불가능한 것 같습니다. 그냥 나를 스치거나 이따금 특별한 순간에 내 몸을 관통해 지나갈 뿐이죠. 가장 좋은 건 그 사람을 내 가장자리에 두는 겁니다. 내 안과 가장 멀고 내 바깥과 가장 가까운 곳에요."

거기까지 말하고 남자는 잠시 먼눈으로 사무실을 둘러보았다. 철제 캐비닛과 빨간 스티커가 점점이 붙은 커다란 해안 지도가 한쪽 벽을 채우고 있었다. 앞으로 살아가게 될 도시의 생김새를 그런 식으로 바라보는 것은 기이한 기분이었는데 어쩐지 과거에 살았던 집들이 생각났다. 늦은 밤 홀로 집에 돌아올 때 습관처럼 쳐다보곤 했던, 쓸쓸한 가로등 불빛 아래 누가 있지 않을까 살펴보던 키 작은 벤치가 어쩔 수 없이 떠올랐다.

"아내와는 스물여덟에 만나 결혼했습니다." 남자의 얼굴은 순간 괴로운 표정으로 일그러졌다가 평온하게 돌아왔다. "그녀를 잊기 위해 도망치듯 갔던 유학에서 같은 글쓰기 수업을 들었죠. 제가 힘들 때 큰 위로가 되어준 사람입니다. 결국에는 서로를 미워하게 됐지만, 거기에도 제가 알지 못하는 어떤 이유가 있겠죠. 사실은 그 이유를 압니다. 제가 언제나 그녀의 인력에 끌려 움직였기 때문입니다. 전혀 상관없는 삶 속으로 멀어진 것처럼 보여도 그녀와 저는 보이지 않는 힘의 영향 아래 있었습니다. 변명 같지만 아내를 위해서라도 이혼해야 한다고 생각했습니다. 저 같은 빈껍데기랑 5년간 사는 동안 아내의 마음도 텅 비어버렸던 겁니다. 다른 사람이 된 것 같았죠. 아내는 실제로 저와 그녀에게 무서운 짓들을 했어요. 그걸 자세히 말할 생각은 없습니다. 아내를 그렇게 만든 게 제 탓이라는 둥 뻔뻔한 말도 하고 싶지 않습니다. 그냥 그렇게 돼버린 것에 대해 기억하고 있을 뿐입니다. 분명한 건 그녀와 제가 휴양지로 떠났을 때, 제 아내는 죽어가고 있었습니다."

남자는 잠시 한 손으로 턱과 입을 감싸고 침묵했다. 나는 숨을 죽이고 그가 다시 입을 열길 기다렸다.

"폐가 섬유처럼 탄력을 잃고 푸석푸석해지는 병이었습니다. 깊은 곳에서 물을 길어 올리듯 목과 쇄골의 피부를 뼛속으로 빨아들이며 쌕쌕 숨을 쉬어야 했어요. 치료해보려 했지만 결국 공기호스 없이는 버틸 수 없는 지경에 이르렀죠. 그녀와 저는 아내의 회복을 기다렸습니다. 그렇게 믿었습니다만 그런 기다림과 아내의 죽음을 기다리는 일을 구별할 수 없었습니다. 그래서 도망친 겁니다. 아내로부터, 아내의 죽음으로부터. 그런 병은 어떻게 생겨나는 걸까요? 아내의 마음속에 응어리진 악랄한 감정 때문이거나, 내 마음속에 도사리고 있던 아내에 대한 증오가 그렇게 만든 게 아닐까, 자주 생각했습니다. 어쩌면 모든 일이 벌어지기 전에 이미 아내의 몸 깊숙한 곳에서 남편의 배신에 대한 예감이 작용했던 것일지도 모릅니다."

"아내는 죽었나요?" 내가 참지 못하고 물었다.

"아뇨." 그는 천천히 고개를 저었다. "완전하게 회복했습니다. 성공 확률이 30퍼센트도 안 되는 폐 이식 수술을 받았죠. 폐는 처음부터 아내의 일부였던 것처럼 아무런 거부반응 없이 몸속에 자리 잡았습니다. 아내는 다시 숨을 쉬게 되었어요. 몇몇 사람들은 신의 뜻이 있었다고 놀라워했습니다. 아내는 저를 용서해주더군요. 이혼해주었죠. 돌아오는 봄에 그녀와 결혼했습니다."

남자는 길게 심호흡을 하고 차를 마셨다. 나도 미지근하게 식은 홍차를 한 모금 넘기며 남자가 거짓말을 하고 있는 게 아닐까, 생각했다. 어쩌면 그가 아내를 죽이려 했을지도 모른다고. 남자가 희미하게 웃었다.

"때때로 어떤 체험에 대한 기억이 왜곡된 것일 수 있다는 생각을 합니다. 제가 기억하는 그것과 다른 사람이 기억하는 그것이 다르고 물론 진실과도 다르다고요. 하지만 그게 다 무슨 소용일까요. 저는 제가 기억하는 세계 속에서 영원히 살아갈 텐데요. 그녀와 함께 산 반년은 제 인생 최고의 나날이었습니다. 매일매일 황홀한 행복감에 잠겼고 잘 알지 못하는 신에게 끝없이 감사했어요. 아무리 돌이켜 떠올려보아도 저는 여전히 짐작할 수가 없습니다. 그녀가 왜 오랫동안 청산가리를 우리가 함께 자는 침대 밑에 두었는지, 그러다 문득 그걸 삼키고 몸 안의 모든 장기를 까맣게 태워버릴 생각을 했는지 저로서는 알 수가 없는 겁니다. 평소처럼 그녀와 아침으로 샐러드를 먹고 따뜻하게 입을 맞추고 회사에 갔을 뿐인데요. 그 전날을 떠올려봐도 화분의 위치를 조금 바꾸는 게 어떨까, 햇볕을 더 잘 받도록 말이야, 같은 일상적인 대화를 했습니다. 신발장에는 일요일에 사두었던, 한 번도 신지 않은 스웨이드 구두가 그대로 들어 있었습니다. 그런 것들을 남겨두고 그녀는 죽어버린 겁니다."

남자는 안경을 벗어 탁자 위에 올려놓았다. 팔짱을 끼고 그 안경을 중요한 단서처럼 바라보았다.

"그녀가 죽은 걸 발견하고 저는 한동안 눈이 멀었습니다. 하얗고 부연 연기가 눈 속을 떠다녔죠. 며칠 뒤 다시 앞이 보이기 시작했지만 시력은 형편없이 떨어졌습니다. 사람이 너무 큰 충격을 받으면 그렇게 되기도 한다더군요. 처음 몇 달간은 밥을 먹을 수가 없었습니다. 아침에 눈을 뜨면 울기 시작했죠. 감정적으로 슬프다기보다 몸이 망가진 것처럼 눈물이 났어요. 실신과 영양실조를 반복했죠. 그러다가 어느 날 갑자기 폭발적인 허기가 찾아왔습니다. 일종의 폭력성에 가까웠어요. 무언가를 끊임없이 먹어야 했습니다. 제 몸 안에 뜨겁고 징그러운 내장이 들어 있다는 걸 똑똑히 느낄 수 있었죠. 그런 시기가 한동안 이어졌습니다. 이제는 많이 괜찮아졌어요. 일상으로 돌아오는 것은 불가능할 것 같았는데 사람은 참 신비롭더군요. 이런 얘기를, 당신이 아니면 누구한테 할 수 있겠습니까?"

남자는 탁자에 놓인 안경을 다시 쓰고 나를 똑바로 바라보며 웃었다. 나는 무슨 말을 해야 할지 몰라 고개만 끄덕였다.

"이제 당신 이야길 해보세요." 남자가 말했다. "그때 그 남자는 어떻게 됐습니까?"

"우리는……" 나는 순간적으로 떠올려보았다. "갑자기, 어느 날 갑자기 허무하게 헤어졌어요. 겁에 질려서 울면서도 서로에게 이쪽으로 건너오라고만 소리쳤어요."

남자는 알쏭달쏭한 표정으로 내가 더 말하길 기다려주었다.

"헤어진 뒤에도 가끔 사람들이 모이는 곳에서 우연히 그를 봤어요. 우리는 때에 따라 그냥 적당히 아는 사이처럼 인사를 나누기도 하고 때로는 친구였던 적도 없는 것처럼 낯선 눈으로 서로를 바라봤어요. 함께한 시간이 착각처럼 느껴질 정도였죠. 나는 그가 근처에 있을 때 아무렇지 않게 행동했지만 시간이 흐르고 그가 어느새 집에 갔다는 걸 깨달으면 슬퍼졌어요. 그 때까지도 끝났다는 확신이 없었죠. 그가 내게 다가와서 불쑥 말을 걸지 않을까, 화장실로 가는 조용한 복도나 출입구 앞에서 나를 기다리고 있지 않을까 상상했어요. 하지만 그는 그러지 않았고 머지않아 이사를 갔다는 소식이 들렸어요. 내 집과 조금 더 먼 곳으로요. 나는 내심 그에게 고마웠어요. 우리 흔적이 시간 속에서 서서히 지워지도록 내버려두지 않고 정리해준 것에 대해서요. 방의 문을 영원히 걸어 잠그고 그 세계에서 완전히 빠져나오게 해준 것에 대해 고마워했어요."

나는 천천히 고개를 저었다.

"이제 그는 미술을 하지 않아요. 새아버지가 운영하는 가구 회사에서 목재를 수입하고 거래처를 관리하는 일을 해요. 결혼은 지난해 겨울에 했어요. 그는 항상 가정을 꾸리고 싶어 했죠. 아내가 생겼으면 좋겠다고 했어요. 남편이 되겠다고 하지 않고요. 결혼식에는 그가 사랑했던 고모들이, 그리고 형제자매처럼 여겼던 사촌들이 한 명도 참석하지 않았어요. 낯설고 새로운 가족들이 박수를 치면서 결혼을 축복해줬어요."

나는 이미 전해 들어 알고 있던 사실들을 이야기하며 깜짝 놀랐다. 입 밖으로 꺼내 말하고 나자 그건 내가 기억하던 것보다 슬프고 끔찍한 이야기로 들렸다. 멈추지 않고 계속 말했다.

"난 어머니에게 빚이 있어, 라고 그가 말한 적이 있어요. 인생의 절반보다 많은 시간을 사랑하는 사람의 죽음을 갚으며 산 가여운 사람이라고. 난 그런 삶의 질감을 상상할 수도 없어, 라고 말했어요. 어머니에게도 하지 못했던 말이고 앞으로 누구에게도 이런 마음을 이야기할 수 없을 거라고 했어요. 오직 너만 알고 있는 거야. 그렇게 말했어요."

나는 얼마간 입을 다물었다. 충분히 기다린 뒤 남자가 말했다.

"그때 그녀가 말하길, 당신이 이별을 생각하고 있다더군요."

"제가요?"

남자는 말없이 미소 지었다. 문득 그에게 이런 이야기는 작은 액자 밖으로 내다보이는, 천천히 흔들리며 변하는 풍경에 지나지 않는다는 걸 깨달았다.

남자는 탁자 위에 기도하듯 가지런히 모은 두 손을 올려놓았다.

"인생이 어떻게 흘러가는지 도무지 알 수가 없습니다. 그때 다른 길로 갔다면 지금 그 사람과 함께할 수 있었을까요? 하지만 그 길은 이미 존재해서 펼쳐져 있는 게 아니라, 발을 앞으로 내딛는 순간 만들어지니까요. 과거의 기억도 마찬가지인 것 같습니다. 우리가 머릿속에 기억을 떠올리는 순간 잊을 수 없는 과거가 시작되는 겁니다."

남자는 나를 큰길까지 배웅해줬다. 집과 길 사이로 스며 들어온 까만 바다는 비밀스러운 밤의 영역이 되어 고요하게 출렁이고 있었다. 그와 헤어질 때 건강하시라고 말해주었다.

"이제 위험할 정도로 많이 먹고 싶은 충동은 일지 않습니다. 하나의 시기가 끝난 것 같아요." 남자는 진지하게 말했다. "몸은 한번 이렇게 되고 나니 어쩔 수가 없더군요. 굶어도 봤지만 소용없었어요. 요새는 그냥 정량의 식사를 하루 두 번 합니다. 채소와 달걀 위주로요. 간단한 운동도 시작했습니다. 하지만 이제 수영은 하지 않아요." 그가 궁금해했다. "여전히 수영을 못 하나요?"

그렇다고, 나는 대답했다.

10

밤이 되면 야외 수영장은 푸르스름하게 빛났다. 발광 물질을 가지고 있는 이끼나 녹조를 풀어놓은 것 같았지만 물속에는 아무것도 없었다. 아침에 가만히 고여 있던 물은 밤이 되면 현혹하는 묘약이나 연기의 움직임처럼 나선을 그리며 부드럽게 휘몰아쳤다. 손을 넣어 휘저으면 반짝이는 빛이 묻어 올라왔다가 물기를 따라 아래로 뚝뚝 떨어졌다. 주변은 온통 나무와 덤불에서 흘러나오는 캄캄한 어둠과 뜨겁게 달궈졌던 땅이 식어가면서 내뿜는 열기로 가득 차 있었다.

유난히 무더웠던 날의 수영장은 욕조처럼 따뜻했다. 나는 튜브에 팔을 끼우고 위아래로 조금씩 오르락내리락하는 물결을 타면서 떠다녔다. 석이는 배영이나 접영을 조금 하다가 내 곁으로 헤엄쳐왔다. 튜브에 달린 고리 모양의 끈을 잡고 나를 이곳저곳으로 끌고 다녔다. 내 팔과 어깨를 잡거나 물에 잠긴 손에 깍지를 꼈다. 물속에서 만지는 석이의 손바닥과 손가락은 감촉이 낯설고 이상했다.

석이는 튜브 위에 걸친 내 오른팔에서 빨간색 점을 찾아 손끝으로 문질렀다. 같은 색깔 점이 오른쪽 무릎 중앙에도 있다는 걸 석이는 알고 있었다. 또 왼손 중지의 마디 아래에 있는 작은 점의 존재도 알고 있었다. 그런 것을 안다는 걸 좋아했다.

"사실 말이야." 석이가 말했다. "너를 만나지 않았고 너를 모르는 채로 살아가는 내가 저 우주 어딘가에 살아."

"꿈 얘기야?" 내가 물었다.

"그래, 꿈 얘기." 석이는 내 머리에 손을 얹으며 웃었다. 얹은 손을 천천히 움직여 젖은 머리카락을 매만져주었다. "나는 잠이 들면 그 우주의 내가 되어 계속 너를 모르고 살아가. 잠에서 깨어나면 네가 곁에 있지만 어쩐지 네가 있다는 게 의심스러운 거야."

"슬프다."

"이수야, 네가 나를 떠나면……" 석이가 슬픈 얼굴로 말했다. "그곳의 나와 이곳의 나는 서서히 가까워지다가 감쪽같이 겹쳐질 거야. 남아 있는 똑같은 날들을 살아갈 거야."

그날 석이는 내게 물에 뜨는 법을 가르쳐줬다. 나는 푹신한 침대에 눕는 기분으로 미지근한 물속에 몸을 푹 담갔다. 내가 균형을 잡고 떠 있을 수 있도록 석이가 등과 허리를 손으로 받쳐주었다.

"고개를 들려고 하면 가라앉을 거야. 귀가 물에 잠기도록, 몸의 반은 물에 내주어야 해. 그럼 잠기지 않은 나머지 몸이 뜰 거야."

귀가 물속에 잠기자 석이의 목소리가 아득하게 멀어졌다. 대신 귓가에서 보글거리는 물거품 소리가 들렸다.

"자, 이제 숨을 들이켜. 숨을 머금고 뱉지 마."

나는 그렇게 했다. 그러자 몸이 풍선처럼 물 위로 떠올랐다.

"잘했어. 그대로 균형을 유지하는 거야. 무서워하지 말고, 몸의 힘을 좀 빼도 돼. 절대 가라앉지 않아."

석이도 물 위에 누웠다. 우리는 떠 있어? 거기 있어? 물으며 물의 흐름에 완전히 몸을 맡겼다. 어느 순간부터 입을 다물고 물 위로 쏟아져 내리는 드넓은 밤하늘을 바라보았다. 까마득한 우주의 깊이와 별의 수에 압도당했다. 별들이 와글와글 떠들며 우리에게 무슨 말을 하는 것 같았다.

시간이 흐르자 내가 어디에 떠 있는지 짐작할 수 없었다. 등 뒤로 펼쳐진 알 수 없는 깊이의 물속으로 추락할 거 같아서 두려웠지만 가라앉지 않을 것을 믿고 있었다. 눈에 보이지 않아도 석이가 같은 물결 속에 있는 것을 느꼈다. 석이는 아주 사라진 것처럼 먼 곳으로 떠내려갔다가 어느새 가까이 다가왔다. 그러면 우리는 스치듯 손을 한번 잡았다가 다시 놓아주었다. 나는 언제든 석이가 내게 돌아올 것을 믿고 있었다. 석이도 내가 갑자기 어둠 저편으로 사라지지 않을 것을 믿고 있었다. 검고 고요한 물속에 서로를 남겨두지 않을 거라고, 아무런 말 없이도 약속할 수 있었다. 우리는 커다란 물 위에서 아주 느릿느릿하게 꿀벌이나 번개의 궤적을, 꿈이나 파도의 변화를 따라 움직였다. 그것은 완전한 미지의 경로였다. 하지만 어째서일까? 우리가 같은 방향으로, 거의 비슷한 속도로 흘러가리라고 조금도 의심하지 않았다.

소설가의
말

 나를 잘 모르는 사람들에게 나는 이상한 사람이 되기 쉽고, 특히 '이상한 여자'가 되는 건 순식간이다. 내가 살아온 과정과 성향, 취향, 마음의 모양과 윤리, 관계, 사정, 그로 인한 판단과 선택을 다 알지 못하는 사람들이 나를 온전히 이해하기란 늘 불가능하고, 자주 오해가 생기며, 때로 그들은 그냥 믿고 싶어서 간단하게 믿어버린다. 그렇게 생겨난 미움은 실체 없이 떠다니는 안개처럼 희미하고 축축하게 사람을 괴롭힌다. 나를 판단하는 눈빛과 표정을 견디도록 만든다. 그것이 가치 없는 에너지이며 결코 내가 가진 진실을 훼손할 수 없다고 믿으면서도 마음을 다친다.

 그럴 때면 누구보다 나를 가장 잘 아는 그 사람이 이제 곁에 없다는 사실에 깜짝 놀라게 된다. 검고 고요한 우주에 홀로 남겨졌음을 실감한다. 나의 모든 것을 알려주고, 너의 모든 것을 알아가던 우리의 단단하고 따뜻한 관계는 어떻게 끝이 났나. 서로의 이야기 속으로 들어갔던 여행은, 서로의 영혼까지 가닿기를 바랐던 탐구는, 서로의 감정과 감각을 한 몸처럼 공유했던 마법은 어떻게 힘을 잃었나. 나를 아는 단 한 사람이 존재함으로써 다시 세상을 살아갈 힘과 위로를 얻었던 안락하고 비밀스러운 방에서 우리는 어떻게 서로의 등을 떠밀고, 끝내 문을 걸어 잠그고, 발 없는 유령이 되어 빠져나왔나.

이별한 후에도 그것이 언제 시작되었고 언제 끝났는지 도무지 알 수가 없다. 꿈의 입구와 출구처럼. 물결의 시작과 종료처럼. 다만 기억의 숲을 집요하게 헤매는 방법으로 길을 찾기도 한다. 의문과 슬픔이 동력이 된다. 직감적으로 선택한 장면에서 불가해한 일들의 단서를 찾는 것이다. 나중에는 습관과 관성의 힘이 작용한다. 때로는 기억들이 나를 찾아온다. 의지를 가진 유령처럼. 난데없는 순간의 재채기나 팔 위에 돋아난 오한처럼. 그런 순간은 여러 가지 마음이 뒤섞인 고통을 주지만 지속되지는 않을 것이다. 오랜 시간이 흐르고, 그 기억들이 여전히 의미 있는 추억으로 남아 있더라도, 그때는 나를 다치게 할 힘을 완전히 잃은 뒤일 것이다.

그럼에도 여전히 기억 속에선 이별과 사랑이 분리되지 않은 채 신비롭게 공존하는 것은, 진자처럼 흔들리는 우리가 멀어지고 가까워지기를 반복하는 것은······.

서로의

나라에서

정영수

정영수는 1983년 서울에서 태어났다. 2014년 창비신인소설상에 「레바논의 밤」이 당선되어 등단했다. 소설집 『애호가들』이 있다.

내가 조아현이라는 이름을 종종 잊어버리곤 했던 것은 그리 신기한 일도 아니다. 나는 그 이름을 수십 번은 잊어버렸는데 어느 순간 용케도 다시 떠올리곤 했다. 그때마다 그녀의 아이디를 인터넷 검색창에 써넣었고 어김없이 그녀의 근황을 알아낼 수 있었다. 그녀를 알게 된 건 10년도 더 전인데 그녀는 그때부터 지금까지 한 번도 어떤 식으로든 온라인에 자신의 소식을 올리지 않고 지낸 적이 없었다. 우리가 처음 만났을 때는 싸이월드가 유행이었기 때문에 그녀는 정성껏 꾸민 자신의 미니홈피 다이어리에 온갖 내용을 다 올렸다. 그때 싸이월드를 하던 사람들 사이에서는 주로 자신의 감정을 누구도 알 수 없게, 혹은 관련자만 눈치챌 수 있을 만한 추상적인 말을 짤막하게 올려놓는 것이 유행이었는데('그럴 리가', '어쩌면 너도' 같은 도무지 뜻 모를 말들) 조아현은 반대로 온갖 시답잖고 구체적인 것들을 낱낱이 적어놓곤 했던 것이다. 그녀는 자신이 목표로 하고 있는 일, 최근의 관심사는 물론이고 그날 아침 먹은 밥, 점심에 마신 차, 저녁에 마신 술은 몇 잔이었고 누구를 만나서 어떤 이야기를 나눴는지 등등을 시시콜콜 늘어놓았다. '아침. 홍합을 넣은 미역국. 바나나는 원래 하얗다. 점심. 미대 식당 오므라이스. 너무 익은 계란. 혜정이와 커피빈 숙대점에서 아메리카노. 저녁. 먹지 않음. 밤늦게 정인이와 토모야에서 새송이버터구이와 뜨거운 정종.' 그리고 가끔은 누군가에게 받은 문자메시지를 그대로 올리기도 했다. '어쩌면 네 말이 맞을지도 몰라. 너는 나보다 기억력이 좋잖아. 그나저나 감기는 이제 괜찮니? 2003. 11. 26 20:34' 그러다가 네이버 블로그로 옮겨갔는데 나중에는 닷컴 도메인까지 빌려 개인 사이트를 만들어서 게시물을 올렸다. 그다음엔 페이스북이었고 그다음엔 인스타그램이었고 그다음엔…… 두 개 이상의 매체를 이용하는 시기가 겹치기도 했지만 하나둘씩 게시글이 줄어들다가 결국엔 완전히 다른 곳으로 갈아타곤 했다. 요점은 그 일을 끝내 멈추지는 못했다는 사실이다. 조아현이라는 이름은 흔하지 않은 편이었고 그녀가 사용하는 아이디 또한 쉽게 중복되지 않았기 때문에 나는 그녀가 떠오를 때마다 거의 곧바로 근황을 알아낼 수 있었다.

그녀를 처음 만났을 때 나는 이제 스무 살을 넘긴 나이로, 갓 대학에 입학해 자신감이 넘치던 시기였다. 나는 학업에 매진하는 동시에 동서고금의 양서들을 섭렵하고 있었는데 그러면서도 가끔은 머리끝까지 술에 취해 객기를 부림으로써 청춘의 자유분방함을 누리는 것 또한 잊지 않고 있었다. 나는 전도양양한 청년이었으며 미래에 대해서는 아무런 걱정도 하지 않았다. 아니, 아예 미래에 대해서는 생각조차 하지 않았다. 모든 가능성이 열려 있다고 믿는 한편 어떤 빛나는 청사진에도 시큰둥했다. 당시 나에게 걱정이라고는 학교 선배에게 50만 원 주고 산 낡은 혼다 스쿠터의 시동이 잘 걸리지 않는다는 것뿐이었다. 배터리는 완전히 숨을 거둔 지 오래여서 퀵 페달을 밟아 시동을 걸어야 했는데 평상시에는 그나마 견딜 만했지만 겨울에는 고역이었다. 문제는 날이 추우면 추울수록 더욱 시동이 잘 걸리지 않는다는 것이었고, 그럴 때면 찬바람을 맞으며 수십 번은 발길질을 해야 겨우 힘없이 털털거리는 소리를 내며 배기가스를 내뿜기 시작하곤 했다. 그럼에도 아직 젊었던 나는 겨울에도 예외 없이 그것을 타고 통학을 했으며 서울 시내를 누비고 다녔다.

조아현과 나는 같은 학교에 다닌 것도 아니고, 함께 알던 친구가 있는 것도 아니었다. 우리는 맥주를 마시다가 그저 우연히 옆 테이블에 앉게 되었을 뿐인데, 그전에도 없었고 이후에도 없었던 나의 호기 때문에 알고 지내게 되었다. 학군사관 시험에 떨어져 좌절에 빠져 있던 친구의 기분을 풀어주고 싶었던 내가, 미친 듯이 불어오던 한겨울의 강바람을 뚫고 한강 다리를 막 건넌 직후 따뜻한 건물 안에 들어와 노곤해진 데다가 방금 전까지 겪었던 무자비한 추위로 인해 약간의 마조히즘적인 조증까지 겹쳐 평소에는 하지 않았을(심지어 내가 혐오하기를 마지않았던) 짓을 저지르고 말았던 것이다. 나는 옆 테이블에서 자기들끼리 잘 놀고 있던 여자들에게 말을 걸었다. 그렇다고 천박하게 "저기, 우리랑 같이 놀래요?" 하는 식의 말을 건넨 건 아니고 그저 불쌍한 내 친구에게 위로의 말씀 한마디만 해주시면 감사할 것 같다고 말했을 뿐이다. 그녀들은 당연히 황당하다는 반응이었고(그곳은 내가 살던 주택가에 있는 프랜차이즈

호프집이었고 결코 그런 식으로 말을 걸기에 적당한 장소는 아니었다)
나 또한 곧바로 내가 무슨 짓을 했는지 깨닫고는 사색이 되었
지만 그렇다고 말을 철회하지도 못했다. 다행히 그녀들은 우
리에게 헛소리하지 말고 꺼지라고 하는 대신에 이렇게 말했다.

"누구나 위로가 필요하죠."

그렇게 말한 것은 조아현이 아니라 그녀의 친구였다. 조아현
과 그녀는 꽤 친한 편이었지만 집이 가깝지 않아서 자주 만나
지 못했고 조아현과 내가 알고 지내던 기간에 둘이 다시 만난
적은 없었다. 그래서 지금은 이름은 물론 얼굴도 기억나지 않
는다. 그것은 학사장교가 되는 데 실패했던 내 친구도 마찬가
지여서(물론 이름까지 잊은 것은 아니지만) 얼마 지나지 않아 그
와 멀어졌고 지금은 소식조차 알지 못한다. 그때 조아현의 친
구는 어느 정도 취기가 올라 있었던 것 같다. 이후 나와 가까
워진 다음에 말해준 것인데 사실 조아현은 우리와 말을 섞고
싶지 않았다고 했다. 그런 식으로 말을 걸어오는 가벼운 남자
들하고는 상종도 하고 싶지 않았고 그건 지금도 마찬가지라고
했는데 그럴 때면 나도 그런 일은 그전에도 없었고 앞으로도
없을 것이며 그때도 특별히 딴마음이 있어서 그랬던 것은 아
니라고 변명하곤 했다.

우리는 한동안 원래 앉아 있던 각자의 테이블에서 이야기를
간간이 주고받다가 한 시간쯤 지난 뒤에야 테이블을 붙이고
본격적으로 대화를 나누기 시작했다. 조아현은 나보다 나이가

두 살 많았고 국어교육과를 다니다가 얼마 전에 사회복지학과로 편입했다고 했다. 이후에 무의미한 신변잡기 식의 이야기를 나누다가 그녀와 내가 음악 취향이 비슷하고 둘 다 엘리엇 스미스의 열성 팬이라는 사실을 알게 된 이후에는 대화가 조금 편하게 이어졌다. 거기다가 알고 보니 그녀는 내 집에서 걸어서 10분 거리에 살고 있었다(실은 그렇게 엄청난 우연은 아닌 게 그 호프집은 동네 사람이 아니면 절대 들어가지 않을 만한 곳이었다). 나는 내 스쿠터 자랑을 늘어놓으며 그걸 타면 10분 만에 한강을 보러 갈 수 있다고 했다. "타보고 싶으면 말해. 가르쳐줄게." 나는 그렇게 말했고 그녀는 "내가 그런 걸 탈 것 같니?"라고 대답했지만 실제로는 나중에 그걸 타고 같이 한강에 갔다. 그러나 그건 두 달쯤 지난 후의 일이었고 그동안은 동네에서만 만났다.

헤어질 때쯤엔 네 명 모두 취해 있었고 조금 가까워진 우리는 서로에게 이유 없이 악담을 퍼부어대면서 전화번호를 교환했는데 조아현은 내 번호를 저장할 때 이름을 쓰는 대신 그냥 아무 버튼이나 눌러서 'ㅑ'라고 입력해두었다. 그건 내 번호를 저장하긴 하지만 절대 너랑 가깝게 지내고 싶은 건 아니라는 선언적인 행동이었던 것 같다. 그러나 그날 이후로 그녀의 미니홈피 다이어리에는 종종 ㅑ라는 이름이 등장했다. '밤. ㅑ와 눈 쌓인 집 앞 놀이터 시소에 앉아 각각 아사히 한 병.' 'ㅑ와 집 근처에 문을 연 서울시립미술관 분관 전시 관람. 근대 서울 사진전.' '점심. 우동 정식. ㅑ는 스쿠터를 타고 학교로.' 시작이야 어쨌건 간에 사실 조아현과 나는 잘 맞았다. 그녀와 나는 정식으로 약속을 잡고 만나서 반나절 이상 시간을 같이 보낸다거나 하지는 않았지만 학교 친구들과 한잔하거나 아르바이트를 끝내고 돌아오는 길에 집 근처 놀이터에서 만나 맥주를 마시거나 휴일에 점심을 같이 먹을 사람이 없거나 할 때 불러서 간단히 식사를 함께하고 헤어지곤 했다. 조아현은 제주에서 고등학교까지 마치고 대학 때문에 서울로 올라와 오빠와 함께 살고 있었고 나도 원래 집이 수원이라 통학 거리가 멀어 혼자 방배동에 집을 구해 지내고 있었기 때문에 둘 다 동네에 아는 사람이라고는 한 명도 없었던 것이다.

조아현과 나는 첫 만남 이후로 누군가를 함께 만난 적이 없었다. 처음 만났을 때 같이 있던 서로의 친구들에 대해 종종 이야기하기는 했지만 별로 할 말이 없던 초반뿐이었고 나중에는 그런 사람들이 있지도 않았던 것처럼 아예 말도 꺼내지 않았다. 우리는 우리가 어떻게 알게 되었는지에 대해서도 거의 말하지 않았고 마치 어린 시절부터 알고 지낸 동네 친구마냥 격의 없이 서로를 대했다. 아마도 우리가 서로에게 그런 사람이어서가 아니라 둘 다 그런 사람을 필요로 했기 때문이었던 것 같다. 우리는 응원의 말을 건네는 대신 장난스럽게 서로를 조롱하고, 다정하게 대하는 대신 과장되게 서로를 구박했다. 그러나 그러고 돌아가서 조아현은 다이어리에 '야는 솔직하다' 같은, 확신할 순 없지만 어딘지 애정 어려 보이는 글을 올리곤 했

304

다. 아마도 조아현의 미니홈피에 들르는 사람 중에 炘가 누구인지 아는 이는 거의 없었을 것이다. 어쩌면 아무도 없었는지도 모른다. 나도 누군가에게 조아현에 대해서 말하지 않았고, 그래서 우리는 거의 유령 친구나 다름이 없었다.

날이 조금 풀려 바닥에 쌓인 눈이 성가시게 질퍽거렸던 어느 날, 나는 스쿠터를 몰고 조아현의 집 앞으로 갔다. 개강이 얼마 남지 않았을 때였고 겨울도 거의 끝나가고 있었다. 나는 그녀에게 운전대를 맡기고 뒤에 앉았다.

"절대 네 뒤에는 안 탈 거야."

그녀는 자기가 운전을 하겠다고 고집을 부렸다.

"스쿠터 타봤어?"

"아니, 근데 자전거는 잘 타거든."

실제로 그녀는 처음치고는 운전을 곧잘 했고 5분도 지나지 않아 능숙하게 스쿠터를 몰았다. 내가 뒤에서 고수부지에 가는 길을 알려줬는데 그녀는 갑자기 동작대교로 방향을 틀었다.

"이쪽 아니야."

"다리 한번 건너보게."

우리는 계획에 없이 대교를 건너 이촌동을 한 바퀴 돌았다. 그녀는 이촌동에 와본 게 처음이라고 했다.

"여기 진짜 일본인들이 많이 살아?"

철길 건널목을 지나며 그녀가 물었는데 나도 실제로는 어떤지 알지 못해서 모르겠다고 했다.

"적어도 유명한 초밥집은 많아."

그녀는 아직 눈이 다 녹지 않은 곳을 피해 조심스럽게 스쿠터를 몰았고 다시 동작대교 위로 올라왔을 때는 해가 넘어가기 직전이었다. 스쿠터를 다리 중간에 세우고 차가운 난간에 손을 얹은 채 가장자리가 얼어 있는 강을 잠시 내려다보다가 돌아가려고 퀵 페달을 밟았는데 이상하게 아무리 밟아도 시동이 걸리지 않았다. 나는 거의 반 시간 동안 끙끙거렸지만 엔진은 움직이지 않았다. 보다 못한 조아현이 자기가 해보겠다고 나섰지만 역시나 아무리 애를 써도 시동은 걸리지 않았고 그러는 동안 해가 완전히 넘어가 한밤처럼 깜깜해졌다. 우리는 결국 걸어서 다리를 건너기로 했다. 페달을 밟아대느라 흘린 땀이 식으면서 체온이 내려갔는데 밤이 되어 기온이 내려간 데다가 다리 위라 바람까지 불어오니 온몸이 떨렸고 겨우택시를 잡아탄 뒤에도 떨림은 멈추지 않았다. 그날 밤 조아현의 미니홈피에는 이런 글이 올라왔다. '스쿠터 처음 몰아봤다. 얼어 죽을 뻔했지만 나쁘지 않았어.'

그런데 얼마 후부터 나로서는 알 수 없는 이유로 그녀는 연락을 받지 않았다. 몇 번 메시지도 남겨보았으나 답이 없었다. 미니홈피에는 여전히 새로운 글들이 올라왔지만 내 메시지에는 답을 하지 않았다. 나는 도무지 이유를 짐작도 할 수 없었다. 그녀에게 내가 혹시 뭐 잘못한 게 있느냐고 메시지를 보내보았지만 역시나 답이 없어 그래, 네가 이렇게 나온다면 그렇

게 하렴, 하며 포기해버렸다. 애초에 우리가 이유 없이 가까워
졌던 것처럼 이유 없이 멀어질 수도 있는 일이라고 생각하면서.

그다음에 우리가 만난 건 10년이 훨씬 더 지난 뒤였다. 그것
도 서울이 아닌 멀고 먼 베들레헴에서였다. 그녀는 꽤 오랫동
안 그곳에 머물며 팔레스타인 해방 운동에 동참하고 있었다.
나는 팔레스타인 분쟁에 대해 제대로 알지도 못했고 유대교나
기독교 신자도 아니었지만 5년간 다니던 회사를 그만두고 조
금 긴 여행을 떠나기로 했을 때 그곳을 목적지로 정한 건 조아
현이 거기 있었기 때문이다. 그렇다고 내가 그 긴 세월 동안 그
녀를 그리워하고 있었다거나 그녀에 대해 애틋한 마음을 품고
있었다는 건 아니다. 나는 어딘가 멀리 떠나고 싶었는데 어디
로 가야 할지 도무지 정할 수가 없었고, 내가 어디에 가고 싶
어 하는지 알지도 못한 상황에서 어딘가로 떠나고 싶다는 생
각만 있었기 때문에 그저 아주 작은 핑곗거리라도 있는 곳이
필요했던 것이다. 스쿠터를 타고 같이 한강에 갔던 날 이후로
그녀와 연락을 한 번도 주고받지 않았지만 그녀가 그곳에 있
다는 사실은 SNS를 통해서 진작부터 알고 있었다. 가끔은 그
녀의 SNS를 염탐하는 걸 그만두고 싶었지만 그럴 수가 없었
는데, 그건 그 일이 너무나 손쉬웠기 때문이다. 아주 미미한 호
기심이 만들어낸 동력만으로도 그녀의 공간에 들어갈 수 있었
고, 나는 버스를 기다릴 때처럼 아주 잠깐 무료해지거나 침대
에 누웠지만 곧바로 잠들고 싶지 않을 때 그녀의 아이디를 스

마트폰에 입력하곤 했다.

  그녀를 잠시 알고 지낸 그 겨울 이후로 열 번이 넘는 겨울을 보내는 동안 나에게는 많은 변화가 있었는데 일단 대학을 졸업하고 직장인이 되었으며 이제는 낡은 혼다 스쿠터 대신에 (역시 낡긴 했지만) 폴크스바겐 소형 세단을 타고 다녔다. 궂은 날보다 맑은 날을 좋아하게 되었으며 네 번의 연애를 거치면서(그중 한 번은 거의 결혼 직전까지 갔는데 막판에 가서 틀어졌다) 회의주의자가 되었다. 나는 조아현이 어떻게 살았는지도 읊을 수 있다. 그녀는 밴쿠버로 어학연수를 다녀왔고 졸업 후 구청에서 사회복지사로 일하다가 한동안 NGO를 통해 짐바브웨에서 자원봉사를 하는 듯하더니 나중에는 팔레스타인에 가서 구호 활동인지 정치 활동인지를 하고 있었다. 생활비를 어떻게 조달하는지 모르겠지만 이따금 한국에 들어올 때를 제외하면 줄곧 그곳에 머물고 있었고 가끔은 요르단 같은 인접 국가를 여행하는 것 같았다. 그러나 이런 것은 단지 피상적인 정보들일 뿐이고 그녀가 지금 어떤 사람이 되었는지는 알 도리가 없었다.

  사직서를 내고 회사에서 빈둥거리며 항공편을 알아볼 때까지만 해도 나는 그 먼 나라에서 그녀를 만나게 된다는 사실에 조금 들떠 있었는데(그녀가 나를 반길지 그렇지 않을지는 알 수 없었지만 그저 지구 반대편에서 아는 사람을 만난다는 사실이 나를 그런 기분으로 만들었다) 정작 출발 날짜가 가까워지자 왠지 그곳에 도착하면 그녀에게 연락하지 않게 될 것 같다고 생각하게 되었다. 그곳으로 떠나기로 결정했을 때 상상했던 것들이 왠지 모두 비현실적이거나 부자연스러운 일처럼 여겨졌던 것이다. 그러나 텔아비브 공항에 도착하자 그 비현실적이고 부자연스럽게 여겨졌던 일들이 다시 그럴싸한 일처럼 느껴졌다. 착륙 직전, 창을 통해 흰빛을 내는 사막에 선명히 서 있는 종려나무들을 내려다보고 있자니 어떤 일이든 일어날 수 있을 것 같다는 생각이 든 것이다. 거기에 비행기에서 내려 스키니진을 입고 머리에 키파를 쓴 유대인 청년들과 어깨에 소총을 메고 구불거리는 긴 머리를 쓸어 넘기며 넓은 보폭으로 걷고 있는 여군들을 보니 정말로 내가 멀리 왔구나, 하고 실감이 났다. 그곳은 내가 살던 곳과 다른 세계였고, 그러니 그곳에서는 내가 그동안 겪은 것들과 완전히 다른 일들이 일어나야 했다.

갑작스러운 나의 등장에 조아현이 크게 놀라며 반가워하거나 아니면 아예 무시할 거라고 예상했지만 둘 다 아니었다. 도착하자마자 그녀의 인스타그램에 메시지를 남겼고 한 시간도 채 지나지 않아 그녀에게 답장이 왔다.

"안녕. 잘 지냈니? 혹시 지금 이스라엘에 있어?"

"응. 정확히는 팔레스타인이지만."

내가 이스라엘에 왔다고 하자 그녀는 자신이 베들레헴에서 지내고 있으며 혹시 그곳에 올 일이 있다면 들러도 괜찮다는 메시지를 보냈다.

"그런데 별로 볼 건 없어. 기대하지 말라고."

조아현은 이렇게 덧붙였다. 물론 볼 게 없다는 그녀의 말은 사실이었지만 나는 베들레헴이 마음에 들었다. 이슬람 문화권을 처음 방문한 나에게는 모든 것이 신기하게 느껴졌다. 거기다 예루살렘에서 베들레헴으로 갈 때 반드시 지나야 하는, 내 키의 서너 배는 될 것 같은 회색 장벽을 통과할 때는 마치 차원의 문을 넘어 다른 시대로 가는 듯했다. 베들레헴은 황무지와 목초지로 이루어진 한적한 마을이었는데 목가적인 풍경과 군사적 긴장감, 그리고 아마도 예수의 탄생지라는 데서 나오는 듯한 성스러운 아우라가 묘하게 뒤섞인 곳이었다.

장벽을 통과하니 조아현이 마중 나와 있었다. 그녀는 마치 태어날 때부터 그곳에서 산 사람처럼 보였다. 햇빛이 강한 탓인지 얼굴도 자연스럽게 그을려 있었는데 자외선을 가리기 위해 스카프를 히잡처럼 두르고 있어서 마치 아랍 사람처럼 보이기도 했다. 그녀는 나에게 그곳에는 무슨 일로 왔는지 캐묻지 않았고 자신에게 왜 연락을 했느냐고도 묻지 않았다. 그저 자신의 고향에 놀러 온 친구처럼 반겨주고는 안내를 해주겠다고 했다. "그런데 미리 말했듯이 별로 볼 건 없어." 그 말에 나는 걱정할 거 없다고, 이미 그곳의 모든 것이 좋아졌다고 대답했다. 그녀는 그 대답이 마음에 든 것 같았다. 그런데 그녀는 내게 자신은 일을 해야 하기 때문에 매일 만날 수는 없을 거라고 했다.

"여기서 무슨 일을 해?"

"여러 가지 일."

"시위 같은 거?"

"아니. 집회는 거의 하지 않아. 우리는 주로 영상을 만들어서 인터넷을 통해 이곳의 소식을 알리는 일을 해. 굿즈를 만들어서 여행객들에게 팔기도 하고."

그녀는 내게 스티커 하나를 건네주었다. 손바닥만 한 크기의 동그란 스티커에는 올리브나무로 보이는 그림이 그려져 있었고 영어로 '팔레스타인을 팔레스타인에'라는 구호가 적혀 있었다. 나는 "멋지네"라고 말했지만 사실 대체 이게 다 뭔가, 하는 생각을 하고 있었다. 대체 왜 한국 사람이 팔레스타인에 와서 독립운동을 하고 있는 건지 도무지 이해가 가지 않았다. 팔레스타인에는 정부도 있고 심지어 군대도 있지 않나? 그리고 나는 조아현과 뜻을 같이하는 사람이 의외로 많다는 사실에 다시 한번 놀랐다. 베들레헴에서 머무는 동안 그녀가 같이 일하는 사람들을 소개해주어서 함께 차를 마실 기회가 있었는데 그들은 모두 아시아인이었고 주로 대만과 일본에서 온 사람들이었다.

나는 그들과 함께 물담배 연기가 자욱한 카페에 앉아 영어로 대화를 나누면서 그 모든 게 마치 꿈속에서 일어나는 일 같다고 생각했다. 그들에게 영어로 이야기하고 있는 조아현을 보면서, 그리고 나도 그녀에게 영어로 말을 하면서(그 자리에서는 모두가 알아들을 수 있도록 같은 국적의 사람끼리도 영어로 대화했다) 나는 대체 누구와 함께 있지? 이 여자는 대체 누구지? 하는 생각이 들었던 것이다. 활짝 열려 있는 문 너머는 아랍어가 흘러나오는 거리였고 차도르를 입은 여인들과 수염을 기르고 이마에 검은 멍이 있는 청년들이 걸어 다녔는데 그런 풍경은 내가 살아온 나라와는 물론이고 조아현을 처음 알게 된 겨울의 호프집, 그녀와 종종 만나서 맥주를 마시던 눈 쌓인 놀이터와는 까마득히 먼 곳에 있는, 마치 다른 우주에 존재하는 장소처럼 느껴졌고 그때의 기억들은 거의 지난 세기의 일처럼 아득했다.

그들은 주로 이스라엘의 만행을 비난하는 이야기들을 했다. 가자 지구를 폭격한 일에 대해, 팔레스타인을 경제적으로 억압한 일에 대해, 성서를 인용하며 난데없이 영토를 무단 점거한 일에 대해 분노하면서 전 세계 사람들이 이 사안의 심각성을 알아야 하고 한목소리로 이스라엘 정부를 지탄해야 하며 이스라엘에서 생산하는 모든 제품을 불매함으로써 경제적인 압박을 가해야 한다고 성토했다.

나는 그들과 헤어진 뒤 조아현에게 저 사람들은 맨날 저런 이야기만 하느냐고 물었다.

"매일은 아냐. 다른 이야기를 할 때도 있어."

"어떤 다른 이야기?"

"북한 이야기를 할 때도 있고."

"북한이라고? 저분들 완전 유엔이네."

"그럼 무슨 이야기를 하니? 그것 때문에 모인 사람들인데."

나는 그들이 헤어질 때 그녀에게 무슨 이야기를 했는지 물었다. 그들은 내가 카페에서 나와 외벽에 붙어 있는 도마뱀을 구경하고 있을 때 조아현에게 무언가 비밀스럽게 몇 마디 말을 하고는 다 같이 어딘가로 사라졌다. 그녀는 그들이 해시시를 구하러 간 거라고 말해주었다.

"낮에는 세계 평화를 부르짖다가 밤에는 해시시를 피운다고?"

"저 친구들은 세계 평화를 지키려는 게 아냐. 그냥 옳은 일을 조금 해보려는 거지."

내 눈에는 그저 색다른 추억을 쌓고 싶어 하는 장기 여행자들일 뿐이었는데 그런 말을 그녀에게 하지는 않았다.

나는 낮에는 혼자 교회나 구시가지를 구경했고 저녁에는 숙소 근처에서 조아현과 맥주를 마셨다. 그녀는 내가 묵는 숙소에서 멀지 않은 곳에 아파트를 구해 지내고 있었다. 베들레헴은 하루면 다 둘러볼 수 있을 만큼 작은 곳이었다. 여행객들은 예루살렘에서 당일로 관광을 하고 돌아가는 게 대부분이어서 밤이 되면 거리는 묘지처럼 고요했다. 무슬림이 대부분인 팔레스타인에서는 거리에서 술을 마실 수 없었지만 밤거리에는 사람이 거의 지나다니지 않아 우리는 가방에서 슬그머니 맥주를 꺼내 마셨다. 나는 그제야 그녀가 내가 알던 조아현이라는 사실을 실감할 수 있었다.

내가 그곳에 머무는 동안 우리는 오랫동안 연락을 끊고 지낸 적이 없는 것처럼 그 이야기를 피했다. 나는 주로 어른의 고통과 회사원의 비애에 대해 과장되게 늘어놓았고 그녀는 주로 내 이야기를 듣기만 했다. 나는 말을 하면 할수록 내가 그녀가 알던 20대 초반의 나에게서 점점 멀어져가고 있다는 느낌을 받았고, 그럴수록 나 또한 스스로가 점점 낯설게 느껴졌다. 마치 내가 속물이 된 것처럼 느껴지기도 했고, 그녀에게 거짓말을 하고 있다는 생각이 들었던 것이다. 그래서 막판에 가서 이런 식으로 이야기를 했던 것 같다.

"저 사람들은 자기들이 체 게바라인 줄 아는 것 같아."

그 말에 조아현은 별다른 대꾸를 하지 않았고 잠시 침묵이 흐른 뒤에 나는 다른 주제로 이야기를 시작했다. 나는 왠지 모르게 자꾸 그녀의 얼굴을 살폈지만 어두워서 표정이 잘 보이지 않았다.

다음 날 나는 그녀를 따라 통곡의 벽 앞에서 여행자들에게 스티커를 팔았다. 조아현은 내게 예루살렘을 구경시켜주겠다고 했는데 나는 그녀가 일하는 걸 보고 싶다고 했다. 통곡의 벽 앞은 아침 일찍부터 기도하는 사람들로 가득했다. 유대교 전통 복장을 한 사람들도 많았지만 그렇지 않은 사람이 더 많았다. 그곳은 예루살렘을 방문한 사람이라면 종교인이 아니더라도 반드시 한 번은 들르는 곳이었고 언제나 사람으로 가득 차 있어서 이스라엘 경찰을 피해 몸을 숨기기도 용이했다.

"우리를 잡아 가두거나 하지는 않지만 어쨌든 마주치면 귀찮아지거든."

나는 조아현 옆에서 스티커 뭉치를 들고 따라만 다녔고 여행자들에게 말을 거는 것은 그녀의 몫이었다. 그녀는 전에 내게 보여준 적이 있는, 올리브나무가 그려진 스티커를 들고 암표상처럼 은밀히 그들에게 다가가 말을 걸고는 스티커에 새겨진 문구('팔레스타인을 팔레스타인에!')를 속삭였다. 조아현은 그것을 10세켈에 팔았는데 그것은 대략 3달러 정도 되는 금액으로, 스티커의 품질에 비하면 터무니없이 높은 가격이었지만 꽤 많은 사람들이 10세켈짜리 동전을 내밀고 그것을 가져갔다. 한편 생각해보면 여행자들에게는 그럴싸한 기념품이었다. 지구상에서 가장 유명하며 가장 유구한 역사를 가진 영토 분쟁이 벌어지고 있는 땅에서, 정의의 편(대체로는 이렇게 생각하니까)에 서서 비밀 정치 활동을 하고 있는 이들을 도왔다는 증거물이었으니까. 적어도 구도심의 잡화상들이 파는 어설픈 조각상 같은 것보다는 훨씬 그럴듯해 보였을 것이다.

해가 조금 기울었을 때 우리는 인도 음식을 파는 식당에서 점심을 먹었다. 발코니가 있는 석조 건물 2층이었는데 열린 창을 통해 예루살렘의 성곽이 바라다보여서 경치가 근사했다. 성벽 아래에서는 상인들이 줄을 지어 기념품이나 과일 따위를 팔고 있었고 다양한 피부색을 지닌 사람들이 그 앞을 지나다녔다. 신경질적인 경적 소리들 사이로 낮고 경건한 음색의 종소리가 울려 퍼지고 있었다. 조아현은 능숙하게 음식을 주문했는데 그 모습을 보고 있자니 무슨 이유에서인지 가슴이 벅차올랐다. 불과 한 달 전만 해도 나는 매일 서대문과 방배동을 오가면서 출퇴근을 하는 데 하루의 거의 모든 시간을 소모하고 있었고, 어린 시절 성경 학교에 다닐 때 이후로는 전혀 떠올려본 적도 없는 나라에서 조아현과 마주 앉아 양고기를 먹는 날이 올 줄은 꿈에도 생각지 못했던 것이다. 우리는 한동안 말 없이 각자 자기 앞에 놓인 음식을 먹었다. 먼저 침묵을 깰 의도는 없었지만 나도 모르게 입을 열어 이렇게 말했다. "이상해." "뭐가?" 조아현이 물었다. "그냥 다. 이런 곳에서 너랑 마주 앉아서 인도 음식을 먹고 있는 것도." 그녀는 뭐 새삼스러울 게 있느냐는 얼굴로 어깨를 으쓱해 보였다.

"그날 스쿠터를 타고 한강에 다녀온 날 이후에 있었던 일들이 다 없었던 일 같아. 그렇지 않아?"

"야, 그게 언제 적 일인데."

그녀가 나를 야, 라고 불렀을 때 나는 어쩐지 정말 오랜 친구를 다시 만난 듯한 기분이 되었다. 아주 오랫동안 서로를 알아왔고, 누구보다 서로를 잘 아는 그런 관계가 된 것 같았다. 나는 조아현과 함께 그곳에 있는 시간이 얼마나 낯설면서도 익숙하게 느껴지는지 말하고 싶었다. 그래서 그동안 내가 어떻게 살아왔는지, 전에 알고 지내던 때와 지금의 나는 얼마나 다른 사람인지 말해주고 싶었는데, 막상 말을 꺼내려고 보니 그 모든 것들이 너무나 시시하고 진부하게 느껴져서 그만두었다. 그 후로 나는 세 번이나 이사를 했어. 그래서? 연애를 했는데 매번 끝이 안 좋았어. 모두는 아니지만 대부분 내가 망쳤지. 시작할 때는 늘 새로웠지만 결과는 헛웃음이 나올 정도로 똑같았어. 그러니? 계속 그렇게 살기 싫어서 회사에서 뛰쳐나오긴 했지만 일은 곧잘 했어. 특히 이사가 나를 좋아했지. 그만둔다고 했더니 세 달 정도 쉬고 오라고도 했어, 거절하긴 했지만. 그랬구나……

점심을 먹고는 다마스쿠스 성문 앞에서 스티커를 팔았다. 그녀는 열 장만 더 팔면 내가 가고 싶은 곳에 데려가주겠다고 했다. 나는 골고다 언덕에 가보고 싶다고 했는데, 결국 그렇게 되지는 않았다. 우리는 자리를 잡고 이제 일을 시작해볼까 하던 차에 이스라엘 경찰에 붙잡혔다. 제복을 입은 두 사람이 우리 쪽으로 올 때부터 느낌이 좋지는 않았지만 조아현이 (분명히 그 둘이 보였을 텐데) 별다른 반응을 보이지 않았고, 그들이 웃는 얼굴로 잡담을 하며 다가와서 나도 마음을 놓았던 것이다. 그들은 우리에게 손을 대지는 않았지만 단호한 손짓으로 지시를 내려 우리를 벽에 붙어 서게 했다. 그 사람들은 소총을 메고 있어 군인처럼 보였으나 조아현이 경찰이라고 말해주었다. 그들은 여권과 가방을 압수하고는 그것들을 꼼꼼히 뒤졌다. 그들이 짐을 다 가지고 있어 도망칠 수도 없었던 우리는 그들이 지정한 곳에 서서 처분을 기다리는 것밖에 방법이 없었다. 한 명은 무뚝뚝한 얼굴로 우리를 감시했고 다른 사람은 무전기로 누군가와 대화를 했다. 심각한 얼굴로 이야기를 하는가 싶더니 또 피식거리면서 농담을 하는 것 같기도 했는데, 히브리어로 얘기하고 있어 알아듣지는 못했지만 중간중간 우리 쪽을 돌아보는 걸로 봐서 우리를 어떻게 할지 이야기하고 있는 듯했다. "이런 일이 흔해?" "아니." 그녀는 보통 경고만 하고 돌려보내지 이렇게 잡아두는 일은 처음이라고 했다. 가방을 뒤지던 쪽이 무전기를 든 남자에게 다가가 뭐라고 말을 건넸는데, 조아현의 가방에서 뭔가를 발견한 눈치였다. 나는 그게 무엇인지 알 수 없었지만 상황이 좋지 않게 돌아가고 있다는 건 알 수 있었다.

그들은 우리를 보내줄 생각이 없어 보였다. 나는 우리를 붙잡은 경찰과 무전을 나눈 누군가가 나타나 이 일을 어떤 식으로든 종결시켜주길 바랐지만 한 시간이 지나도록 아무 일도 일어나지 않았고 누구도 나타나지 않았다. 조아현과 나는 벌을 서는 아이들처럼 앉지도 못한 채 성벽에 기대서서 그들의 처분을 기다렸다. 그러다가 나는 그녀에게 "우리 언제까지 여기 있어야 할까?"라고 물었는데 그것은 사실 별다른 기대 없이 그저 무료해서 던진 말일 뿐이었다. 그런데 조아현은 이렇게 되물었다. "넌 언제까지 여기 있을 거야?" "나?" "응." 나는 그 질문에 무언가 의도가 있는지 그녀의 기색을 살폈지만 말투나 태도에서 어떤 의미가 전달되지는 않았다. 처음에는 사흘 정도만 있다가 떠날 생각이었는데 벌써 일주일이 넘게 그곳에 머물고 있었고 앞으로 어떻게 할지에 대해서는 생각하지 않고 있었다. 그때 내가 "그럼 너는 언제까지 여기 있을 건데?"라고 물은 것은 딱히 대답할 말을 찾지 못해서였다. 이제 곧 떠날 거라고 할 수도 없었고(사실이 아니었으니까) 그렇다고 더 있을 거라고 말하는 것도 (이유는 알 수 없었지만) 적절하지 않은 듯했다. 그래서 그녀의 질문에 대답하는 대신 그렇게 물었던 것이다.

"그건 왜?"

"왜냐니. 네가 먼저 물었잖아."

"너랑 나는 다르지."

"그럼 너는 언제까지 여기 있을 건데. 팔레스타인이 독립할 때까지?"

"그게 너랑 무슨 상관이야?"

"혹시 저 사람들이 네 가방에서 찾은 거, 해시시 아냐?"

나는 그렇게 묻고 나서야 정말 그럴지도 모르겠다고 생각했다. 아니, 그것밖에 없었다. 우리가 경찰에 붙잡혀 있는 건 스티커를 팔아서가 아니라 그녀의 가방에 해시시가 들어 있어서였다. 조아현은 잠시 멍하게 있다가 곧 기가 막힌다는 투로 대답했다.

"맙소사, 아니야. 너 왜 그래? 그렇다 쳐도 그게 너랑 무슨 상관이냐고."

"그럼 그 사람들은?"

"그 사람들이 뭐?"

"네 '동료들'이랑 너는, 이 나라랑 대체 무슨 상관이 있어? 여기서 도대체 뭘 하고 싶은 거야? 이 먼 곳까지 와서 기껏 해시시나 피우면서 정의의 사도 놀이 하고 있는 거 좀 바보 같지 않아?"

나는 대략 이렇게 말했는데, 조금 달랐더라도 내용에는 거의 차이가 없었을 것이다. 다시 돌이켜봐도 나는 저 말들을 흥분

해서, 그게 아니더라도 조금이라도 공격적인 어조로 했다고는 생각하지 않는다. 그러나 어쨌든 저런 말들을 했던 것은 사실이다. 그녀의 말대로 나와는 전혀 상관없는 일이었을 텐데 나는 마치 내가 그녀에게 그럴 권리가 있는, 그러니까 오랫동안 그녀 곁에 있으면서 진심으로 그녀의 삶을 걱정해왔던 사람이라도 되는 것처럼 그렇게 말한 것이다. 나는 얼마 지나지 않아 그 사실을 깨달았고 곧 입을 다물었다. 그녀 또한 입을 다물어서 우리는 한참 동안 아무 말 없이 성벽에 기대어 서 있었다. 그녀는 내게 이런 말들을 할 수 있었겠지만 하지 않았다. 우린 정말 아무 관계도 아니야. 그저 우연히 만나서 한 계절 알고 지낸 것뿐이야. 그것도 술집에서 어쩌다 만난 사이일 뿐이야.

그것이 사실상 조아현과 나눈 마지막 대화였다. 돌아가는 동안 우리는 거의 말을 나누지 않았고 다음 날 나는 도망치는 사람처럼 곧장 그곳을 떠난 것이다. 경찰들은 해 질 무렵이 되어서야 우리를 풀어주었다. 나의 기다림과 상관없이 끝내 아무도 나타나지 않았고, 그제야 그들이 우리에게 그저 겁을 좀 주려고 했을 뿐이라는 사실을 알았다.

나는 그 뒤로 열흘 정도 남쪽 지방을 여행한 뒤에 서울로 돌아왔다. 그동안 그녀의 SNS에 나에 대한 이야기가 올라오는지 살폈지만 그 어디에도 나에 대한 언급은 없었다. 나와 함께 갔던 인도 식당의 물병을 찍은 사진이나 통곡의 벽을 배경으로 스티커를 들고 있는 손을 찍은 사진은 올라와 있었지만 내 존재를 보여주는 것은 어디에도 없었다. 나는 이제 영원히 그녀를 잊을 수 있을 것 같다고 생각했고 곧바로 SNS에서 그녀와의 연결을 끊었는데, 한두 해쯤 뒤에 그녀의 아이디를 몇 번 검색한 적이 있다. 그녀는 아직 베들레헴에 있는 것 같았다.

여름이 지나면 여름을 잊고, 겨울이 지나면 겨울을 잊고.

나는 많이 잃어버리고 또 곧잘 잊는다.

그렇게 살아온 것 같다.

| 소설집 |

서로의 나라에서

1판 1쇄 인쇄 2018년 4월 4일
1판 1쇄 발행 2018년 4월 11일

지은이 · 김유담 박사랑 박서련 박소희 송지현 양동혁 우다영 정영수
펴낸이 · 주연선

총괄이사 · 이진희
책임편집 · 최고라
편집 · 심하은 백다흠 강건모 이경란 최민유 윤이든 양석한 김서해
디자인 · 이지선 권예진 한기쁨
마케팅 · 장병수 최수현 김다은 이한솔
관리 · 김두만 유효정 신민영

(주)은행나무

04035 서울특별시 마포구 양화로11길 54
전화 · 02)3143-0651~3 ㅣ 팩스 · 02)3143-0654
신고번호 · 제 1997-000168호(1997. 12. 12)
www.ehbook.co.kr
ehbook@ehbook.co.kr

잘못된 책은 바꿔드립니다.

ISBN 979-11-88810-17-8 (03810)

• 한국예술창작아카데미는 35세 이하 신진 예술가가 참여하는 연구 및 작품 창작 과정입니다. 2017년 한국예술창작아카데미 문학 분야는 시인 7인과 소설가 8인을 선정하였으며, 이 책은 한국문화예술위원회의 지원으로 제작된 소설가 8인의 작품집입니다.